Alan Bradley

Flavia de Luce
Tote Vögel singen nicht

Buch

An einem Frühlingsmorgen im Jahr 1951 findet sich die knapp zwölf-
jährige Chemikerin und Hobbydetektivin Flavia de Luce gemeinsam mit
ihrer Familie am Bahnhof des englischen Dorfs Bishop's Lacey ein, um die
Rückkehr ihrer vor zehn Jahren beim Bergsteigen in Tibet verschollenen
Mutter Harriet zu erwarten. Man hat deren Leiche in einer Gletscherspalte gefunden.
Kurz bevor der Zug einfährt, taucht nicht nur der ehemalige Premierminister Winston Churchill auf dem Bahnsteig auf und stellt Flavia die mys-
teriöse Frage, ob auch sie eine Vorliebe für Fasanensandwiches entwickelt
habe, sondern auch ein großer fremder Mann in einem schweren Mantel
nähert sich ihr und flüstert ihr eine kryptische Warnung zu. Einen Augenblick später ist der Fremde tot – jemand scheint ihn vor den Zug gestoßen
zu haben. Wer war der Mann, welche Bedeutung haben seine Worte, und
warum hat er seine Botschaft ausgerechnet Flavia überbracht? Ein weiteres Mal kommt die Spürnase der kleinen Detektivin zum Einsatz: Auf
dem Dachboden des Familiensitzes Buckshaw findet sie eine Filmrolle mit
einem Hobbyfilm, in dem Harriet mit den Lippen das Wort »Fasanensandwiches« formt. Handelt es sich dabei um eine Art Codewort? Flavia
kommt der Verdacht, dass hinter dem Tod ihrer Mutter weit mehr steckt
als nur ein Bergunfall. Schon bald ist sie dem bestgehüteten Geheimnis des
de-Luce-Clans auf der Spur – einem Geheimnis, das mit einer mysteriösen
Gesellschaft und der Vergangenheit ihrer Eltern zu tun hat und das Flavias
Leben von Grund auf verändern soll …

Autor

Alan Bradley wurde 1938 in der kanadischen Provinz Ontario geboren.
Nach einer Laufbahn als Elektrotechniker, zuletzt als Direktor für Fern-
sehtechnik an der Universität von Saskatchewan, zog er sich 1994 aus
dem aktiven Berufsleben zurück, um sich ganz dem Schreiben zu widmen.
Alan Bradley lebt zusammen mit seiner Frau Shirley auf der Isle of Man.

Von Alan Bradley außerdem bei Blanvalet lieferbar:

Flavia de Luce 1 – Mord im Gurkenbeet (37624)
Flavia de Luce 2 – Mord ist kein Kinderspiel (37825)
Flavia de Luce 3 – Halunken, Tod und Teufel (37950)
Flavia de Luce 4 – Vorhang auf für eine Leiche (37901)
Flavia de Luce 5 – Schlussakkord für einen Mord (37902)
Flavia de Luce 7 – Eine Leiche wirbelt Staub auf
Flavia de Luce 8 – Mord ist nicht das letzte Wort
Flavia de Luce 9 – Der Tod sitzt mit im Boot

Alan Bradley

Aus dem Englischen von Gerald Jung
und Katharina Orgaß

blanvalet

Verlagsgruppe Random House FSC® N001967

3. Auflage
Taschenbuchausgabe Februar 2016
bei Blanvalet, einem Unternehmen der
Verlagsgruppe Random House GmbH,
Neumarkter Str. 28, 81673 München
Copyright © der Originalausgabe 2014 by Alan Bradley
Copyright © der deutschsprachigen Ausgabe 2014
by Penhaligon Verlag,
in der Verlagsgruppe Random House GmbH, München
Das Gedicht von Thomas Parnell auf Seite 7 stammt aus:
Britannia. Eine Auswahl englischer Dichtungen alter und neuer Zeit.
In's Deutsche übersetzt von Louise von Ploennies
(Frankfurt a. M., Verlag der S. Schmerber'schen Buchhandlung 1843)
Umschlaggestaltung: © Isabelle Hirtz, Inkcraft
unter Verwendung einer Illustration von Iacopo Bruno
Satz: Uhl + Massopust, Aalen
Druck und Bindung: GGP Media GmbH, Pößneck
Printed in Germany
ISBN: 978-3-7341-0077-2

www.blanvalet.de

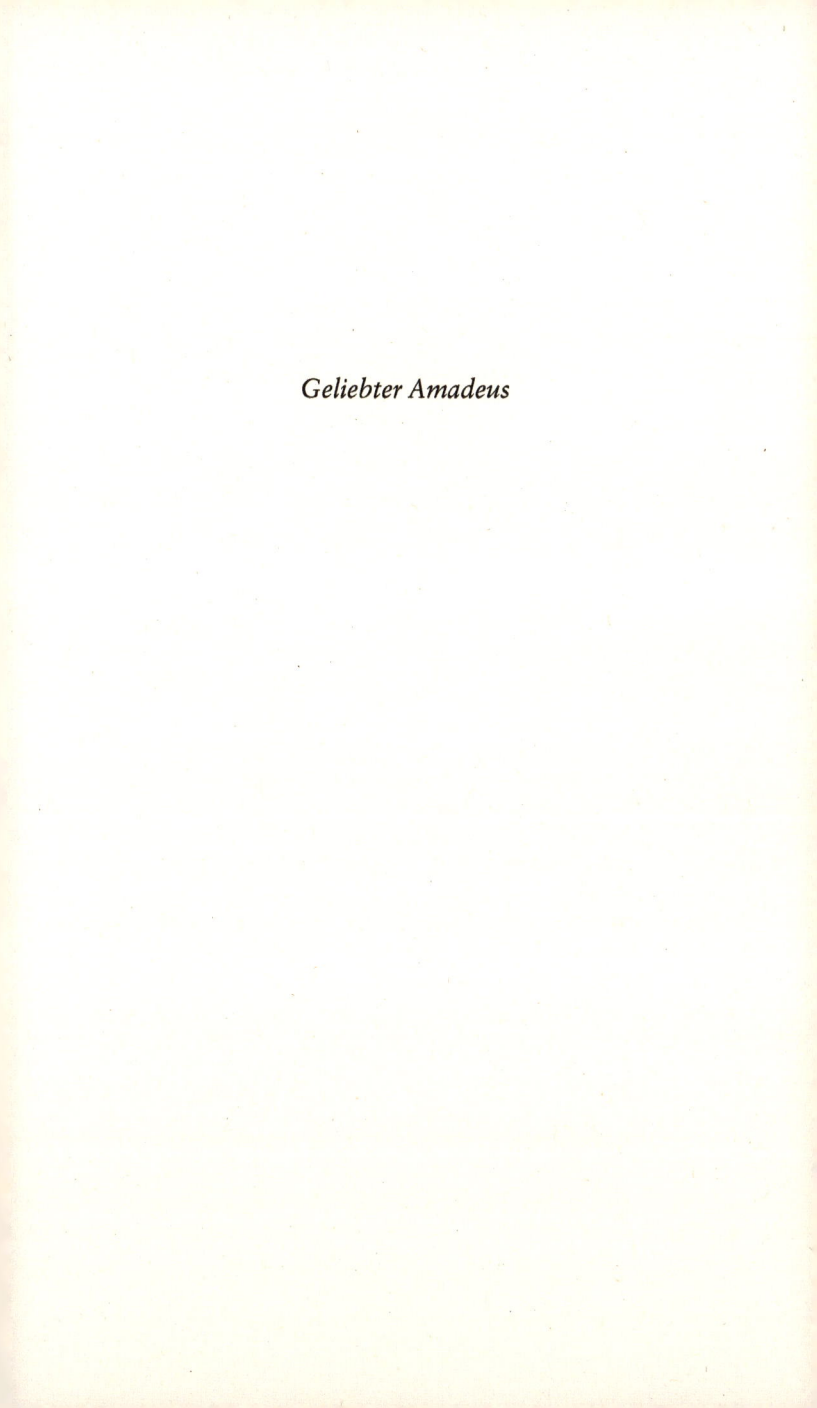

Geliebter Amadeus

Es hebt sich stolz des Marmors Pracht,
Wo in gewölbter Grüfte Nacht
Die Todten ruh'n, wo Pfeiler steh'n,
Wo Engel, Wappen, Schrift zu seh'n,
Die, als des Glanzes letzter Schein,
Der Großen, Reichen Grab sich weih'n.
Der Glanz, der sich geweiht dem Leben,
Muss jetzt den todten Staub erheben.

THOMAS PARNELL
Ein Nachtstück auf den Tod (1717; in der Übersetzung
von Louise von Ploennies, 1843)

PROLOG

Eure Mutter wurde gefunden.«

Noch eine knappe Woche nach dieser schockierenden Mitteilung hallten Vaters Worte in meinen Ohren wider.

Harriet! Man hatte Harriet gefunden! War das zu fassen?

Harriet, die bei einem Bergsteigerunfall im Himalaja ums Leben gekommen war, als ich gerade mal ein knappes Jahr alt gewesen war. Harriet, die mit eigenen Augen gesehen zu haben ich mich nicht erinnern kann.

Was ich empfand?

Nichts, muss ich gestehen.

Ich war wie vor den Kopf geschlagen, stumm und betäubt.

Ich empfand weder Freude noch Erleichterung – nicht einmal Dankbarkeit gegenüber denen, die Harriet über zehn Jahre nach ihrem Verschwinden gefunden hatten.

Ach, ich war starr und kalt, so beschämend starr und kalt, dass ich einfach nur allein sein wollte.

1

Aber fangen wir von vorn an. Es war ein makelloser englischer Morgen, einer jener strahlenden Tage Anfang April, an denen eine neugeborene Sonne plötzlich den Eindruck von Hochsommer hervorzaubert.

Ihre Strahlen brachen aus den dicken weißen Wolkenknödeln hervor, und die Schatten spielten miteinander Fangen über die grünen Felder und die wogenden Hügel hinauf. Im Wald hinter den Bahngleisen sang eine Nachtigall.

»Wie ein kolorierter Stich von Wordsworth«, sagte meine Schwester Daphne halblaut wie im Selbstgespräch. »Viel zu pittoresk.«

Meine ältere Schwester Ophelia war ein regloser, bleicher, in Gedanken versunkener Schemen.

Um die vereinbarte Zeit – es war zehn Uhr – standen wir alle mehr oder weniger gemeinsam auf dem kleinen Bahnhof von Buckshaw und warteten. Es war wohl das erste Mal in meinem Leben, dass ich Daffy ohne ein Buch in der Hand sah.

Vater stand etwas abseits, schaute alle paar Minuten auf seine Armbanduhr und spähte mit zusammengekniffenen Augen die Gleise entlang, ob womöglich in der Ferne schon Rauch zu sehen war.

Dogger hielt sich dicht hinter ihm. Die beiden Männer boten einen sonderbaren Anblick: Herr und Diener, die zusammen so schreckliche Zeiten durchgemacht hatten und nun in ihrem schönsten Sonntagsstaat auf einem entlegenen Landbahnhof herumstanden.

Früher einmal hatte der Bahnhof dazu gedient, Güter und Gäste zu dem hochherrschaftlichen Landsitz zu befördern. Die Gleise waren noch gut in Schuss, aber das Bahnhofsgebäude mit seinen verwitterten Backsteinen war schon seit Ewigkeiten mit Brettern verrammelt.

Doch in den letzten paar Tagen hatte man es für Harriets Heimkehr in aller Eile wieder hergerichtet. Man hatte gewischt und gefegt, die zerbrochenen Fensterscheiben ersetzt, das kleine Blumenbeet gejätet und neu bepflanzt.

Vater war gefragt worden, ob er nach London kommen und Harriet persönlich heimbegleiten wolle, aber er hatte darauf bestanden, sie hier am Bahnhof in Empfang zu nehmen. Hier war er Harriet vor vielen Jahren auch zum ersten Mal begegnet, als sie beide noch jung gewesen waren; so hatte er es dem Vikar erklärt.

Mir fiel auf, dass Vaters Schuhe auf Hochglanz poliert waren, woraus ich schloss, dass Doggers Verfassung sich erheblich gebessert hatte. Es gab Zeiten, in denen er nachts heulend und zähneklappernd in einer Ecke seiner kleinen Schlafkammer kauerte. Dann suchten ihn die Geister der Kriegsgefangenschaft heim, und die Dämonen der Vergangenheit folterten ihn. Zu anderen Zeiten war er so ausgeglichen und tüchtig, wie man nur sein konnte, und ich dankte Gott im Stillen, dass dieser Morgen dazugehörte.

Wir brauchten Dogger jetzt mehr denn je.

Hier und da standen Grüppchen von Dorfbewohnern auf dem Bahnsteig. Sie hielten respektvoll Abstand, unterhielten sich gedämpft und respektierten ansonsten unsere Privatsphäre. Eine größere Gruppe hatte sich um unsere Köchin, Mrs. Mullet, und ihren Gatten Alf geschart, als könnten sie auf diese Weise gleichsam wie durch Zauberei zu Mitgliedern unseres Haushalts werden.

Als der große Zeiger sich der Zwölf näherte, verstummten plötzlich alle, als hätten sie sich abgesprochen, und eine überirdische Stille senkte sich über den Bahnhof und seine ländliche Umgebung. Es war, als hätte jemand eine riesige Glasglocke über die Landschaft gestülpt und die ganze Welt hielte den Atem an. Sogar der Gesang der Nachtigall drüben im Wald riss jäh ab.

Die Luft war elektrisch aufgeladen, wie es oft vorkommt, wenn ein Zug sich nähert, aber noch nicht in Sicht ist.

Die Dorfbewohner traten beklommen von einem Fuß auf den anderen, und der Hauch unserer vereinten Atemzüge glich einem leisen Seufzer in der lauen englischen Luft.

Und dann, endlich, nach einer scheinbar nicht enden wollenden Stille, erschien am Horizont die Rauchwolke der Lokomotive.

Die Wolke kam näher und näher und brachte Harriet – meine Mutter – nach Hause.

Mir blieb die Luft weg, als die blinkende Lokomotive schnaufend in den Bahnhof einfuhr und quietschend zum Stehen kam.

Der Zug war nicht lang. Er bestand nur aus der Lokomotive und fünf, sechs Waggons. Einen Augenblick lang ruhte er sich in der Bedeutsamkeit seines wirbelnden Dampfes aus. Eine seltsame kleine Atempause entstand.

Dann stieg ein Schaffner aus dem letzten Wagen und blies dreimal kräftig in seine Trillerpfeife.

Die Türen glitten auf, und im nächsten Moment wimmelte der Bahnsteig von Uniformierten: Soldaten mit funkelnden Orden und gestutzten Schnurrbärten.

Sie bildeten rasch zwei Reihen und standen stramm.

Ein hochgewachsener, braun gebrannter Mann – der anscheinend ihr Vorgesetzter war, denn sein Brustkasten war mit Orden und bunten Bändern geradezu gepflastert – marschierte im Stechschritt auf Vater zu und salutierte so zackig, dass seine Hand wie eine Stimmgabel nachvibrierte.

Vater wirkte benommen, aber er nickte immerhin.

Aus den übrigen Waggons ergoss sich nun eine Schar Männer mit schwarzen Anzügen und steifen runden Hüten auf den Bahnsteig. Sie waren mit Spazierstöcken und zusammengeklappten Regenschirmen ausgerüstet. Auch eine Handvoll Frauen war darunter. Sie trugen strenge Kostüme, Hüte und Handschuhe, einige waren sogar in Uniform. Eine von ihnen, eine attraktive, aber furchteinflößende Dame in der Uniform der Royal Air Force sah so martialisch aus und hatte so viele Streifen am Ärmel, dass sie gut und gern Generalleutnant hätte sein können. In der langen Geschichte des Bahnhofs von Buckshaw war der Bahnsteig gewiss noch nie von einem solchen Menschensortiment bevölkert gewesen.

Zu meiner Überraschung entpuppte sich eine der Kostümträgerinnen als Vaters Schwester, Tante Felicity. Sie umarmte erst Feely, dann Daffy, dann mich und nahm dann ohne ein Wort neben Vater Aufstellung.

Auf einen knappen Befehl hin marschierten die beiden Soldatenreihen zur Spitze des Zuges, und die breite Tür des Gepäckwagens wurde aufgeschoben.

Weil die Sonne so hell schien, war es schwer, in dem finsteren Wageninneren etwas zu erkennen. Anfangs sah ich nur ein Dutzend weiße Handschuhe scheinbar körperlos durch die Dunkelheit huschen.

Dann glitt, ja schwebte eine längliche Holzkiste ins Freie und wurde von der Doppelreihe der Soldaten in Empfang genommen. Die Männer hoben die Kiste auf die Schultern und standen einen Moment lang stocksteif da wie Schnitz-figuren, die Augen geradeaus gerichtet.

Ich konnte den Blick nicht von der Kiste wenden.

Es war ein Sarg. Jetzt, da er das Dämmerlicht des Gepäck-waggons verlassen hatte, glänzte er kalt in der grellen Sonne.

In dem Sarg lag Harriet. *Harriet.*

Meine Mutter.

2

Was dachte ich? Was fühlte ich?

Das wüsste ich auch gern.

Trauer vielleicht, dass unsere Hoffnungen ein für alle Mal zunichte waren? Erleichterung, dass Harriet endlich heimgekehrt war?

Ihr Sarg hätte mattschwarz sein sollen. Mit kalt funkelnden Silberbeschlägen, auf denen verhüllte Urnen und todtraurige Engelchen dargestellt waren.

Stattdessen war er aus sattbraunem Eichenholz getischlert, dessen Lack so obszön glänzte, dass mir die Augen wehtaten. Ich konnte den Anblick kaum ertragen.

Seltsamerweise musste ich an den Schluss von Mrs. Nesbits Roman *Die Eisenbahnkinder* denken, wo sich Bobbie auf dem Bahnsteig in die Arme ihres zu Unrecht ins Gefängnis gesperrten Papas wirft.

Doch für mich war kein solch versöhnliches Ende vorgesehen und für Vater, Feely und Daffy genauso wenig. Nein, ein Happy End blieb uns versagt.

Ich schielte hilfesuchend zu Vater hinüber, doch auch er stand wie erstarrt da, als sei er in seinen ganz persönlichen Gletscher eingeschlossen, jenseits aller Trauer und aller Gefühlsausbrüche, als nun der Union Jack, die britische Flagge, über den Sarg gebreitet wurde.

Alf Mullets Hand schnellte salutierend an die Schläfe und verharrte dort.

Daffy verpasste mir einen Rippenstoß und deutete verstohlen mit dem Kinn auf das andere Ende des Bahnsteigs.

Dort stand ein wenig abseits von den anderen ein korpulenter älterer Herr im schwarzen Anzug. Ich erkannte ihn auf Anhieb.

Als sich die Träger nun gemessenen Schrittes und unter ihrer Last gebeugt in Bewegung setzten, nahm er seinen schwarzen Hut ab und behielt ihn in der Hand.

Es war Winston Churchill.

Was in aller Welt führte den ehemaligen Premierminister nach Bishop's Lacey?

Ganz allein stand er dort und schaute zu, wie meine Mutter in der allgemeinen Grabesstille zu einem motorisierten Leichenwagen getragen wurde, der wie aus dem Nichts aufgetaucht war.

Churchill schaute zu, wie der Sarg, dem ein Offizier mit gezücktem Degen voranschritt, an Vater vorbeigetragen wurde, an Feely, an Daffy und zu guter Letzt an mir. Dann erst trat er neben Vater.

»Sie war England, verflucht noch mal«, knurrte er.

Wie jemand, der aus einem Traum erwacht, hob Vater langsam den Blick und richtete ihn auf Churchills Gesicht.

Erst nach einer ganzen Weile erwiderte er: »Sie war mehr als das, Herr Premierminister.«

Churchill nickte und fasste Vater am Ellbogen. »Wir können es uns nicht leisten, einen de Luce zu verlieren, Haviland«, sagte er.

Wie meinte er das?

So standen sie Seite an Seite wie zwei Besiegte, so schien es mir, Brüder in einem Geiste, den ich nicht begriff, ja, der meine Vorstellungskraft weit überstieg.

Als Mr. Churchill erst Vater, dann Feely, dann Daffy und

sogar Tante Felicity die Hand geschüttelt hatte, kam er schließlich auch zu mir.

»Nun, junge Dame? Hast du mittlerweile auch eine Vorliebe für Fasanensandwiches entwickelt?«

Diese Frage! Wortwörtlich!

Ich hatte sie schon einmal gehört! Nein, nicht *gehört* – *gesehen*!

Mit einem Mal standen meine Haarwurzeln auf Zehenspitzen.

Churchills blauer Blick durchbohrte mich, als könnte er geradewegs in meine Seele schauen.

Was meinte er damit? Und was für eine Antwort erwartete er von mir?

Peinlicherweise wurde ich rot. Mehr brachte ich nicht zustande.

Mr. Churchill schaute mich noch einmal eindringlich an, dann ergriff er meine Hand und drückte sie sanft. Er hatte auffallend lange Finger.

»Ja«, sagte er, als führte er Selbstgespräche. »Ja, ganz bestimmt.«

Mit diesen Worten ließ er mich stehen und ging davon, den Bahnsteig entlang, bahnte sich einen Weg durch die Dorfbewohner und nickte ihnen feierlich nach rechts und links zu, bis er schließlich in seinen wartenden Wagen stieg.

Auch wenn er schon lange nicht mehr in Amt und Würden war, so besaß der untersetzte kleine Mann mit dem Bulldoggengesicht und den durchdringenden, großen blauen Augen doch immer noch eine überwältigende Ausstrahlung.

Schon stand Daffy neben mir und raunte mir ins Ohr: »Was hat er gesagt?«

»Er hat mir sein Beileid ausgesprochen«, log ich. Warum,

wusste ich selbst nicht, aber es kam mir richtig vor. »Herzliches Beileid – das war alles.«

Daffy bedachte mich mit ihrem typischen Giftblick.

Wie war es nur möglich, sinnierte ich, dass wir beiden Schwestern einander sogar in Gegenwart unserer toten Mutter wegen einer harmlosen Schwindelei schier an die Gurgel gingen? Es war absurd, aber anscheinend nicht zu ändern. Wahrscheinlich ist das Leben nun mal so.

Und der Tod.

In einem Punkt war ich mir jedoch ganz sicher: Ich wollte nach Hause. Mich in meinem Zimmer einschließen und allein sein.

Vater war damit beschäftigt, allen Leuten die Hand zu schütteln, die ihm ihr Beileid bekunden wollten. Ein klagendes »ei... ei... ei...« erfüllte die Luft.

»Mein Beileid, Colonel de Luce... mein Beileid... mein Beileid«, hieß es immer und immer wieder in den verschiedensten Tonlagen. Ein Wunder, dass Vater nicht den Verstand verlor.

Fiel denn niemandem etwas Originelleres ein?

Von Daffy wusste ich, dass die englische Sprache schätzungsweise eine halbe Million Wörter umfasst. Bei dieser Auswahl hätte doch wenigstens einer der Anwesenden eine andere Formulierung als das abgedroschene »Mein Beileid« zustande bringen können.

Ich dachte noch darüber nach, als sich ein großer Mann in einem für dieses schöne Wetter viel zu langen und dicken Mantel aus der Menge löste und schnurstracks auf mich zukam.

»Miss de Luce?«, fragte er mit verblüffend sanfter Stimme.

Ich war es nicht gewohnt, als »Miss de Luce« angesprochen zu werden. Diese Anrede war üblicherweise für Daffy und Feely reserviert – und für Tante Felicity.

»Ja, ich bin Flavia de Luce«, entgegnete ich. »Und wer sind Sie?«

Dogger hatte mir eingeschärft, diese Frage sofort zu stellen, wenn mich ein Fremder ansprach. Ich linste unauffällig zu ihm hinüber. Er war Vater nicht von der Seite gewichen.

»Ich bin ein Freund«, sagte der Mann. »Ein Freund der Familie. Ich muss mit Ihnen reden.«

Ich trat einen Schritt zurück. »Tut mir leid, aber ...«

»Bitte. Es ist *lebenswichtig*.«

Lebenswichtig? Wer in einer Alltagskonversation so ein Wort benutzte, konnte kein Dorfbewohner sein.

»Ich weiß nicht ...«, sagte ich zögerlich.

»Richten Sie Ihrem Vater bitte aus, dass der Wildhüter in Gefahr ist. Er wird wissen, was gemeint ist. Ich muss ihn unbedingt sprechen. Richten Sie ihm aus, das Nest des Colchicus wird angegriff...«

Plötzlich weiteten sich seine Augen – staunend vielleicht oder eher erschrocken? Was oder wen hatte er hinter mir erblickt?

»Komm endlich, Flavia. Du hältst uns alle auf.«

Es war meine Schwester Feely. Sie nickte dem Fremden höflich zu, dann packte sie mich am Arm und zerrte übertrieben unsanft daran.

»Ich komme gleich«, erwiderte ich, duckte mich seitlich weg und entwand mich ihrem Griff.

Dogger hielt bereits den Wagenschlag von Harriets altem Rolls-Royce Phantom II auf. Er hatte das Automobil so dicht am Bahnsteig geparkt, wie es ging. Vater war auf halbem Weg zum Wagen. Er schlurfte mitleiderregend und hielt den Kopf gesenkt.

Erst in diesem Augenblick wurde mir richtig klar, was für ein vernichtender Schlag das Ganze für ihn sein musste.

Er hatte Harriet ein zweites Mal verloren.

»Flavia!«

Das war wieder Feely. Ihre blauen Augen blitzten ungeduldig. Sie fauchte mich an: »Warum musst du immer so ...«

Das Pfeifen der Dampflokomotive übertönte sie, aber ich las das unverschämte Ende des Satzes von ihren Lippen ab.

Der Zug setzte sich träge in Bewegung. Bei der Vorbesprechung hatte uns der Bestattungsunternehmer erklärt, dass der Zug, sobald wir den Bahnhof verließen, zu einem nicht mehr genutzten Betriebsbahnhof nördlich von East Finching weiterfahren, dort wenden und dann nach London zurückkehren würde. Mit einem Leichenzug rückwärts zu fahren verstieß laut Mr. Sowerby von Sowerby & Söhne erstens gegen den Ehrenkodex der Bestatterzunft und brachte zweitens »außerordentliches Pech«, wie er sich ausgedrückt hatte.

Unterdessen schleifte mich Feely – im wahrsten Sinne des Wortes – in Richtung Rolls-Royce.

Ich versuchte vergeblich, mich loszureißen. Sie hatte die Finger in meinen Oberarm gekrallt, und ich stolperte keuchend hinter ihr her.

Da ertönte vom Bahnhof plötzlich ein lauter Ruf. Erst dachte ich, die Dorfbewohner würden dagegen protestieren, dass Feely mich so grausam misshandelte, dann sah ich die Leute an der Bahnsteigkante zusammenströmen.

Der Schaffner trillerte wie verrückt auf seiner Pfeife, jemand schrie, und der Zug bremste scharf. Dampfwolken quollen unter den Rädern hervor. Ich nutzte die Gelegenheit, mich zu befreien, und drängte mich unter Einsatz meiner Ellbogen durch die Menge, vorbei an der Offizierin, die wie angewurzelt dastand.

Auch die Dörfler standen wie erstarrt, viele hatten die Hände vor den Mund geschlagen.

»Jemand hat ihn geschubst«, rief eine Frauenstimme hinten in der Menge.

Vor meinen Schuhspitzen, als wollte sie danach greifen, ragte eine Hand unter den Rädern des hintersten Waggons empor. Ich kniete mich hin. Die gespreizten Finger waren mit frischer Erde beschmiert und streckten sich nach einer Hilfe aus, die nie mehr kommen würde. Das fast unanständig nackte Handgelenk war mit goldblonden Härchen bedeckt, die in der Zugluft unter dem Waggon leise hin und her wehten.

Der Geruch von erhitzter Wagenschmiere stieg mir in die Nase, doch er mischte sich mit einem strengen Kupferaroma. Wer diesen Geruch kennt, vergisst ihn nicht mehr.

So riecht Blut.

Die noch zugeknöpfte Ärmelmanschette war bis unter den reglosen Ellbogen hochgeschoben. Der Mantel war viel zu lang und dick für dieses schöne Wetter.

3

Der Rolls-Royce kroch im Schneckentempo hinter dem Leichenwagen her.

Vom Bahnhof bis zu uns nach Buckshaw war es zwar nur eine Meile, aber ich ahnte, dass diese traurige Fahrt ewig dauern würde.

Der analytische Teil meines Hirns hätte sich gern damit befasst, aus dem Geschehen am Bahnsteig schlau zu werden: dem gewaltsamen Tod eines Fremden unter den Zugrädern.

Doch mein primitives Reptiliengehirn wollte das nicht zulassen und bombardierte mich mit Ausreden, die nur allzu vernünftig klangen.

Diese kostbaren Stunden gebühren Harriet, mahnte es. *Du darfst sie ihr nicht rauben. Das bist du dem Andenken deiner Mutter schuldig, Flavia. Harriet… nur an sie darfst du jetzt denken.*

Ich ließ mich in die bequemen Lederpolster zurücksinken und gestattete meinen Gedanken, zu jenem Tag vor einer Woche in meinem Laboratorium zurückzukehren…

Ihre ertrunkenen Gesichter sehen nicht so weiß und fischig aus, wie man erwarten könnte. Sie treiben im blutroten Licht dicht unter der Oberfläche und haben eher die Farbe fauliger Rosen.

Trotz allem, was geschehen ist, lächelt sie noch. Sein Gesicht hat einen bestürzend jungenhaften Ausdruck.

Zwischen den beiden ringeln sich bis auf den Grund der Flüssigkeit schwarze Bänder, die wie Seetangwedel ineinander verschlungen sind.

Ich tunke den Zeigefinger ins Wasser und male ihre Initialen:

HDL

Der Mann und die Frau sind einander so eng verbunden, dass dieselben drei Buchstaben für sie beide stehen: Harriet de Luce und Haviland de Luce.

Meine Mutter und mein Vater.

Ich war durch einen seltsamen Zufall an die Bilder gekommen.

Der Dachboden von Buckshaw ist eine riesige oberirdische Unterwelt. Dort lagert das ganze Gerümpel, der ausgediente Kram, die traurigen, verstaubten Überreste all jener, die in den letzten Jahrhunderten in diesem Haus gewohnt und gewirkt haben.

Auf dem vor sich hin modernden Betstuhl zum Beispiel, auf dem die zum Jähzorn neigende Georgina de Luce einst mit frommer Miene unter ihrer Puderperücke gekniet und den geflüsterten Beichten ihrer verschüchterten Kinder gelauscht hatte, thronte das verbogene Wrack des selbst gebauten Segelfliegers, mit dem sich ihr unseliger Enkel Leopold von den Zinnen des Ostflügels in die Lüfte geschwungen hatte, um im nächsten Augenblick auf dem steinhart gefrorenen Boden des Visto aufzuschlagen, womit dieser Zweig der Familie ein jähes Ende nahm. Wenn man genau hinsah, erkannte man noch die oxidierten Blutflecken auf den zerbrechlichen, mit Leinwand bespannten Flügeln.

In einer anderen Ecke waren Porzellannachttöpfe dermaßen hoch aufgetürmt, dass sich der Stapel zu einer rück-gratähnlichen Kurve bog. Noch immer hing ein schwacher, aber unverkennbarer Urinhauch in der muffigen Luft.

Tische, Stühle und Kaminsimse standen traulich Seite an Seite mit Uhren aus feuervergoldeter Bronze, griechischen Vasen in leuchtendem Orange und Schwarz, ungeliebten Schirmständern und dem traurig dreinblickenden Kopf einer schlampig ausgestopften Gazelle.

Auf diesen Friedhof ausrangierten Plunders hatte ich mich nach Vaters Offenbarung instinktiv geflüchtet.

Ich war die Treppe hochgerannt und hatte mich in einer Ecke auf den Boden fallen lassen. Weil ich nicht über das Ge-hörte nachdenken wollte, hatte ich mechanisch einen jener unsinnigen Kinderreime aufgesagt, zu denen wir in Zeiten großer Anspannung unsere Zuflucht nehmen, wenn wir uns keinen Rat mehr wissen.

»*A war ein Arzt, der Kranken Heilung bot,*
B war ein Bäcker, der Brot und Brötchen buk,
C war ein Clown, der lachte und weinte...«

Weinen? Nein, ich würde jetzt *nicht* weinen, verdammt noch mal! Das kam nicht in die Tüte!

Zum Teufel mit den Bäckern und Clowns! Da sagte ich doch lieber mein eigenes Gift-ABC auf.

»*A wie Arsen, in die Suppe gerührt,*
B wie Blausäure, die zum Herzstillstand führt...«

Ich war eben bei »C« wie »Curare« angekommen, als ich sah, wie etwas hinter einen französischen Schrank mit ge-schnitztem Aufsatz huschte.

Eine Maus? Oder vielleicht eine Ratte?

Gewundert hätte es mich nicht. Wie schon gesagt, der Dachboden auf Buckshaw war der reinste Müllabladeplatz. Ratten fühlten sich dort bestimmt genauso zu Hause wie ich.

Ich stand auf und schaute hinter den Schrank, aber da war nichts.

Daraufhin öffnete ich eine der dunkel gebeizten Türen des Monstrums und entdeckte sie: schwarze Transportkoffer – gleich zwei vom selben Modell. Sie waren in die hinterste Ecke geschoben, als hätte sie jemand verstecken wollen.

Ich griff in den Schrank und zog meine Fundstücke aus der Finsternis ins Schummerlicht.

Sie waren mit genarbtem Leder bezogen und besaßen glänzend vernickelte Schlösser. Die Schlüssel waren zum Glück mit ordinärer Schnur an den Handgriffen festgebunden.

Ich schloss den ersten Koffer auf und öffnete den Deckel.

Schon beim Anblick der Eisblumenlackierung des Metalls und der verstellbaren Krakenarme, die zusammengeklappt in ihren mit Samt ausgeschlagenen Fächern lagen, wusste ich, worum es sich handelte: um einen Filmprojektor.

Mr. Mitchell, der Inhaber des Fotostudios in Bishop's Lacey, besaß ein ganz ähnliches Gerät. Ab und zu führte er darauf im Gemeindesaal von St. Tankred immer dieselben langweiligen Filme vor.

Natürlich war sein Projektor größer und mit einem Lautsprecher für den Ton ausgestattet.

Ich klappte den zweiten Koffer auf.

Auch er enthielt ein technisches Gerät. Es war kleiner als der Projektor und hatte an der Seite eine Kurbel mit Federwerk und einen drehbaren Vorsatz mit mehreren Linsen.

Eine Filmkamera.

Ich hob sie vors Auge und spähte durch den Sucher. Dann

bewegte ich die Kamera langsam von rechts nach links, als würde ich etwas aufnehmen.

»Buckshaw«, verkündete ich im Tonfall der Wochenschau. »Seit undenklichen Zeiten das ehrwürdige Heim der Familie de Luce ... ein zweigeteiltes Haus ... ein entzweites Haus.«

Dann stellte ich die Kamera unvermittelt ab, womöglich auch ziemlich unsanft. Ich hatte plötzlich keine Lust mehr, damit weiterzuspielen.

Dabei fiel mein Blick auf die kleine Anzeige am Gehäuse. Die Skala reichte von null bis fünfzig Meter, und die Nadel stand kurz vor – aber nicht auf! – der Fünfzig.

In der Kamera war noch ein Film – nach so vielen Jahren!

Wenn ich nicht völlig danebenlag, waren ungefähr fünf-undvierzig Meter des Streifens belichtet.

Belichtet, aber nicht entwickelt!

Das Herz klopfte mir bis zum Hals.

Wenn mein Verdacht begründet war, enthielt diese Kamera womöglich unbekannte Bilder meiner verstorbenen Mutter Harriet.

Es dauerte keine Stunde, dann hatte ich in meinem Chemielabor im ersten Stock des verlassenen Ostflügels von Buckshaw die erforderlichen Vorbereitungen getroffen. Das Labor war gegen Ende des viktorianischen Zeitalters von Tarquin de Luces Vater für seinen Sohn eingerichtet worden. Tarquin war Harriets Onkel gewesen, und sein spektakulärer Nervenzusammenbruch in Oxford sorgte noch heute, nach über fünfzig Jahren, für Getuschel in jenen heiligen Hallen.

In diesem sonnendurchfluteten Raum im obersten Stockwerk des Hauses hatte Onkel Tar gelebt und gearbeitet, und zu guter Letzt war er auch dort gestorben. Seine Forschungen über den Zerfall erster Ordnung von Stickstoffpentoxid waren angeblich für die Zerstörung der japanischen Städte Hiroshima und Nagasaki mitverantwortlich gewesen.

Vor ein paar Jahren, als ich mich an einem verregneten Tag zu einer kleinen Entdeckungsreise aufgemacht hatte, war ich auf dieses Königreich voller eingestaubter Glasbehälter gestoßen und hatte es sogleich beschlagnahmt. Indem ich Onkel Tars Notizbücher studierte und viele der Experimente aus seiner umfangreichen Fachbibliothek nachmachte, hatte ich mich im Lauf der Zeit selbst zu einer ausgesprochen kompetenten Chemikerin ausgebildet.

Allerdings war mein Spezialgebiet nicht der Zerfall von Stickstoffpentoxid. Ich interessierte mich eher für traditionellere Gifte.

Ich zog die Kamera unter meinem Pullover hervor. Dort hatte ich sie vorsichtshalber versteckt, für den Fall, dass ich beim Abstieg vom Dachboden von einer meiner Schwestern abgefangen wurde. Feely war im Januar achtzehn geworden und somit noch ein Weilchen sieben Jahre älter als ich. Daffy – wir hatten am gleichen Tag Geburtstag – wurde bald vierzehn und ich dann eben zwölf.

Wir waren zwar Schwestern, aber deswegen noch lange keine Freundinnen. Im Gegenteil. Wir waren unablässig damit beschäftigt, uns immer neue Methoden auszudenken, wie wir einander piesacken konnten.

In der kleinen Dunkelkammer hinter dem Labor nahm ich eine braune Glasflasche aus dem Regal. METOL stand in Onkel Tars Spinnenhandschrift auf dem Etikett.

Wobei das natürlich nur ein Fantasiename für das gute alte Methylaminophenolsulfat war.

Ich hatte als Erstes ein mit dunklen Flecken übersätes Handbuch für Fotografen durchgeblättert. Einen Film zu entwickeln schien nicht weiter schwer zu sein.

Schritt eins: Der Entwickler.

Ich zog den verklebten Pfropfen aus der Flasche und goss mit angewidertem Gesicht probehalber ein paar Milliliter in einen Messbecher. Zwanzig Jahre im Regal hatten ihren Tribut gefordert. Das Metol war oxidiert und hatte sich in eine scharf riechende Brühe verwandelt, die aussah wie ein Kaffeerest vom Vorabend.

Meine Grimasse verwandelte sich in ein Grinsen.

»Haben wir irgendwo Kaffee?« Mit gelangweilter Miene schlenderte ich in die Küche.

»Kaffee?«, wiederholte Mrs. Mullet erstaunt. »Was willst du denn mit Kaffee? Das ist kein Getränk für kleine Mädchen. Davon bekommst du bloß Bauchgrimmen.«

»Ich dachte, falls wir Besuch bekommen, freut der Betreffende sich bestimmt über eine Tasse.«

Man hätte denken können, ich hätte nach Champagner gefragt.

»Und wen erwartest du, bitte schön?«

»Dieter«, log ich.

Dieter Schrantz war ein ehemaliger deutscher Kriegsgefangener. Er arbeitete auf der Culverhouse Farm und hatte sich kürzlich mit Feely verlobt.

»Ist ja auch egal«, sagte ich. »Dann muss er sich eben mit Tee begnügen. Haben wir denn noch Kekse?«

»In der Speisekammer. In der hübschen Dose mit Windsor Castle drauf.«

Ich grinste dämlich und verschwand in der Speisekammer. Meine Erinnerung hatte mich nicht getrogen. Ganz hinten auf einem hohen Regal stand ein Glas mit gemahlenem Maxwell-House-Kaffee. Ein Geschenk – trotz der Rationierung – von Carl Pendracka, der auf dem amerikanischen Luftwaffenstützpunkt in Leathcote stationiert war. Trotz

Vaters unerschütterlicher Überzeugung, dass Carl ein Nach-
fahre von König Artus war, hatte Dieter beim Wettstreit um
Feelys zarte Hand das Rennen gemacht.

Mit einem stummen Gebet dankte ich Gott dafür, dass
altmodische Kleidung immer so schlabberig war, verstaute
das Kaffeeglas unter meinem Pulli, dazu einen Großküchen-
schneebesen, klemmte mir ein paar Empire-Kekse zwischen
die Zähne und verließ die Speisekammer wieder.

Mit gekrümmtem Rücken schlich ich aus der Küche und
nuschelte über die Schulter: »Danke, Mrs. M.«

Als ich hinter meiner Labortür in Sicherheit war, schüttete
ich den Kaffee in einen Papierfilter, den ich in einen Glas-
trichter gestellt hatte. Dann zündete ich einen Bunsenbrenner an und wartete darauf, dass das destillierte Wasser im
Teekessel kochte.

Chemisch gesehen, geht es bei der Filmentwicklung schlicht
darum, die Silberhalogenidkristalle zu Silber zu reduzieren.
Wenn Metol das fertigbrachte, warum dann nicht auch Kof-
fein? Vanilleextrakt hätte diesen Zweck ebenfalls erfüllt, aber
wenn ich Mrs. Mullets Vanilleextrakt gemopst hätte, hätte
sie mich einen Kopf kürzer gemacht. Da war der gehamsterte
Kaffee doch die bessere Lösung.

Als das Wasser zwei Minuten gekocht hatte, maß ich drei
Tassen ab und goss sie über das Kaffeepulver. Es roch beinahe trinkbar.

Ich rührte die braune Flüssigkeit so lange um, bis der
Schaum verschwunden war, und als das Ganze einigermaßen
abgekühlt war, gab ich sieben Teelöffel Natriumcarbonat
dazu – gutes, altes Bleichsoda.

Der einladende Kaffeeduft verwandelte sich sofort in einen
Gestank, der von Sekunde zu Sekunde beißender wurde. Genau genommen stank es, als hätte der Blitz in ein vergam-

meltes Caféhaus im Elendsviertel der Hölle eingeschlagen. Ich war froh, den Raum verlassen zu können, und sei es auch nur für ein paar Minuten.

Bei dem nun folgenden kurzen Ausflug auf den Dachboden holte ich mir die emaillierte Bettpfanne, die ich unter den Hinterlassenschaften der Familie de Luce entdeckt hatte. Dann konnte es weitergehen.

Schließlich räumte ich alles, was ich brauchte, in die Dunkelkammer und schloss die Tür hinter mir ab.

Ich knipste die Notbeleuchtung an. Ein roter Blitz – ein leises *Popp*.

Mist! Die verflixte Birne war durchgebrannt.

Ich schloss die Tür wieder auf und machte mich auf die Suche nach einer Ersatzbirne.

In regelmäßigen Abständen schimpften wir darüber, dass Vater Dogger angewiesen hatte, fast alle Glühbirnen auf Buckshaw durch solche mit nur zehn Watt zu ersetzen, weil das Strom sparte. Die Einzige, die sich nicht weiter daran störte, war Feely. Ihr genügte ein trübes Flackerlicht, um Tagebuch zu schreiben und ihr pickliges Gesicht im Spiegel zu inspizieren.

»Strom sparen hilft Siegen«, pflegte sie zu sagen, als sei der Krieg nicht schon seit sechs Jahren vorbei gewesen. »Außerdem ist es so viel romantischer.«

Ich musste also nicht lange überlegen, welche Birne ich stibitzen sollte.

Bevor man bis siebenundachtzig zählen konnte – dafür garantiere ich, denn ich zählte in Gedanken mit –, war ich wieder in meinem Labor. Meine Beute bestand aus der Birne aus Feelys Nachttischlampe sowie einem Fläschchen »Wo brennt's?«-Nagellack, mit dem sie neuerdings ihre Finger zu verunstalten pflegte.

Wenn die Natur gewollt hätte, dass wir knallrote Fingerspitzen haben, hätte sie uns mit dem Blut *auf* der Haut erschaffen.

Ich malte die Birne mit dem Nagellack an, pustete wie ein hechelnder Wolf darauf, bis die Schicht trocken war, und verpasste der Birne gleich noch einen zweiten Anstrich, damit auch wirklich jeder Quadratmillimeter Glas abgedeckt war.

Bei meinem heiklen Vorhaben konnte ich nicht riskieren, dass auch nur ein einziger weißer Lichtstrahl durch den roten Lack drang.

Dann schloss ich mich wieder in der Dunkelkammer ein. Ich betätigte den Lichtschalter und wurde mit einem matten roten Schein belohnt.

Perfekt!

Ich drehte ein paar Mal an der Kurbel der Kamera, dann drückte ich auf den Knopf. In dem Gehäuse surrte es knatternd, als sich der Filmstreifen in Bewegung setzte. Nach nicht mal zehn Sekunden schlug das lose Ende träge gegen die Spule.

Ich öffnete den Verschluss, klappte das Seitenteil des Gehäuses auf und nahm die volle Spule heraus.

Jetzt wurde es knifflig.

Eine Umdrehung nach der anderen wickelte ich den Film von der Spule auf den Schneebesen. Die Enden klemmte ich mit Büroklammern fest.

Die Hälfte meines Kaffee-»Entwicklers« hatte ich schon vorher in die Bettpfanne gekippt. Nun tauchte ich den Schneebesen hinein und drehte ihn langsam... ganz, ganz langsam... wie ein Hähnchen auf dem Grillspieß.

Das Thermometer im Kaffeebad zeigte exakt zwanzig Grad Celsius.

Die im Fotografenhandbuch vorgeschriebenen zwölf

Minuten zogen sich wie zäher Schleim. Als ich, den Blick auf die Uhr geheftet, wartend dastand, fiel mir ein, dass man in der Frühzeit der Fotografie Gallussäure, $C_7H_6O_5$, als Entwickler verwendet hatte. Diese Flüssigkeit wurde in kleinen Mengen aus Galläpfeln gewonnen, Wucherungen, die auf den Zweigen der Galleiche, auch Färbereiche genannt, wachsen, und zwar überall dort, wo eine Gallwespe ihre Eier abgelegt hatte.

Eigentlich seltsam, dass die gleiche Gallussäure, mit Wasser verdünnt, früher auch als Gegenmittel bei Strychninvergiftungen verwendet wurde.

Was für ein schöner Gedanke, dass wir ohne die Weibchen der Gallwespe weder die Fotografie erfunden noch irgendwelche reichen Erbonkel vor Mordanschlägen gerettet hätten.

Ob auf dem Film, den ich in der Kamera entdeckt hatte, überhaupt noch irgendwelche latenten Bilder zu finden waren? Es war doch interessant, dass man mit demselben Wort – »latent« – sowohl die unsichtbaren, noch unentwickelten Gestalten und Formen auf Filmmaterial bezeichnete als auch gerade noch sichtbare Fingerabdrücke.

War auf dem Film überhaupt noch etwas zu sehen? Oder zeigte er nach so vielen sengend heißen Sommern und klirrend kalten Wintern auf dem Dachboden nur noch enttäuschenden grauen Nebel?

Gespannt beobachtete ich, wie sich auf dem Filmstreifen, zum Greifen nah, wie durch Zauberei Hunderte winziger Negative abzeichneten.

Die einzelnen Bilder waren jedoch viel zu klein, um daraus auf den Inhalt des gesamten Films zu schließen. Er würde seine Geheimnisse – falls vorhanden – erst nach der vollständigen Entwicklung preisgeben.

Zwölf Minuten waren vergangen, aber mir kam es vor,

als seien die Bilder immer noch nicht fertig. Offenbar wirkte das Kaffeegebräu langsamer als Metol. Also musste ich den Schneebesen so lange weiterdrehen, bis die Bilder so dunkel waren wie normale Negative.

Noch einmal zwölf Minuten verstrichen, und mir wurde allmählich die Hand lahm.

Wenn es um Chemie geht, ist Ungeduld keine Tugend. Trotzdem ist eine halbe Stunde viel zu lang für *irgendeine* Betätigung, schon gar für eine, die keinen Spaß macht.

Als die Bilder endlich zufriedenstellend aussahen, war ich kurz davor, laut zu schreien.

Aber ich war noch nicht fertig. Noch lange nicht. Das hier war nur der erste Schritt.

Es folgte das erste Wässern: fünf Minuten unter laufendem Hahn.

Das Warten war die reinste Folter. Am liebsten hätte ich den halb entwickelten Film einfach in den Projektor gesteckt und es drauf ankommen lassen.

Doch nun war das Bleichbad an der Reihe. Ich hatte bereits einen viertel Teelöffel Kaliumpermanganat in einen Viertelliter Wasser eingerührt und eine zweite Lösung aus Schwefelsäure und etwas weniger Wasser hinzugefügt.

Wieder musste ich fünf Minuten warten und den Filmstreifen langsam in der Flüssigkeit drehen.

Beim zweiten Wässern zählte ich langsam sechzig Sekunden ab.

Das Klärbad: fünf Teelöffel Kaliumdisulfit in einem Viertelliter Wasser aufgelöst.

Jetzt konnte ich gefahrlos die Deckenbeleuchtung einschalten.

Das opake Silberhalogenid, also jene Stellen des Films, die später schwarz werden würden, war inzwischen buttergelb.

Das Ganze sah aus, als hätte ich mit Mrs. Mullets ungenieß-
barem Senf auf einem Streifen Glas herumgeschmiert.

In der Draufsicht wirkten die Bilder immer noch wie
Negative. Hielt ich sie aber vor die Deckenlampe, erschienen
sie auf einmal als Positive.

Ich konnte schon unser Haus erkennen: aus weiter Entfernung aufgenommen, ein gelbes, gealtertes Buckshaw wie
eine Behausung aus einem Traum.

Jetzt kam die Umkehrbelichtung.

Ich hielt den Schneebesen am ausgestreckten Arm mit
etwa fünfundvierzig Zentimeter Abstand unter die Deckenbeleuchtung und drehte das Gerät dann wieder abgezählte
sechzig Sekunden lang. Diesmal benutzte ich allerdings die
Abwandlung einer Methode, die ich bei den Beatmungs-
übungen im Erste-Hilfe-Kurs bei den Pfadfinderinnen gelernt hatte, bevor ich (zu Unrecht) aus dem Verein hinaus-
geworfen wurde.

»Eins Blau-säu-re, zwei Blau-säu-re, drei Blau-säu-re« und
so weiter.

Die Minute war im Nu verflogen.

Ich wickelte den Filmstreifen von dem Schneebesen ab,
drehte ihn um und belichtete die Rückseite auf die gleiche
Art.

Dann war wieder Kaffeezeit. Das Handbuch bezeichnete
diesen Vorgang als »Zweitentwicklung«. Hierbei sollte sich
alles, was noch gelb war, schwarz färben.

Noch einmal sechs Minuten Tunken und Drehen, damit
auch wirklich alle Stellen des Films gleichmäßig von der stin-
kenden Brühe benetzt wurden.

Das nächste Wässern kam mir, obwohl es nur sechzig
Sekunden dauerte, wie eine Ewigkeit vor. Meine Arme waren
durch die ständige Drehbewegung völlig verkrampft, und

meine Hände stanken, als hätte ich sie in … Aber lassen wir das.

Ein Fixierbad erübrigte sich. Das Bleichbad hatte das reduzierte Silber bereits aus dem ersten Entwicklungsvorgang entfernt, und die übrigen Silberhalogenid-Körnchen waren im Klärbad zu elementarem Silber reduziert worden und hatten sich in die schwarzen Partien der Filmbilder verwandelt.

Eigentlich kinderleicht, das Ganze!

Ich ließ den Streifen noch ein paar Minuten in einer flachen Schüssel mit Wasser liegen. Um die Beschichtung zu härten und kratzfest zu machen, hatte ich dem Wasser Alaun zugesetzt.

Dann nahm ich ein Ende des Streifens heraus und betrachtete es durch eine Lupe.

Es verschlug mir den Atem.

Die Bilder waren herzzerreißend scharf: Auf jedem einzelnen sah man Harriet und Vater auf einer Picknickdecke vor der Ruine auf der künstlichen Insel im künstlichen See von Buckshaw sitzen.

Ich knipste die Deckenlampe aus und ließ den Film ins Wasser zurücksinken. Die blutrote Birne war nun wieder die einzige Beleuchtung, nicht, weil es nötig gewesen wäre, sondern weil es mir irgendwie respektvoller vorkam.

Wie schon gesagt – ich malte ihre Initialen in die Wasseroberfläche:

HDL

Harriet und Haviland de Luce. Noch fühlte ich mich dem Anblick ihrer Gesichter in aller Helligkeit nicht gewachsen.

Es wäre mir so vorgekommen, als ob ich sie bespitzelte.

Schließlich zog ich den Filmstreifen ehrfurchtsvoll, ja fast widerwillig aus dem Wasser und wischte ihn mit einem Badeschwamm ab. Ich trug ihn nach nebenan ins Labor und hängte ihn in langen Girlanden zwischen dem gerahmten Periodensystem an der Westwand und dem signierten Foto von Winston Churchill an der Ostwand auf.

Anschließend wartete ich in meinem Zimmer darauf, dass der Filmstreifen trocknete. Aus dem Stapel unter meinem Bett kramte ich eine Schallplatte hervor: Rachmaninows *Rhapsodie über ein Thema von Paganini*, die passendste Untermalung zum Gedenken an eine große Liebe, die mir einfiel.

Ich zog mein Grammophon auf und setzte die Nadel auf die kreiselnde Schellackscheibe. Als die Musik einsetzte, hockte ich mich, das Kinn auf die angezogenen Knie gestützt, auf die breite Fensterbank. Ich ließ den Blick über den Visto schweifen, jene verwilderte Wiese, auf der Harriet einst ihre de Havilland Gypsy Moth, die *Blithe Spirit*, festgemacht hatte.

Ich malte mir das Motorengeknatter aus, mit dem sich Harriet in die morgendlichen Dunstschwaden emporschwang, über die Schornsteine von Buckshaw und den künstlichen See mit der Ruine, bis sie in einer Zukunft verschwand, aus der sie nie mehr zurückkehren würde.

Ihr Verschwinden – beziehungsweise ihr Tod, wie wir inzwischen wussten – lag bereits über zehn Jahre zurück. Zehn lange, schwere Jahre, von denen Vater nahezu die Hälfte in japanischer Kriegsgefangenschaft verbracht hatte. Als er endlich zurückkehrte, musste er erfahren, dass er nicht nur seine Frau, sondern außerdem sein ganzes Geld verloren hatte und dass er kurz davor stand, auch noch sein Zuhause zu verlieren.

Buckshaw hatte Harriet gehört, die es wiederum von

Onkel Tar geerbt hatte, aber weil sie kein Testament hinterlassen hatte, waren »die Mächte der Finsternis« (wie Vater die grauen Herren von der Königlichen Steuerbehörde einmal genannt hatte) ihm wie die Bluthunde auf den Fersen, als wäre er kein heimgekehrter Kriegsheld, sondern ein entflohener Zuchthäusler.

Und jetzt verfiel das Anwesen. Zehn Jahre der Vernachlässigung, Trauer und Geldknappheit hatten ihre Spuren hinterlassen. Das Familiensilber war nach London geschickt und versteigert, die Ausgaben gekürzt und die Gürtel enger geschnallt worden. Aber es hatte alles nichts genützt, und seit Ostern stand Buckshaw zum Verkauf.

Vater warnte uns schon seit Jahren, dass wir unser Zuhause womöglich von jetzt auf gleich würden verlassen müssen.

Nach einem geheimnisvollen Anruf vor einigen Tagen hatte er uns drei – Feely, Daffy und mich – im Salon zusammengerufen.

Dort hatte er uns eine nach der anderen lange angeschaut, bevor er uns die Neuigkeit mitgeteilt hatte:

»Eure Mutter wurde gefunden.«

Aber nicht nur das: Sie kam nach Hause.

4

Seit jenem Augenblick, das wurde mir jetzt klar, hatte ich die Realität verdrängt. Ich hatte die unumstößlichen Tatsachen im hintersten Winkel meines Bewusstseins in einen Sack gestopft und ihn so fest zugebunden, als säße darin ein wilder Tiger.

Auch wenn es beschämend ist, das zuzugeben – ich hatte mich an die Vergangenheit geklammert, hatte mich bemüht, jeden Morgen in meiner alten Welt aufzuwachen, einer Welt, in der Harriet bequemerweise verschollen war und in der ich zumindest wusste, wo ich stand.

Ich griff nach jeder sich bietenden Gelegenheit, der Veränderung auszuweichen, so wie ein Ertrinkender nach seinen eigenen aufsteigenden Luftblasen greift.

Nicht, dass ich etwas dagegen gehabt hätte, dass Harriet heimgekehrt war. Das natürlich nicht.

Aber wie würde dieser Umstand mein Leben beeinflussen?

Der unverhofft gefundene Film war ein Gottesgeschenk. Wenn ich ihn anschaute, tat sich mir vielleicht ein neues Fenster zur Vergangenheit auf, ein Fenster, durch das ich einen klareren Blick auf die Zukunft erhaschen konnte.

Auch diese Vorstellung gehörte zu den beunruhigenden Gedanken, die mich in letzter Zeit plagten: neu, unausgegoren und noch nicht ganz zuverlässig. Manchmal kam es mir vor, als würde ich mit einem fremden Hirn denken. Es hing damit zusammen, dass ich demnächst zwölf Jahre alt sein würde, und ich war mir noch nicht ganz darüber im Klaren, ob es mir gefiel.

Ich verdunkelte mein Zimmer, indem ich Steppdecken vor die Fenster hängte und mit Reißzwecken an den Rahmen befestigte. Buckshaws zerschlissene Vorhänge boten nicht genug Schutz vor dem Sonnenlicht.

Als ich im Labor mit dem Fingernagel gegen den Filmstreifen geschnipst hatte, hatte es *Tick!* gemacht – die Bestätigung, dass die Beschichtung in ebenjener Sonne, die ich soeben verbannte, durchgetrocknet war. Ich hatte den Film wieder auf die Originalspule gewickelt und in mein Zimmer mitgenommen.

Hier fädelte ich den Streifen in den Projektor, den ich auf meinen Waschtisch gestellt hatte, und richtete das Objektiv auf den Kamin. Meine Zimmerwände waren mit einer scheußlichen viktorianischen Tapete beklebt (rote Blutgerinnsel auf giftigem Blau); nur der Kamin war ausgespart geblieben.

Zum Glück hatte mir Mr. Mitchell, der auf diesem Gebiet ein echter Fachmann war, anlässlich eines Filmabends im Gemeindesaal erklärt, dass man nicht unbedingt eine weiße Projektionsfläche benötigte.

»Das denken die Leute bloß, weil sie's noch nie mit 'ner schwarzen probiert haben.«

Er hatte mir erläutert, dass ein Projektor immer jene Farbtöne liefert, die die Projektionsfläche nicht besitzt. Wenn man sich im Kino die neueste Komödie aus den Ealing-Studios anschaut, sind jene Teile der Leinwand, die in unseren Augen schwarz erscheinen, in Wirklichkeit weiß.

»Jawoll, weiß – bloß eben nicht aufgehellt.«

Das klang durchaus logisch. Demnach gab die unverputzte Backsteinfläche auf der Rückwand des Kamins, die im Lauf der Jahrhunderte rußgeschwärzt worden war, eine ideale Projektionsfläche ab.

Und ich behielt recht!

Als ich den Projektor eingeschaltet und an der Linse gedreht hatte, um das Bild scharf zu stellen, erschien auf der Backsteinwand eine Szene in satten, samtigen Schwarztönen.

Zuerst sah man Buckshaw vom Mulford-Tor aus, dann bewegte sich die Kamera die Kastanienallee entlang in Richtung Haus. Es folgte eine Nahaufnahme: Harriets Rolls-Royce Phantom II, der auf dem Vorplatz neben der Haustür abgestellt war.

Die nächste Bildsequenz zeigte Harriet im Cockpit der *Blithe Spirit*. Ich erkannte einige der Statuen im Hintergrund wieder. Inzwischen, über zehn Jahre danach, lagen sie zerbröckelt auf dem überwucherten Visto. Harriet lachte fröhlich in die Kamera, stützte sich auf den Seitenwänden des Cockpits ab, stemmte sich vom Sitz hoch, schwang die Beine nach draußen und stellte die Füße auf die untere Tragfläche des Doppeldeckers.

Harriet! Meine Mutter. Sie sah aus und bewegte sich, als wäre sie noch am Leben! Und sie war noch schöner, als ich sie mir immer vorgestellt hatte. Sie schien von innen heraus zu leuchten, ihr Lachen ließ alles um sie her erstrahlen.

Mit ihrem zerzausten Pagenkopf erinnerte sie mich an die gefeierten Fliegerinnen aus den alten Wochenschauen, nur ohne die unguten Ahnungen, die deren Anblick so oft beim Betrachter auslöste.

Sie winkte, die Kamera bewegte sich weiter und verweilte auf zwei kleinen Mädchen, die eifrig zurückwinkten und die andere Hand über die Augen hielten, als würde die Sonne sie blenden.

Feely und Daffy, schätzungsweise sieben beziehungsweise zwei Jahre alt.

Als Harriet vorsichtig von der Tragfläche stieg, sah ich zum ersten Mal ihren gewölbten Bauch. Zwar wurde er teilweise von ihrem weiten Rock kaschiert, aber es war nicht zu verkennen, dass sie schwanger war.

Die Kugel unter den Pluderhosen war ich!

Ein merkwürdiges Gefühl, anwesend und zugleich nicht anwesend zu sein wie die Assistentin bei einer Zaubervorführung.

Was ich empfand? Verlegenheit? Stolz? Glück?

Nichts von alledem. Ich hatte an der bittersüßen Tatsache zu knabbern, dass Feely und Daffy diesen längst vergangenen Sommertag mit Harriet verbracht hatten und ich nicht.

Es folgt eine Nahaufnahme von Vater. Er kommt offenbar vom Haus herangeschlendert. Er blickt verlegen auf und fingert an seiner Jackentasche herum, dann lächelt er in die Kamera. Anscheinend filmte jetzt Harriet.

Ein rascher Szenenwechsel. Im Hintergrund planschen Feely und Daffy wie zwei Entchen am Ufer des künstlichen Sees. Vater und Harriet, aufgenommen von einer weiteren Person, picknicken auf einer Decke vor der Ruine. Das war die Szene, die ich schon im Labor betrachtet hatte.

Sie lächelt ihn an und er sie. Er dreht sich weg und holt etwas aus einem Weidenkorb, und im selben Augenblick wird sie plötzlich todernst, wendet sich zur Kamera um und sagt etwas, und zwar offenbar tonlos, wobei sie übertrieben die Lippen bewegt, als müsste sie sich durch eine Fensterscheibe verständlich machen.

Die Szene traf mich völlig unvorbereitet. Was hatte Harriet da eben gesagt?

Ich bin eine erstklassige Lippenleserin. Diese Fertigkeit

hatte ich mir selbst beigebracht. Zu Anfang hatte ich geübt, indem ich bei den Mahlzeiten die Finger in die Ohren
steckte, danach hatte ich die gleiche Methode im Kino angewandt. Ich hatte mich mit dicken Wattebäuschen in den
Ohren an die einzige Bushaltestelle von Bishop's Lacey gesetzt (»Tag, Mrs. Bellfield. Dr. Darby hat gesagt, ich habe
eine schlimme Mittelohrentzündung«) und am frühen Morgen die Frauen belauscht, die zum Einkaufen auf den Markt
in Maiden Fenwick fuhren.

Wenn ich mich nicht gewaltig täuschte, lauteten die Worte
auf Harriets Lippen: »Fasanensandwiches.«

Fasanensandwiches?

Ich hielt den Film an, ließ ihn ein Stück rückwärts laufen
und spielte die Szene noch einmal ab. Die Ruine und die Decke. Harriet und Vater.

Wieder bewegte sie die Lippen.

»Fasanensandwiches.«

Sie artikulierte so deutlich, dass ich ihre Stimme zu hören
glaubte.

Aber an wen wandte sie sich da? An die Person, die sie
und Vater filmte?

Wer war der unsichtbare Dritte bei jenem Picknick gewesen?

Meine Recherchemöglichkeiten waren begrenzt. Feely und
Daffy – Daffy auf jeden Fall – waren noch viel zu klein gewesen, um sich daran erinnern zu können.

Und Vater konnte ich auch nicht fragen, denn dann hätte
ich ihm gestehen müssen, dass ich den vergessenen Film gefunden und entwickelt hatte.

Ich war also auf mich allein gestellt.

Wie immer.

»Feely!«, unterbrach ich sie mitten im *Andante cantabile* von Beethovens Klaviersonate Nr. 8, der *Pathétique*.

Feely ging jedes Mal in die Luft, wenn man sie beim Spielen störte. Auf diese Weise war ich automatisch im Vorteil, solange ich vollkommen ruhig und gelassen blieb.

»Was ist denn?« Sie sprang auf und knallte den Deckel zu, was einen wunderschönen Klang erzeugte: eine Art harmonisches Muhen, das erstaunlich lange durch die Klaviersaiten hallte, wie die Töne einer Äolsharfe, deren Saiten, wie mir Daffy erklärt hatte, vom Wind angeschlagen wurden.

»Nichts.« Ich setzte meine *Ich-bin-zwar-ein-bisschen-gekränkt-lasse-mir-aber-nichts-anmerken*-Miene auf. »Ich dachte bloß, du möchtest vielleicht einen Tee.«

»Raus mit der Sprache«, entgegnete Feely. »Was führst du im Schilde?«

Sie kannte mich so gut wie der Zauberspiegel die böse Stiefmutter.

»Gar nichts«, sagte ich. »Ich wollte bloß nett sein.«

Das verunsicherte sie. Ihr Blick verriet es mir.

»Na schön.« Sie beschloss urplötzlich, die Gelegenheit beim Schopf zu fassen. »Ich hätte *sehr* gern einen Tee.«

Ha! Sie hielt sich für die Gewinnerin, dabei hatte das Spiel noch gar nicht richtig angefangen.

»Ihre Majestät wünschen einen Tee«, meldete ich Mrs. Mullet. »Wenn Sie welchen machen könnten, bringe ich ihn ihr persönlich.«

»Klar doch«, erwiderte Mrs. Mullet. »Ist im Nullkommanix fertig.«

Das sagte Mrs. M. immer, wenn sie verärgert war, es aber nicht zeigen wollte.

»Wenn jemand sagt: *Ist im Nullkommanix fertig,* will er

den anderen abwimmeln, ohne sich allzu doll in die Nesseln zu setzen. Eigentlich meint man damit: *Du kannst mich mal gern haben«,* hatte sie mir irgendwann anvertraut, aber das hatte sie anscheinend schon wieder vergessen.

Feely war schon wieder mitten in der Beethovensonate. Ich stellte die Teetasse behutsam ab und nahm die Pose einer aufmerksamen Zuhörerin ein: Rücken kerzengerade, Knie zusammen, Hände sittsam im Schoß gefaltet. Mein Vorbild war Cynthia Richardson, die Frau des Vikars.

Ich schürzte sogar andeutungsweise züchtig die Lippen.

Als das Stück zu Ende war, ließ ich eine andächtige Stille eintreten und zählte dabei im Kopf bis elf – einerseits, weil ich elf Jahre alt war (aber nicht mehr lange), andererseits, weil mir elf Sekunden als idealer Mittelweg zwischen Ehrfurcht und Unverschämtheit erschienen.

»Du, Feely, ich dachte...«, sagte ich dann.

»Ach nee«, fuhr sie mir über den Mund. »Hoffentlich hat dein Gehirn dabei keinen Schaden genommen.«

Das überhörte ich.

»Hast du dir schon mal überlegt, ob du nicht für den Film spielen willst? Ich denke da zum Beispiel an *Begegnung* oder das Warschauer Konzert in *Gefährliches Mondlicht.«*

»Na ja...«, sagte sie versonnen und vergaß vorübergehend ihren Sarkasmus, »... vielleicht werde ich ja irgendwann angefragt.«

Feelys bis jetzt einziger professioneller Filmauftritt bestand in zwei körperlosen Händen im letzten, nie vollendeten Film mit Phyllis Wyvern. Nur ein paar Szenen waren auf Buckshaw gedreht worden, dann hatte der Star des Streifens ein ziemlich unappetitliches Ende gefunden.

Ich wusste noch gut, wie enttäuscht Feely gewesen war.

»Ich sehe deine wunderschönen Hände immer noch vor mir. Du hast wirklich toll gespielt, wenn man bedenkt, dass du noch nie eine Filmkamera auch nur von Weitem gesehen hattest.«

Ich wartete auf ihren Protest, doch der blieb aus.

»Manche Musiker haben ja das Glück, schon als Kinder zum Film zu kommen. Das soll gut für das Selbstbewusstsein bei späteren Auftritten sein. Hat Eileen Joyce mal im Radio gesagt.«

Das war eine dreiste Lüge, aber die berühmte Pianistin war Feelys Idol. Die bloße Erwähnung ihres Namens würde meiner Wahrheitsverdrehung Glaubwürdigkeit verleihen.

»Zu schade, dass du nicht schon als Kind gefilmt wurdest«, fuhr ich fort. »Das hätte dir sehr zugutekommen können.«

Feely schaute gedankenverloren aus dem Salonfenster und über den künstlichen See.

Ob sie an jenen längst vergangenen Tag dachte, an dem sie sieben gewesen war? Ich durfte die günstige Gelegenheit nicht verstreichen lassen.

»Eigentlich komisch, dass Harriet keine Filmkamera besessen hat«, sagte ich. »Man hätte denken sollen, dass jemand wie sie …«

»Sie hat ja eine besessen!«, rief Feely aus. »Vor deiner Geburt. Aber als du dann auf der Welt warst, hat sie die Kamera ein für alle Mal weggelegt. Kein Wunder.«

Unter anderen Umständen hätte ich mit einer ebenso frechen Bemerkung gekontert, aber, wie jemand mal so schön gesagt hat – oder hätte sagen können –: Not versiegelt die Lippen.

»Kein Wunder?«, wiederholte ich daher scheinbar verständnislos. Um dieses Gespräch in Gang zu halten, war ich bereit, jegliche Demütigung zu ertragen.

»Sie wollte nicht, dass das Objektiv zerspringt.«

Ich überwand mich und lachte künstlich. »Aber auf dich hat sie bestimmt meterweise Film verschwendet.«

»Meterweise? Meilen und Abermeilen!«

»Und wo sind die Filme geblieben? Ich habe noch nie einen zu sehen bekommen.«

Feely zuckte die Achseln. »Keine Ahnung. Wieso interessiert dich das denn auf einmal?«

»Reine Neugier. Aber ich glaube dir sofort. Es klingt ganz nach Harriet, dass sie immerzu nur andere Leute gefilmt hat. Ob wohl auch mal jemand *sie* aufgenommen hat?«

Deutlicher konnte ich kaum werden.

»Nicht dass ich wüsste.« Und Feely wandte sich wieder ihrem Beethoven zu.

Ich stellte mich hinter sie und spähte über ihre Schulter auf das Notenblatt. Damit drang ich in ihre Privatsphäre ein, was sie unter Garantie wahnsinnig machen würde.

Doch sie beherrschte sich und spielte weiter.

»Was bedeutet *Tempo rubato?*« Ich deutete auf die Bleistiftschrift am Rand der Noten.

»Gestohlene Zeit«, antwortete Feely, ohne eine Note auszulassen.

Gestohlene Zeit!

Es traf mich wie ein Vorschlaghammer in den Magen.

War es nicht genau das, was ich tat, wenn ich einen Film entwickelte, der vor meiner Geburt aufgenommen worden war? Stahl ich damit nicht Zeit aus der Vergangenheit anderer und eignete sie mir an?

Albernerweise füllten sich meine Augen plötzlich mit warmem Wasser und drohten überzulaufen.

Ich blieb hinter meiner Schwester stehen und ließ mich von der *Pathétique* überfluten.

Nach einer Weile legte ich ihr die Hand auf die Schulter.

Wir taten beide so, als wäre nichts.

Aber das stimmte natürlich nicht.

Harriet kam nach Hause.

5

Immer noch in die bequemen Polster des Rolls-Royce geschmiegt, riss ich mich aus meinen Erinnerungen. Wir hatten Buckshaw noch nicht erreicht. Die schmale Straße vor den Wagenfenstern war auf beiden Seiten von Schaulustigen gesäumt, die sich am unkrautbewachsenen Bordstein aufgestellt hatten, um Harriets Heimkehr zu verfolgen. Viele der vertrauten Gesichter waren angesichts des Todes einer der Ihren wie versteinert.

Es war ein Schauspiel, das die meisten bis an ihr Lebensende nicht vergessen würden.

Tully Stover, seine Tochter Mary und Ned Cropper, der Schankkellner vom *Dreizehn Erpel*, sprangen alle drei bei unserer Ankunft eilfertig von dem Zauntritt herunter, auf dem sie gesessen hatten, und kamen näher. Tully nahm die Mütze ab. Sein Blick folgte dem Leichenwagen.

Ned verrenkte sich den Hals und versuchte, einen Blick auf Feely zu erhaschen, die hinter mir auf der Rückbank des Rolls-Royce saß, zusammen mit Vater, Daffy und Tante Felicity.

Ich hatte vorn neben Dogger Platz genommen, der am Steuer saß. Ich konnte Feelys Gesicht deutlich im Rückspiegel sehen. Sie sah stur geradeaus.

Niemand sprach ein Wort.

Jetzt glitten wir an den beiden Misses Puddock vorbei, Lavinia und Aurelia. Den Schwestern gehörte die St.-Nicholas-Teestube in Bishop's Lacey. Ihre altmodischen Trauerkleider waren einst schwarz gewesen, die Farbe war jedoch zu einem fleckigen Braun verblichen. Sie hielten identische viktorianische Abendhandtaschen umklammert, die am Rand einer Landstraße seltsam fehl am Platz wirkten. Unwillkürlich überlegte ich, woraus wohl der Inhalt bestehen mochte. Miss Aurelia winkte uns fröhlich zu, aber ihre Schwester packte ihre Hand und zog sie unsanft nach unten.

Dieter war ein paar Schritte vom Bordstein zurückgetreten, sodass er beinahe im Straßengraben stand. Neben ihm stand sein Arbeitgeber, Mr. Gordon Ingleby von der Culverhouse Farm. Vater hatte Dieter eingeladen, uns zu begleiten, aber er hatte höflich abgelehnt. Er hatte gemeint, sein Erscheinen könne Unmut hervorrufen, weil er ein ehemaliger deutscher Kriegsgefangener war, und obwohl er sich sehnlichst wünschte, an Feelys Seite zu sein, hielt er es für passender, respektvoll Abstand zu wahren – jedenfalls vorerst.

Wegen dieser Entscheidung hatte es in Buckshaw einen Riesenkrach gegeben mit reichlich Türenknallen, erhobenen Stimmen, hochroten Gesichtern und, im Fall einer ungenannt bleibenden Person, verschwenderischen Tränenströmen, gefolgt vom brutalen Tritt gegen einen Papierkorb, worauf sich die Betreffende bäuchlings auf ihr Bett geworfen und das Gesicht in den Kissen vergraben hatte.

Als wir nun gemächlich an Dieter vorbeirollten, gönnte Feely ihm nicht mal einen kurzen Blick durch die Fensterscheibe.

Vor uns blitzte Harriets Leichenwagen irritierend im Sonnenlicht, das in Tupfen und Sprenkeln durch das Blätterdach fiel. Der Wagen schien beständig aus dieser Welt in eine andere und wieder zurück zu wechseln, denn in dem blank gewienerten Lack spiegelten sich die verdunkelten Abbilder der vorüberziehenden Felder, des Laubbaldachins über uns, der Hecken und des Himmels.

Der Himmel.

Das Paradies.

In Letzterem weilte Harriet, jedenfalls laut Denwyn Richardson, dem Vikar.

»Ich denke, ich kann dir versichern, dass sie gerade eben, während wir miteinander reden, dort mit ihren Vorfahren gemütlich eine Tasse Tee trinkt«, hatte er gemeint.

Er tat sein Möglichstes, um mich zu trösten, aber mir war nur allzu bewusst (und zwar aus eigener Erfahrung), dass Harriets Vorfahren – die im Übrigen auch meine waren – in ihren morschen Särgen in der Krypta von St. Tankred vor sich hin moderten und aller Wahrscheinlichkeit nach weder Tee noch sonst etwas tranken – höchstens das Regenwasser aus den löchrigen Fallrohren der Kirche.

Der Vikar war ein netter Kerl, aber erschreckend naiv. Manchmal dachte ich, dass bestimmte Aspekte von Leben und Tod schlicht zu hoch für ihn waren.

Die Chemie lehrt uns alles, was es über Verfallsprozesse zu wissen gibt. Erschrocken machte ich mir klar, dass ich am Altar des Bunsenbrenners mehr gelernt hatte als an den Altären aller konkurrierenden Religionen zusammen.

Die Seele bildete allerdings eine Ausnahme. Sie ließ sich ausschließlich im Gefäß des menschlichen Körpers studieren, was ungefähr so aussichtsreich war wie der Versuch, die Seele einer mexikanischen Springbohne zu studieren.

Nachdem ich verschiedentlich Erfahrungen aus erster Hand mit Leichen gesammelt hatte, war ich zu dem Schluss gekommen, dass sie uns nichts über die Seele lehren konnten.

Womit wir wieder bei dem Mann unter dem Zug wären.

Wer war er gewesen? Was hatte er auf dem Bahnsteig von Buckshaw zu suchen gehabt? War er zusammen mit den anderen Würdenträgern aus London gekommen? – Wahrscheinlich, denn er war mir erst aufgefallen, nachdem der Zug gehalten hatte. Was hatte er mit dem »Nest des Colchicus« gemeint, das »angegriffen« werden sollte? Und wer in aller Welt war der Wildhüter?

Ich stellte die Frage nicht laut. Dafür war jetzt weder der rechte Zeitpunkt noch der rechte Ort.

Das undurchdringliche Schweigen im Wageninneren verriet mir, dass jeder von uns mit seinen eigenen Gedanken beschäftigt war.

Den Trauernden am Straßenrand würde ich nur als bleiches, vorbeihuschendes Gesicht hinter der Scheibe erscheinen. Ich hätte sie gern angelächelt, verkniff es mir aber, denn ein Grinsegesicht hätte ihnen die Erinnerung an den traurigen Anlass verdorben.

Wir alle waren Trauernde. Die Situation war über uns hereingebrochen, und es stand uns nicht zu, sie zu beeinflussen. Wir mussten uns dreinfügen, die trauernde Familie zu verkörpern, damit uns die anderen mit ihrem Mitgefühl überschütten konnten.

Das alles begriff ich, ohne dass man es mir jemals erklärt hätte. Es war ein instinktives Wissen.

Vielleicht hatte Tante Felicity etwas Ähnliches gemeint, als sie mir seinerzeit auf der Insel im künstlichen See verkündet hatte, es sei an mir, die Fackel weiterzutragen: den glorreichen Namen de Luce. »*Wohin er dich auch führen mag*«, hatte sie hinzugesetzt.

»Auch wenn er mich zu einem Mord führt?«, hatte ich gefragt.

»*Auch dann.*«

Waren das wirklich die Worte der ein wenig schrulligen Alten gewesen, die in eisernem Schweigen hinter mir saß?

Ich musste sie unter vier Augen sprechen, dringender denn je.

Aber vorher mussten wir die Ankunft auf Buckshaw durchstehen, jenen Teil des Tages, vor dem ich mich am meisten fürchtete.

Man hatte uns im Voraus über den Ablauf informiert:

Um zehn Uhr vormittags würde Harriets Sarg am Bahnhof eintreffen. Dieser Punkt war bereits abgehakt. Der Leichenwagen würde den Sarg bis vor die Haustür fahren. Er würde nach drinnen getragen und in Harriets Boudoir oben am äußersten Ende des Südflügels auf Böcke gestellt werden.

Auf den ersten Blick war das eine eigenartige Wahl für eine Aufbahrung. Die weitläufige Eingangshalle mit ihrer dunklen Holzvertäfelung, dem im Schachbrettmuster gefliesten Boden und der doppelten Treppe wäre wesentlich repräsentativer gewesen als Harriets Privatgemächer, die Vater wie einen Gedenkschrein unverändert belassen hatte.

Abgesehen davon, dass man gestern die beiden Spiegel – den Schminkspiegel der Frisierkommode und den kippbaren Standspiegel in der Ecke – mit schwarzem Stoff verhängt hatte, war alles unverändert und noch genauso, wie Harriet den Raum einst verlassen hatte: angefangen mit ihren Kämmen und Bürsten von Fabergé (in einer hatten sich noch ein paar Haare verfangen) und ihren Parfümflakons von Lalique bis hin zu ihren absurd praktischen Pantoffeln, die vor dem prächtigen Prinzessin-auf-der-Erbse-Himmelbett bereitstanden.

Erst nachträglich war mir eingefallen, dass es vielleicht nicht nur darum ging, Harriet in ihr privates Heiligtum zurückzubringen, sondern dass es ja auch eine Verbindungstür zwischen ihrem und Vaters Schlafzimmer gab.

Dogger bog jetzt zum Mulford-Tor ab, dessen bemooste steinerne Greifvögel teilnahmslos auf die Prozession herabschauten. Als wir an ihnen vorbeifuhren, hielt ich die grünlichen Wassertropfen, die nach dem Regen der letzten Nacht noch in ihren schmutzigen Augenwinkeln hingen, doch tatsächlich einen Moment lang für Tränen.

Taktvollerweise war das »Zu verkaufen«-Schild entfernt und außer Sichtweite geräumt worden. Erst nach der Beerdigung würde es wieder angebracht werden.

Unter dem Laubdach der Kastanienbäume glitten wir die lange Allee entlang.

»Ankunft in Buckshaw: 10.30 Uhr« hieß es auf dem Plan, den Vater im Salon aufgehängt hatte. Als wir ausstiegen, schlug die Turmuhr von St. Tankred – die Kirche lag eine halbe Meile weiter nördlich – soeben die halbe Stunde.

Dogger hielt uns nacheinander die Wagentüren auf, und wir bildeten vor der Haustür ein Spalier. Wir schauten überallhin, nur nicht geradeaus, als Harriets Sarg nun auf verchromten Rollen von sechs schwarz gekleideten Männern – alles Fremde – aus dem Leichenwagen gezogen und dann ins Haus getragen wurde.

Vater sah so elend aus wie noch nie. Ein verirrtes Lüftchen zauste sein Haar und blies es in die Höhe – wie bei jemandem, dem vor Schreck die Haare zu Berge stehen. Am liebsten wäre ich zu ihm gerannt und hätte sie wieder geglättet, aber das ging natürlich nicht.

Stattdessen folgte ich dem Sarg, und zwar als Erste. Das war nur recht und billig, fand ich. Als Jüngste der Familie vertrat ich sozusagen das Blumenmädchen.

Doch Vater legte mir die Hand auf die Schulter und hielt mich zurück. Er schaute mich mit seinen traurigen blauen Augen fest an, sprach aber kein Wort.

Trotzdem verstand ich ihn sofort. Als hätte er mir eine dicke Gebrauchsanweisung in die Hand gedrückt, wurde mir schlagartig klar, dass wir noch eine Weile draußen warten sollten. Vater wollte nicht, dass wir mitbekamen, wie die Träger Harriets Sarg die Treppe hochwuchteten.

Solche Momente sind es, die mir eine Heidenangst machen: unerwartete, verstörende Einblicke in die Welt der Erwachsenen, die einem Dinge offenbaren, die man vielleicht lieber gar nicht wissen möchte.

So standen wir da wie steinerne Schachfiguren: Vater, der schachmatte König, äußerlich Haltung bewahrend, aber innerlich am Boden zerstört; Tante Felicity, die greise Königin, den schwarzen Hut schief auf dem Kopf und irgendeine unmelodische Melodie vor sich hin summend; die beiden Türme Feely und Daffy an den gegenüberliegenden Ecken unserer Burganlage.

Und ich: Flavia de Luce.

Der Bauer.

Gut, das ist jetzt vielleicht ein bisschen übertrieben... aber so fühlte ich mich nun mal in jenem Augenblick.

Seit Harriets Leichnam auf einem Himalaja-Gletscher entdeckt worden war, hatte es den Anschein, als würde unser Leben auf Buckshaw von einer unsichtbaren Macht gelenkt. Man teilte uns das Wann mit, das Wo und Wie, aber niemals das Warum.

Irgendwo in weiter Ferne wurden Vorbereitungen getroffen und Pläne entworfen, die dann auf uns herabtröpfelten wie die schmelzenden Gebote eines unbekannten Eisgottes.

»*Tut dies, tut das... seid hier, seid dort*«, befahlen sie, und wir gehorchten.

Blindlings, wie es schien.

In diese Richtung bewegten sich meine Gedanken, als mein feines Gehör plötzlich ein leises Scheppern wahrnahm, das von der Toreinfahrt zu kommen schien. Ich drehte mich gerade noch rechtzeitig um. Ein äußerst ungewöhnliches Fahrzeug tauchte zwischen den Hecken und Kastanienbäumen auf und hielt auf dem kiesbestreuten Vorplatz.

Das Automobil war mintgrün und kastenförmig wie der Aufzugskorb in einem walisischen Kohlebergwerk. Über den Sitzen war ein Holzrahmen angebracht, an dem man bei Regen ein Leinenverdeck festzurren konnte, und an das vordere Ende des Wagens war eine Seilwinde montiert. Es war ein Land Rover. Einen ganz ähnlichen hatten wir neulich in einem Safarifilm im Kino gesehen.

Am Steuer saß eine Frau mittleren Alters in einem schwarzen kurzärmligen Kleid. Sie bremste und riss sich den Liberty-Schal vom Kopf, als zerrte sie am Seil eines Außenbordmotors. Dabei fiel ihr das lange rote Haar bis auf die Schultern.

Sie entstieg dem Land Rover, als gehörte ihr die Welt, und sie sah sich mit einer Miene um, die entweder leise Belustigung oder tiefste Verachtung ausdrückte.

»Komm raus, Undine«, sagte sie dann und streckte die Hand aus wie Gott an der Decke der Sixtinischen Kapelle. In den Tiefen des Wagens raschelte es besorgniserregend, dann erschien der Kopf eines höchst eigenartigen Kindes.

Das Mädchen hatte keinerlei Ähnlichkeit mit der Frau, von der ich annahm, dass sie seine Mutter war. Es hatte ein teigiges Mondgesicht, wasserblaue Augen, ein schwarzes Kassenbrillengestell auf der Nase und sah alles in allem wie ein jämmerliches, altersloses, zerzaustes Vogelbaby aus, das hilflos und unfertig aus dem Nest gefallen ist.

Irgendeine Urangst regte sich in mir.

Die beiden stiefelten durch den knirschenden Kies und machten vor Vater Halt.

»Lena?«, sagte Vater.

»Tut mir leid, dass wir so spät kommen«, entgegnete die Frau. »Die Straßen in Cornwall waren… du weißt ja, wie die Straßen dort sein können, und die Straßen in… Du lieber Himmel! Ist das etwa die kleine Flavia?«

Ich sagte nichts. Falls die Antwort »Ja« lautete, würde diese Person sie von mir nicht zu hören bekommen.

»Sie ist ihrer Mutter wie aus dem Gesicht geschnitten, oder?«, setzte die Frau, die anscheinend Lena hieß, immer noch an Vater gewandt, hinzu. Mich übersah sie geflissentlich.

»Und wer sind Sie?«, stellte ich ihr die gleiche Frage wie dem Fremden am Bahnhof. Das mochte unhöflich sein, aber bei Gelegenheiten wie dieser durfte man eine gewisse Schroffheit an den Tag legen.

»Wir sind die de Luces aus Cornwall, Liebes – Lena und Undine. Du hast doch bestimmt schon von uns gehört.«

»Bedaure«, sagte ich.

Feely und Daffy standen die ganze Zeit mit offenen Mäulern da. Tante Felicity dagegen hatte sich bereits auf dem Absatz umgedreht und war im gähnenden Schlund der offenen Haustür verschwunden.

»Wollen wir reingehen?«, fagte Lena, aber es war nicht als Frage gemeint. »Komm, Undine, hier draußen ist es kalt. Wir holen uns noch den Tod.«

Es war tatsächlich ein bisschen frisch, aber doch nicht *so* frisch. Wie konnte man an einem für die Jahreszeit so ungewöhnlich sommerlichen Tag wie diesem frieren?

Als Undine an mir vorbei ins Haus stapfte, streckte sie mir die Zunge raus.

In der Eingangshalle wechselte Vater ein paar Worte mit Dogger, der sich daraufhin beeilte, das Gepäck der Eindringlinge aus dem Wagen zu holen und die Treppe hochzuschleppen.

Nachdem das geregelt war, ließ Vater uns stehen und ging mit schweren Schritten seinerseits die Treppe hoch, als seien seine Schuhe mit Blei gefüllt.

Bongggggg!

Ein ohrenbetäubendes Donnern hallte durch das Haus. Vater blieb wie angewurzelt stehen und fuhr herum. Undine drosch mit seinem wertvollen Rattan-Spazierstock, den sie aus dem Schirmständer neben der Tür gezogen hatte, auf den chinesischen Gong ein.

Bongggggg! Bongggggg! Bongggggg! Bongggggg! Bongggggg!

Ihre Mutter schien nichts zu hören. Cousine Lena – wenn sie es denn tatsächlich war – bewunderte mit zurückgelegtem Kopf die Vertäfelung und die Gemälde, als sei sie die endlich heimgekehrte verlorene Tochter. Während sie im Kopf die Preise der Kunstwerke zusammenrechnete, zog sie lasziv ihre schwarzen Handschuhe aus.

Inzwischen rannte ihre Tochter die Treppe – auf der Vater immer noch mit ungläubigem Gesicht stand – rauf und runter und ließ den Stock über die Geländerstreben rattern wie über einen Gartenzaun.

Drrrrrrrrrr! Drrrrrrrrrrr! Drrrrrrrrrr!

Zum ersten Mal seit Menschengedenken waren sowohl Feely als auch Daffy sprachlos.

Feely erholte sich als Erste und entfloh in Richtung Salon. Daffy machte den Mund erst auf, dann wieder zu, dann stürmte sie in Richtung Bibliothek.

»Flavia, Liebes«, wandte sich Lena an mich, »führ doch

Undine ein bisschen durchs Haus. Sie sieht sich gern Gemälde an und so weiter, nicht wahr, Undie?«

Mir kam die Galle hoch.

»Ja, Ibu«, sagte Undine und hieb mit dem Stock durch die Luft, als bahnte sie sich einen Weg durch den Dschungel.

Ich rührte mich nicht vom Fleck.

»Vielleicht möchte Miss Undine ja gern die Haie sehen«, schlug Dogger vor. Er war unversehens und lautlos oben auf der Treppe erschienen.

Ich war eigentlich sicher, dass es auf Buckshaw keine Haie gab, trotzdem hoffte ich insgeheim, dass Dogger irgendwo ein paar aufgetrieben hatte. Vielleicht hatte er ja heimlich welche im künstlichen See ausgesetzt.

6

Der riesige schwarze Hai schnellte aus dem aufspritzenden Wasser, hing einen Augenblick lang mit schnappenden Kiefern in der Luft und tauchte dann wieder in den aufgewühlten Wellen unter.

Undine kreischte.

»Noch mal!«, rief sie. »Noch mal! Noch mal!«

»Na schön, aber dann ist Schluss.« Dogger bewegte die Hände vor der Schreibtischlampe, und der schwarze Schattenhai erschien abermals an der Wand, schnappte mordlustig in die Luft und versank wieder in den Wogen der wackelnden Finger.

Dogger streifte seine aufgekrempelten Ärmel herunter, knöpfte die Manschetten zu und knipste die Lampe aus.

Dann nahm er die Decken ab, die er vor die Küchenfenster gehängt hatte, und wir blinzelten in die jähe Helligkeit.

Als er die Küche verlassen hatte, fragte Undine: »Macht er immer Haie?«

»Nein. Er kann auch Elefanten und Krokodile. Bei seinem Krokodil bekommt man richtig Angst.«

»Pfff«, machte Undine verächtlich. »Ich hab keine Angst vor Krokodilen.«

Ich konnte der Versuchung nicht widerstehen.

»Wetten, dass du noch nie eins gesehen hast? Jedenfalls kein lebendiges.«

»Hab ich wohl!«

Sie konnte ja nicht wissen, dass sie es mit einer Meiste-rin im Bluffen zu tun hatte. *Dir werd ich's zeigen*, dachte ich.

»Wo denn? Fakten, bitte!« Bestimmt hatte sie das Wort »Fakten« noch nie gehört.

»In einem Mangrovensumpf in Sembawang. Es war ein Salzwasserkrokodil. Salzwasserkrokodile sind die größten Reptilien der Welt.«

»Sembawang?« Wahrscheinlich hörte ich mich an wie der letzte Dorftrottel.

»Das ist in Singapur.« Sie sprach es Sing-a-*Pur* aus, mit der Betonung auf der letzten Silbe. »Warst du etwa noch nie in Singapur?«

Da ich tatsächlich noch nicht dort gewesen war, wechselte ich rasch das Thema.

»Wieso nennst du deine Mutter ›Ibu‹?«

»Das ist Malayisch und heißt Mutter.«

»Liegt Singapur denn in Malayien?«

»Quatsch. Malayisch ist eine Sprache, du dumme Gans. Singapur ist ein geografischer Ort.«

Diese Unterhaltung verlief ganz und gar nicht so, wie ich es mir vorgestellt hatte. Erneuter Themawechsel.

»Undine … komischer Name.«

Das war vielleicht ein bisschen gemein, aber sie hatte schließlich angefangen und mich »dumme Gans« genannt.

»Es hätte schlimmer kommen können«, gab sie zurück. »Mein Vater wollte mich ›Sepia‹ nennen, aber meine Mutter hat obsiegt.«

Sie sagte allen Ernstes »obsiegt«.

Was für ein seltsames kleines Geschöpf!

Eben noch war sie ein quengelndes Kleinkind gewesen, das nicht genug kriegen konnte, im nächsten Augenblick redete sie daher wie irgend so ein alter Knacker aus dem Explorers Club.

Alterslos, schoss es mir durch den Kopf. Ja, das traf es am besten: Undine war alterslos.

Trotzdem hatte ich meine Zweifel, was die Geschichte mit dem Salzwasserkrokodil anging. Ich würde später noch einmal nachhaken.

»Das mit deiner Mutter tut mir leid«, sagte sie plötzlich aus heiterem Himmel. »Ibu hat oft von ihr gesprochen.«

»Auf *Malayisch?*«, fragte ich, um sie so rasch wie möglich von diesem Thema abzubringen.

»Auf Malayisch und auf Englisch. In Singapur verwendet man beide Sprachen alternierend.«

Alternierend! Du machst gleich Bekanntschaft mit meiner Magensäure!

»Habe ich dich jetzt sehr betrübt?«, fragte sie.

»Hä?«

»Ibu hat mir eingeschärft, dass ich deine Mutter auf Buckshaw nicht erwähnen darf. Sie meinte, das würde euch sehr betrüben.«

»Und deine *Ibu* selber spricht oft von meiner Mutter, hast du gesagt?«

Das war schon ein bisschen pampig, aber Undine schien es nicht aufzufallen.

»Sehr oft sogar. Sie hatte deine Mutter sehr, sehr gern.«

Ich muss zugeben, dass mich das rührte.

»Als der Sarg aus dem Zug ausgeladen wurde, hat sie geweint.«

Ich horchte auf.

»Aus dem Zug?«, fragte ich skeptisch. »Ihr wart doch gar nicht am Bahnhof.«

»Doch. Ibu meinte, das sei das Mindeste, was wir tun

könnten. Wir waren spät dran und haben ein Stück weiter weg geparkt, aber wir haben alles mitbekommen.«

»Weißt du was, Undine?«, sagte ich. »Ich bin auf einmal todmüde. Du kannst alleine hochgehen. Ich leg mich ein bisschen aufs Ohr.«

Ich streckte mich bäuchlings auf meinem Bett aus, aber ich konnte weder einschlafen noch richtig wach bleiben, weil ich von Gewissensbissen geplagt wurde.

Wie hatte ich bloß in der Küche sitzen und mich bei einer Schattenspielvorführung amüsieren können, während meine Mutter tot im ersten Stock lag?

Tot und allein. Zehn lange Jahre im Eis eingeschlossen, bis ein blöder Bergsteiger, der für einen Schnappschuss posierte, versehentlich einen Schritt rückwärts machte und in eine Gletscherspalte stürzte, wo eine Rettungsmannschaft irgendwann später seine – und ihre – tiefgefrorenen Überreste fand.

Wie mir zumute war? Ich kam mir vor wie eine Verbrecherin!

Warum schluchzte und schrie ich nicht und raufte mir die Haare? Warum wanderte ich nicht ruhelos auf den Zinnen von Buckshaw umher und heulte mein Leid in den Wind hinaus?

Sogar Cousine Lena hatte es fertiggebracht, am Bahnhof Tränen zu vergießen. Und ich? Ich hatte auf dem Bahnsteig gestanden wie ein morscher Holzklotz und mich mehr für den Tod eines Fremden interessiert als für den meiner eigenen Mutter!

Warum rüttelte mich erst jetzt eine Stimme aus den Sümpfen meines Geistes auf?

Warum hatte mich mein Schmerz derart im Stich gelassen?

Vielleicht hatten Feely und Daffy ja doch recht. Vielleicht

war ich wirklich ein Wechselbalg. Vielleicht hatte Harriet mich tatsächlich aus dem Waisenhaus geholt – was natürlich auch hieße, dass ich mit ihr so wenig verwandt wäre wie eine Maus mit dem Mond.

Noch nie hatte ich mir so sehnlichst gewünscht, eine de Luce zu sein, und noch nie hatte ich mich weniger als eine solche gefühlt. Meine Familie und ich schienen an entgegengesetzten Enden des Universums zu stehen. Ich war ihnen genauso ein Rätsel, wie sie mir eines waren, und doch, trotz alledem, brauchten wir einander.

Ich drehte mich auf den Rücken und starrte an die Zimmerdecke. Die bauchigen Wülste feucht gewordener, abgelöster Tapete über mir kamen mir vor wie schimmlige Sperrballons, und ich hatte das Gefühl, als wollte mich das Haus selbst angreifen.

Ich zog mir das Kissen über den Kopf. Es half nichts.

In ein paar Stunden würden die Dorfbewohner auf Buckshaw eintreffen, um der aufgebahrten Harriet die letzte Ehre zu erweisen. Dogger würde sie grüppchenweise die Westtreppe hoch und in Harriets Boudoir schicken, wo sie ihre Spiegelbilder in dem scheußlichen hochglanzlackierten Sarg begaffen würden, dessen Inhalt zu schaurig war, um ihn sich auch nur vorzustellen.

Ich sprang vom Bett, schnappte mir den Filmprojektor und trug ihn in die Dunkelkammer hinter meinem Labor.

Dort legte ich den Film wieder ein und schaltete den Projektor an. Das Bild war kleiner, dafür aber heller als auf meiner Kaminwand, und ich konnte seltsamerweise viel mehr Einzelheiten erkennen.

Da ist Harriet. Wieder klettert sie aus dem Cockpit der *Blithe Spirit*, zusammen mit meiner Wenigkeit, die unter ihrer wehenden Kleidung zwar noch unsichtbar, aber nichtsdestotrotz bereits vorhanden ist. Feely und Daffy winken und halten sich die Hände über die Augen.

Gegen die Sonne, wie ich angenommen hatte?

Oder war Harriet im wahren Leben eine so blendende Erscheinung gewesen, dass man sie nicht ungeschützt anschauen konnte?

Wie auch immer. Dadurch, dass ich den vergessenen Film entwickelt hatte, hatte ich dank des Zaubers der Chemie meine Mutter wieder lebendig gemacht.

Tief in mir erwachte etwas, drehte sich um … und schlummerte wieder ein.

Jetzt kommt Vater auf die Kamera zugeschlendert, nicht ahnend, dass er in einer anderen Welt gefangen ist: der Welt der Vergangenheit.

Daffy und Feely planschen am Ufer des künstlichen Sees, ebenfalls nicht ahnend, dass sie gefilmt werden. Die Kamera schwenkt von ihnen zu der Decke, auf der Vater und Harriet picknicken.

Doch halt!

Was war das da für ein Schatten im Gras? Beim ersten Mal war er mir gar nicht aufgefallen.

Ich hielt den Film an und ließ ihn ein Stück rückwärtslaufen.

Ich hatte mich nicht geirrt! Auf dem Gras war eine dunkle Stelle: der Schatten des Kameramanns – oder der Kamerafrau –, wer immer das auch sein mochte.

Ich lasse den Film wieder vorwärtslaufen. Als Vater sich wegdreht, um etwas aus dem Picknickkorb zu holen, wendet Harriet sich in Richtung Kamera und sagt etwas.

Ich spreche laut mit, passe meine Lippenbewegungen den ihren an und koste das Wort auf der Zunge aus:

»Fasanensandwiches«, sagt das flackernde Bild.

»Fasanensandwiches«, sage ich.

Ich spule den Film wieder zurück und betrachte abermals den Schatten im Gras. An wen hatte Harriet das rätselhafte Wort gerichtet?

Ich schaute mir die Szene noch einmal an und überlegte dabei, ob man das Bild irgendwie festhalten könnte.

»Fasanen…«, sagte Harriet, und dann ertönte ein abscheuliches Klappern und Knirschen.

Etwas hatte sich im Projektor verklemmt!

Das Bild auf der Wand war mitten im Wort eingefroren. Vor meinen Augen färbte Harriets Gesicht sich erst braun… dann schwarz… dann schrumpfte es und schlug Blasen…

Der Film hatte sich entzündet! Ein schwarzer, beißend riechender Rauchfaden quoll aus dem Projektor.

Wenn der Filmstreifen wie die meisten seiner Art aus Zellulosenitrat bestand, hatte ich ein Problem.

Selbst wenn das Ganze wider Erwarten nicht explodierte, so würde sich das Zimmer doch im Nu mit einem giftigen Gemisch aus Wasserstoff, Kohlenmonoxid, Kohlendioxid, Methan und verschiedenen unangenehmen Formen von Stickoxid füllen, von Blausäure ganz zu schweigen.

Die kleine Dunkelkammer würde sich im Handumdrehen in eine Todesfalle verwandeln, ja, das ganze Haus konnte innerhalb von Minuten bis auf die Grundmauern niederbrennen.

Ich riss eine Laborschürze vom Wandhaken und warf sie über den Projektor.

Zellulosenitrat benötigt keine Luftzufuhr von außen, um zu brennen. Die Verbindung enthält genug eigenen Sauerstoff.

Eine Zellulosenitratflamme kann man weder mit einem Feuerlöscher noch mit Wasser ersticken.

Wenn es sonst um Chemie ging, war ich stets geistesgegen-

wärtig, aber in diesem besonderen Fall geriet ich, offen gestanden, in Panik.

Ich stürzte aus der Dunkelkammer, knallte die Tür hinter mir zu und warf mich mit dem Rücken dagegen, damit
sie auch zublieb. Eine schwarze Rauchwolke begleitete mich.

Da stand ich nun wie eine verdammte Seele, die soeben
der Hölle entronnen war, als es durch den Rauch schallte:
»Kleines Missgeschick?«

Es war Dogger.

Ich konnte nur stumm nicken.

»Entschuldige, dass ich einfach so hereinschneie ...« – er
wedelte mit den Händen und riss das Fenster auf – »... aber
Colonel de Luce möchte, dass sich die Familie in einer Viertelstunde im Salon einfindet.«

»Danke, Dogger. Ich komme gleich.«

Dogger rührte sich nicht vom Fleck. Er hob das Kinn ein
paar Millimeter, und seine Nasenflügel blähten sich.

»Acetat?«, fragte er dann, ohne sich die Mühe zu machen,
den Geruch tief einzusaugen.

»Glaub schon«, erwiderte ich. »Falls es sich um Zellulosenitrat handelt, sitzen wir ganz schön in der Patsche.«

»Allerdings. Kann ich dir irgendwie behilflich sein?«

Ich zögerte nur den Bruchteil einer Sekunde, dann platzte
ich heraus: »Kann man einen Filmstreifen flicken?«

Dogger nickte. »*Spleißen* nennen es die Fachleute, soviel
ich weiß. Man braucht nur ein paar Tropfen Aceton.«

Ich sah die Reaktion in Gedanken vor mir.

»Na klar!«, rief ich aus. »Eine chemische Verbindung des
Zelluloids.«

»Richtig.«

»Warum ist mir das nicht gleich eingefallen? Und woher
weißt du so etwas?«

Ein Schatten huschte über Doggers Gesicht. Einen verstörenden Augenblick lang glaubte ich, einem Fremden gegenüberzustehen.

Einem Wildfremden.

»Ich … keine Ahnung«, antwortete er schließlich stockend. »Solche Sachen jucken mich plötzlich in den Fingern … oder liegen mir auf der Zunge … als ob …«

»Als ob was?«

»Als ob …«

Ich hielt den Atem an.

»Als ob ich mich dran erinnere.«

Kaum sprach er es aus, war der Fremde verschwunden, und der alte Dogger war wieder da.

»Kann ich dir irgendwie behilflich sein?«, wiederholte er, als sei nichts gewesen.

Was für eine Zwickmühle! Ich hätte seine Hilfe nur zu gut gebrauchen können, aber ein dunkler, uralter Teil meiner selbst weigerte sich standhaft, jemanden in die Entdeckung der Filmspule einzuweihen.

Es war alles so verflixt kompliziert! Einerseits wünschte ich mir, dass mir jemand über den Kopf strich und lobend »Tüchtiges Mädchen!« sagte, andererseits wollte ich diesen neuen, unerwarteten Blick auf Harriet unbedingt für mich behalten wie ein Hund, dem man einen saftigen Markknochen hingeworfen hat.

Allerdings hatte Dogger Harriet nie persönlich kennengelernt, fiel mir ein. Er war erst nach Kriegsende nach Buckshaw gekommen. In gewisser Weise war Harriet für ihn nur der Schatten der verstorbenen Gattin seines Arbeitgebers – ganz ähnlich wie für mich, wurde mir mit einem schmerzlichen Stich klar.

Abgesehen davon natürlich, dass sie meine Mutter war.

Letztendlich lief alles auf die Frage hinaus, wie sehr ich Dogger vertraute.

Würde er mein Geheimnis für sich behalten?

Im nächsten Augenblick standen wir in der Dunkelkammer. Dogger hatte den Abluftventilator eingeschaltet (den ich übersehen hatte) und inspizierte die klebrigen Rückstände im Innenleben des Projektors. Rauch und Gestank hatten sich verflüchtigt und mit ihnen die Furcht vor einer Explosion.

»Ich glaube, der Schaden hält sich in Grenzen«, sagte er. »Es sind nur ein paar Einzelbilder verbrannt. Hast du mal eine Schere?«

»Leider nein.«

Meine hervorragende Schere hatte ich neulich ruiniert, als ich damit Zinkblech geschnitten hatte, und zwar bei einem fehlgeschlagenen Experiment, bei dem ich mittels einer selbst erfundenen Ätztechnik Fingerabdrücke auf einem Fallrohr sichtbar machen wollte.

»Dann vielleicht etwas anderes, was schneidet?«, fragte Dogger.

Leicht verlegen holte ich Vaters hoch geschätztes Thiers-Issard-Rasiermesser mit der Hohlschliffklinge aus einer Schublade. Ich hatte es mir vor einiger Zeit ausgeborgt, und es hatte sich als so nützlich erwiesen, dass ich ernsthaft überlegte, ob ich mir zu Weihnachten ein eigenes wünschen sollte.

»Aha!«, sagte Dogger. »Da ist das Ding also abgeblieben!«

»Ich habe es immer in die Schachtel zurückgelegt«, verteidigte ich mich. »Wegen der Verletzungsgefahr und so weiter.«

»Sehr gut.« Anders, als es wohl die meisten Leute getan hätten, verlangte Dogger nicht, dass ich Vater das Rasiermesser zurückgab. Noch etwas, was ich an Dogger sehr schätze.

Er ist keine Petze. »Als Erstes müssen wir den beschädigten Abschnitt heraustrennen«, erklärte er. »Danach kratzen wir die Beschichtung von den beiden neu entstandenen Enden.«

»Hört sich an, als hättest du das schon mal gemacht«, sagte ich in beiläufigem Tonfall, behielt ihn dabei aber scharf im Auge.

»Das siehst du ganz richtig, Miss Flavia. Einer Horde desinteressierter Männer Lehrfilme vorzuführen war früher ein nicht unwesentlicher Bestandteil meiner Aufgaben.«

»Soll heißen?«, hakte ich nach.

Doggers Erinnerungsvermögen war eine verwirrende Angelegenheit. Manchmal sah er seine eigene Vergangenheit nur, wie der Apostel Paulus es ausdrückt, »wie durch einen Spiegel im unklaren Bild«, ein andermal wieder wie durch eine blitzblank geputzte Fensterscheibe.

Ich dachte oft daran, wie verstörend das für ihn sein musste – als versuchte er in einer stürmischen Nacht mit einem Fernrohr durch dahinziehende Wolkenfetzen einen Blick auf den Mond zu erhaschen.

»Soll heißen«, antwortete er, »dass wir den Film hoppladihopp wieder geflickt haben. Na also … wunderbar!«

Er hielt mir den reparierten Filmstreifen hin und zog mit einem festen Ruck daran. Die Flickstelle hielt. Der Film schien so gut wie neu zu sein.

»Du kannst zaubern, Dogger!«, rief ich aus, und er erhob keine Einwände.

»Wollen wir den Film mal ausprobieren?«, fragte er stattdessen.

»Warum nicht?«, gab ich zurück. Meine Bedenken waren zusammen mit dem Rauch verflogen.

Nachdem wir die verschmorte Kruste aus dem Projektor gekratzt hatten – ich wollte dafür wieder Vaters Rasiermesser benutzen, aber Dogger war dagegen –, legten wir den Film wieder ein, knipsten das Licht aus und schauten zu, wie die flackernden Schwarz-Weiß-Bilder Harriet zum Leben erweckten.

Da war sie wieder und kletterte aus dem Cockpit der *Blithe Spirit*. Vater ging verlegen auf die Kamera zu.

»Nanu!«, entfuhr es mir. »Wer ist das denn?«

»Dein Vater. In jüngeren Jahren.«

»Nein, dort hinter ihm. Am Fenster.«

»Da hab ich niemanden gesehen«, sagte Dogger. »Ich spule noch mal zurück.«

Er schien mit der Bedienung des Projektors vertrauter zu sein, als ich es gewesen war.

»Da! Am Fenster!«, wiederholte ich.

Es ging so schnell, dass man es tatsächlich leicht verpassen konnte.

Während Vater auf die Kamera zukam, bewegte sich etwas in einem der oberen Fenster – und war auch gleich wieder verschwunden.

»Ein Mann. In Hemdsärmeln. Mit Schlips und Hosenträgern. Und mit irgendwelchen Papieren in der Hand.«

»Du hast bessere Augen als ich, Miss Flavia. Für mich ging das zu schnell. Ich spule noch mal zurück.«

Mit unendlich geduldigen Fingern ließ er den Film wieder ein Stück rückwärtslaufen.

»Jetzt habe ich ihn auch gesehen«, sagte er dann. »Ganz deutlich: Hemdsärmel, Schlips, Hosenträger, Papiere in der Hand – und Mittelscheitel.«

»Ich glaube, du hast recht. Lass uns vorsichtshalber noch mal nachschauen.«

Dogger schmunzelte und ließ die Stelle noch einmal laufen.

Sah ich tatsächlich, was ich sah? Oder spielte mir meine Fantasie einen Streich?

Es war aber nicht so sehr der Mann selbst, der mich interessierte, als vielmehr der Ort, an dem er sich zeigte.

»Merkwürdig«, sagte ich, und ein leiser Schauder überlief mich. »Wer immer das sein mag, er steht hier oben im Labor.«

Mister Schlips-und-Hosenträger – wenn man ihn erst einmal entdeckt hatte, war er gut zu erkennen – stand am Fenster meines Chemielabors und blätterte in irgendwelchen Papieren. Dabei war der Raum seit 1928 unbenutzt und verschlossen gewesen, nachdem Onkel Tarquins Haushälterin ihren Dienstherrn mausetot an seinem Arbeitstisch gefunden hatte, an dem er blicklos durchs Mikroskop starrte.

Nach Feelys und Daffys Alter zu urteilen und angesichts der Tatsache, dass ich selbst noch nicht das Licht der Welt erblickt hatte, musste der Film um 1939 gedreht worden sein: kurz vor meiner Geburt und ungefähr ein Jahr vor Harriets Verschwinden.

Über zehn Jahre nach Onkel Tars Tod.

Eigentlich hatte damals niemand Zutritt zum Labor gehabt.

Wer war dann der Mann am Fenster?

Hatte Vater gewusst, dass er sich hier oben aufhielt? Hatte Harriet es gewusst? Vermutlich.

»Was hältst du davon, Dogger?«

Ich halte mir zugute, dass ich für die Ideen anderer Leute stets offen bin.

»Ich würde sagen, es handelt sich um einen Amerikaner. Einen Unteroffizier, nach dem Hemd zu urteilen. Wahrscheinlich ein Obergefreiter. Groß – eins neunzig bis zwei Meter.«

Ich bekam den Mund nicht mehr zu.

»›Ganz einfach, mein lieber Watson‹, hätte Sherlock Holmes gesagt«, fuhr Dogger fort. »Nur ein amerikanischer Unteroffizier steckt den Schlips auf diese Art ins Hemd – zwischen dem zweiten und dritten Knopf –, und die Körpergröße kann man anhand der oberen Fensterkante schätzen, die ungefähr zwei Meter über dem Boden ist.« Er deutete auf das betreffende Fenster. »Bleibt noch die Frage, was ein amerikanischer Militär um 1939 auf Buckshaw zu suchen hatte.«

»Das wüsste ich auch gern«, stimmte ich ihm zu.

»Wir machen uns mal lieber auf den Weg«, sagte Dogger. »Die anderen warten bestimmt schon.«

Vater und Harriet hatte ich völlig vergessen.

7

Schuldbewusst schlich ich mich in den Salon. Aber ich hätte mir keine Sorgen machen müssen. Niemand würdigte mich auch nur eines Blickes.

Vater stand, wie üblich in Gedanken versunken, am Fenster. Am Bahnhof hatte er einen dunkelblauen Anzug mit einer schwarzen Trauerbinde am Ärmel getragen, als hätte er sich verzweifelt an die Hoffnung geklammert, dass der Hauch einer Farbe Harriet doch noch würde lebendig heimbringen können. Inzwischen hatte er sich von dieser Hoffnung verabschiedet und trug düsteres Schwarz. Sein weißes Gesicht über dem Traueranzug war ein schrecklicher Anblick.

Auch Feely und Daffy trugen schwarze Kleider, die ich noch nie an ihnen gesehen hatte. Mir schauderte bei dem Gedanken, welche uralten Schränke sie geplündert haben mussten, um etwas Passendes aufzutreiben.

Wieso hat Vater mich *nicht angewiesen, Schwarz zu tragen?*, ging es mir durch den Kopf. Warum hatte er zugelassen, dass ich in einem weißen Sommerkleid auf dem Bahnsteig gestanden hatte, das, im Nachhinein betrachtet, so auffällig gewesen sein musste wie ein Feuerwerk am Nachthimmel?

Wie ein Böller auf einer Beerdigung, dachte ich, verdrängte die Vorstellung aber gleich wieder.

Mir war inzwischen klar, dass die Schwierigkeit bei einem Trauerfall darin bestand zu erkennen, wann man welche der vorgeschriebenen Masken auf- und wieder abzusetzen hatte. Für alle, die keine de Luces waren: tiefer, untröstlicher Schmerz plus schlaffe Hände und niedergeschlagene Augen. Innerhalb der Familie: eine distanzierte Kühle, die offen gestanden unserem alltäglichen Umgangsstil nicht unähnlich war. Nur wenn man allein in seinem Zimmer war, konnte man sich selbst im Spiegel Grimassen schneiden, mit gespreizten Fingern die Augenwinkel runterziehen, die Zunge raushängen lassen und schauerlich schielen, einfach nur, um sich zu vergewissern, dass man noch am Leben war.

Ich kann's nicht glauben, dass ich das eben geschrieben habe, aber es gibt ziemlich gut wieder, wie mir zumute war.

Seien wir doch mal ehrlich: Der Tod ist sterbenslangweilig. Die Hinterbliebenen haben es entschieden schwerer als die Verstorbenen, denn die brauchen sich wenigstens keine Gedanken mehr zu machen, wann sie sich setzen und wann sie stehen bleiben sollen, wann sie ein mattes Lächeln zur Schau tragen und wann sie besser mit tragischer Miene wegsehen sollen.

Das matte Lächeln fiel mir ein, weil Lena mich mit einem solchen bedachte, als sie von der Zeitung aufblickte, die sie viel zu schnell durchblätterte, als dass sie sie richtig hätte lesen können.

Sie zog noch einmal an ihrer Zigarette, zerquetschte dann den Stummel erbarmungslos im Aschenbecher und zündete sich mit einem langen Kaminstreichholz die nächste Zigarette an.

Undine saß in einer Ecke und pulte die Tapete in Streifen von der Wand.

»Lass das, Undine-Schätzchen«, sagte ihre Mutter. »Lauf hoch und hol mir meine Zigaretten. Sie sind in irgendeinem Handkoffer.«

Vater schien endlich aufzufallen, dass wir alle versammelt waren. Trotzdem drehte er sich nicht um, als er mit ausdrucksloser Stimme verkündete:

»Die öffentliche Aufbahrung beginnt um vierzehn Uhr. Ich habe einen Plan aufgestellt. Jeder von uns hält turnusmäßig sechs Stunden lang Totenwache. Die Reihenfolge richtet sich nach dem Alter, das heißt, ich bin der Erste, und Flavia ist die Letzte. Wir haben Betschemel aufgestellt, und Mrs. Mullet hat für Kerzen gesorgt.«

Ich glaubte zu hören, wie er schluckte.

»Ab jetzt bis morgen zur Beerdigung darf eure Mutter nicht mehr allein bleiben, auch nicht für kurze Zeit. Habe ich mich verständlich ausgedrückt?«

»Ja, Vater«, sagte Daffy.

Es trat eine der typischen De-Luce-Schweigepausen ein, in denen man hören konnte, wie der Staub aus dem alten Gemäuer des Hauses rieselte.

»Noch Fragen?«

»Nein, Vater«, antworteten wir im Chor, und ich war selbst überrascht, dass meine Stimme die meiner Schwestern übertönte.

Feely und Daffy fassten die Frage als Zeichen auf, dass sie sich entfernen durften, und verließen den Salon so eilig, wie es gerade noch schicklich war. Lena schlenderte hinterdrein.

Vater und ich rührten uns nicht vom Fleck. Ich wagte kaum zu atmen. Wäre ich der Stimme meines Herzens gefolgt, wäre ich zu ihm gelaufen und hätte ihn in den Arm genommen.

Was ich natürlich nicht tat. Ich hatte den Anstand, ihm diese Peinlichkeit zu ersparen.

Weil ich so still war, dachte er nach einer Weile offenbar, ich sei auch gegangen.

Als er sich vom Fenster abwandte, stellte ich fest, dass er feuchte Augen hatte.

Er durfte nicht merken, dass ich seine Tränen gesehen hatte. Ich wandte den Blick ab und schritt mit gefalteten Händen aus dem Zimmer wie bei einer Prozession.

Ich musste allein sein.

Ganz plötzlich und zum ersten Mal in meinem Leben fühlte ich mich wie einer jener Gefangenen in Daffys französischen Romanen, wie einer jener Häftlinge, die, an Händen und Füßen angekettet, auf dem Grund eines alten Brunnens lagen, in einem Kerker, in dem das Wasser langsam immer höher stieg.

Dagegen half nur, mich in mein Labor zurückzuziehen und irgendetwas Sinnvolles mit Strychnin anzustellen. Vor einiger Zeit hatte die *News of the World* einen Artikel über den Fall des vergifteten Bienenstocks gebracht, und ich hätte gern mit meinen eigenen Erkenntnissen hinsichtlich der Möglichkeiten von Giftmord am Frühstückstisch zum neuesten Stand der Wissenschaft beigetragen – vom neuesten Stand kriminalistischer Ermittlungstechniken ganz zu schweigen.

Ich ging die Treppe hoch und angelte unterwegs den Laborschlüssel aus der Tasche. Ich hatte die Erfahrung gemacht, dass man mit starken Giften am besten hinter verschlossener Tür arbeitete.

Ich öffnete die Tür und trat ein.

Meine Buff-Orpington-Henne Esmeralda lag in einem Streifen einfallenden Sonnenlichts steif und reglos auf dem Fußboden, den Hals verrenkt, beide Beine von sich gestreckt und einen Flügel abgespreizt, als hätte sie sich hilfesuchend irgendwo festhalten wollen. Die Schleifspuren im Staub kündeten nur allzu deutlich von ihrem letzten krampfhaften Flattern.

»Esmeralda!«

Ich stürzte auf sie zu.

Sie starrte mich mit einem glasigen Auge an.

»Esmeralda!«

Das Auge zwinkerte.

Esmeralda rappelte sich schwerfällig auf und schüttelte sich kräftig wie ein plustriger Federstaubwedel.

Ich drückte sie an mich, barg das Gesicht in ihrem weichen Brustgefieder und brach in Tränen aus.

»Du dumme Gans!«, schimpfte ich erstickt. »Du hast mich zu Tode erschreckt!«

Esmeralda pickte nach meinem Mund, so wie sonst, wenn ich Hirsekörner zwischen die Lippen nahm und sie damit fütterte.

»Wie bist du hier reingekommen?«, fragte ich, obwohl ich die Antwort schon kannte.

Bestimmt hatte Dogger sie hochgebracht, weil sie ihm im Gewächshaus wieder mal auf die Nerven gegangen war. Hatte er mir nicht erzählt, dass manche Hühner gern Staubbäder nahmen und dabei in eine Art Trance verfielen? Und der Fußboden war eindeutig staubig.

In Wahrheit hätte ich mich selbst gern auf die Dielen geworfen und mich tüchtig im Dreck gesuhlt. Ich hatte es satt, ständig Theater zu spielen, so wie es uns nach Harriets plötzlichem Wiederauftauchen abverlangt wurde: in betroffenes Schweigen gehüllt, umherzuwandeln, die ganze Zeit Sonntagsstaat zu tragen, auf die passende Wortwahl zu achten, sich fortwährend gut zu benehmen und rund um die Uhr daran erinnert zu werden, dass wir Staub sind und wieder zu Staub werden.

Vielleicht war es an der Zeit, mal gründlich durchzuputzen.

Aber jetzt noch nicht. Dass ich so plötzlich losgeheult hatte, ängstigte mich.

»Was soll ich nur machen, Esmeralda?«, fragte ich.

Esmeralda blickte mich mit gelben Augen an: Augen so warm und tröstlich wie die Sonne und gleichzeitig so alt und kalt wie die Berge.

Auf einmal wusste ich, was ich zu tun hatte.

Harriet.

Harriet war im Haus, und ich musste zu ihr.

Sie hatte mir etwas mitzuteilen.

8

Geräuschlos verließ ich das Labor, schloss ab und machte mich auf den Weg zum selten benutzten Nordkorridor, der parallel zur Vorderseite des Hauses verlief. Zwar hatte Dogger in irgendeinem der gruftartigen Gemächer hier Lena und Undine untergebracht, aber wenn ich ein bisschen aufpasste, würde ich ihnen nicht über den Weg laufen.

Vater hatte gesagt, dass er die erste Wache übernehmen würde. Momentan war er allerdings, soviel ich wusste, noch im Salon, gelähmt von seinem Leid. Mir blieb nicht viel Zeit, aber wenn ich mich ranhielt...

Am südlichen Ende des Westflügels drückte ich das Ohr an die Tür zu Harriets Boudoir. Außer den Atemzügen des Hauses hörte ich nichts.

Ich drückte die Türklinke herunter. Es war nicht abgeschlossen.

Ich trat ein.

Das Boudoir war mit schwarzem Samt verhängt. Das Zeug war überall: an den Wänden, vor den Fenstern... sogar Harriets Bett und ihre Frisierkommode waren mit dem trostlosen Stoff verhüllt.

In der Mitte stand auf zwei mit Samt behängten Tischböcken – »Katafalk« hatte Vater dazu gesagt – Harriets Sarg. Man hatte den Union Jack gegen ein schwarzes Bahrtuch mit dem Wappen der de Luces ausgetauscht: Der Schild in

Schwarz und Silber, schräg geteilt, zwei Hechte pfahlweise in verwechselten Farben, auf dem Helm ein dunkler Mond sowie der Wahlspruch »Dare Lucem«.

Die Hechte spielten auf unseren Familiennamen an, denn der lateinische Artenname des Fisches lautet: »Esox lucius«. »Pfahlweise« bedeutete, dass die Hechte auf ihren Schwanzflossen standen. Der verdunkelte Mond sollte eine Sonnenfinsternis symbolisieren.

Auch der Wahlspruch war ein Wortspiel: *Dare Lucem* – Licht bringen.

Ebendas hatte ich vor.

Am Kopf- und Fußende des Katafalks standen in schmiedeeisernen Leuchtern lange Kerzen, deren flackernder Schein schemenhafte Dämonen durch die Dunkelheit tanzen ließ.

Um die Kerzenflammen waberte ein nebliger Dunst, und in der drückenden Stille stieg mir ein schwacher Geruch in die Nase.

Es lief mir kalt den Rücken herunter.

Harriet war hier – in dieser Kiste!

Harriet, die Mutter, die ich nie gekannt hatte; die Mutter, die ich nie gesehen hatte.

Ich trat drei Schritte vor und legte die Hand auf das glänzende Holz.

Wie seltsam und unerwartet kalt es war. Wie verblüffend feucht.

Aber klar! Wieso war ich nicht schon längst darauf gekommen?

Um Harriets Leiche für die lange Heimreise haltbar zu machen, hatte man sie garantiert in festes Kohlenstoffdioxid gepackt, mit anderen Worten: in Trockeneis. Dieser Stoff wurde zum ersten Mal im Jahre 1834 von dem französischen Wissenschaftler Charles Thilorier beschrieben, nachdem er

ihn eher aus Versehen entdeckt hatte. Er mischte kristalli-
siertes CO_2 mit Äther und erzeugte auf diese Weise die ungewöhnliche Temperatur von minus hundert Grad Celsius.

Demnach befand sich unter der Holzverschalung ein ver-
plombter Metallbehälter – zum Beispiel aus Zink.

Kein Wunder, dass die Träger am Bahnhof unter ihrer Last
so schneckenhaft langsam einhergeschlurft waren. Ein Metallbehälter voller Trockeneis, dazu das Gewicht des Eichen-
sarges und Harriets Eigengewicht, musste die Schultern der
stärksten Männer strapazieren.

Ich schnüffelte an dem Eichenholz.

Kein Zweifel. Kohlenstoffdioxid. Das verriet mir der
schwache, angenehm stechende Geruch.

Ob es wohl sehr schwierig ist, überlegte ich, *den …*

Da hörte ich plötzlich draußen im Flur Schritte. Von
Vaters Schuhen, da war ich ganz sicher!

Blitzschnell duckte ich mich hinter den Katafalk und hielt
den Atem an.

Die Tür öffnete sich, Vater kam herein, und die Tür schloss
sich wieder.

Es war lange still.

Dann folgte der herzzerreißendste Laut, den ich je gehört
hatte. Ein hemmungsloses, abgerissenes Schluchzen entrang
sich meinem Vater wie Eisschollen, die sich von einem Eisberg lösen.

Ich bohrte mir die Finger in die Ohren, so tief ich konnte.
Es gibt Geräusche, die einfach nicht für Kinderohren bestimmt sind – auch wenn ich eigentlich gar kein Kind mehr
war –, und das Weinen der eigenen Eltern steht ganz oben
auf der Liste.

Ich litt Höllenqualen.

Ich kauerte hinter dem Katafalk, über mir meine gefrorene

Mutter und nur ein paar Schritte entfernt mein krampfhaft schluchzender Vater.

Mir blieb nichts anderes übrig, als abzuwarten.

Es dauerte sehr, sehr lange, bis die unterdrückten Laute abebbten und ich die Finger wieder herauszog. Vater weinte immer noch, aber nur noch ganz leise.

Er holte zittrig Luft.

»Harriet«, flüsterte er heiser. »Harriet, meine Liebste, verzeih mir. Ich war es.«

Ich war es?

Was in aller Welt meinte er damit? Anscheinend hatte er vor Kummer den Verstand verloren.

Doch ich kam nicht dazu, darüber nachzudenken, denn jetzt hörte ich, wie er sich zum Gehen wandte und den Raum verließ.

Es war kurz vor zwei. Gleich würden die ersten Dorfbewohner eintreffen. Vater würde nicht wollen, dass ihn jemand in diesem Zustand sah, und war vermutlich nach nebenan in sein eigenes Zimmer gegangen, um sich zu beruhigen. Wenn die Trauernden ankamen, würde er ihnen wieder die steinerne Miene des gefühllosen Colonels präsentieren, hinter dessen Fassade er sich eingerichtet hatte.

Haltung bewahren und so weiter.

Manchmal hätte ich ihn umbringen können.

Ich zählte bis dreiundzwanzig, dann schlich ich zur Tür, lauschte kurz und wagte mich dann auf Zehenspitzen in den Flur hinaus.

Im nächsten Augenblick schritt ich gemessen die Treppe hinunter.

»Miss Haltung« 1951.

Als ich auf der untersten Stufe angekommen war, läutete es an der Haustür.

Ich erwog kurz, das Klingeln zu überhören. Schließlich war es Doggers Aufgabe, Besucher hereinzulassen, nicht meine.

»Was für ein schäbiger Gedanke, Flavia«, schalt meine innere Stimme ungebetenerweise. »Dogger hat wirklich schon genug am Hals. Da muss er nicht auch noch wegen jedem dahergelaufenen Fremden zur Tür rennen.«

Meine Füße trugen mich durch die Halle. Ich wischte mir mit dem Handrücken über den Mund (für den Fall, dass ich versehentlich Marmelade oder Spucke im Mundwinkel hatte), strich meine Kleider glatt, richtete meine Zöpfe und öffnete.

Den Anblick, der sich mir bot, werde ich wohl nie vergessen, und wenn ich hundert Jahre alt werde.

Vor der Tür standen Lavinia und Aurelia, die Puddock-Schwestern. Letztere hatte einen Strauß silbrig-weißer, papierähnlicher Blumen in der Hand.

»Da sind wir, Herzchen«, sagte Miss Lavinia schlicht und drückte sich ihr Einkaufsnetz gegen die Brust. Miss Aurelia nickte fröhlich und deutete mit der freien Hand hinter sich.

Ich folgte ihrer Geste mit dem Blick.

Und traute meinen Augen nicht. Hinter Miss Aurelia wand sich eine endlose Schlange Trauergäste die Vordertreppe hinunter, über den kiesbestreuten Vorplatz, quer über den Rasen bis zur Auffahrt, die Kastanienallee entlang und zum fernen Mulford-Tor hinaus.

Reiche Leute, arme Leute, Freunde und Fremde, Männer, Frauen und Kinder. Alle hatten den Blick auf die Haustür von Buckshaw gerichtet, und ausnahmslos alle waren in Schwarz gekleidet.

So viele Menschen auf einem Haufen hatte ich vorher höchstens in Kinofilmen gesehen.

»Da sind wir, Herzchen«, wiederholte Miss Aurelia und bohrte mir den spitzen Zeigefinger in die Schulter. Miss Lavinia drehte ihr Einkaufsnetz in den Händen, und ich sah, dass sie bestens vorbereitet war. Sie hatte zum Anlass passende Noten dabei, denn natürlich hoffte sie, man würde sie und ihre Schwester bitten, ein Trauerlied zu Gehör zu bringen.

Ich muss zugeben, dass ich überfordert war. Zum ersten Mal in meinem Leben wusste ich nicht, wie ich mich verhalten sollte.

Wie sollte ich diesen Leuten gegenübertreten? Sollte ich jeden einzeln begrüßen? Sie einzeln oder paarweise nacheinander ins Haus bitten und die Treppe zum Trauerzimmer hochschicken?

Was sollte ich sagen?

Doch ich hätte mir nicht den Kopf zerbrechen müssen. Jemand packte mich mit unbarmherzigem Griff am Ellbogen und zischte mir ins Ohr: »Verzieh dich!«

Es war Feely.

Trotz der dunklen Ringe unter den Augen, die, wie mir sofort auffiel, kunstvoll retuschiert waren – aber nicht, um sie zu verdecken, sondern vielmehr, um sie zu betonen –, war sie der Inbegriff der gramgebeugten Schönheit. Sie *leuchtete* förmlich vor Trauer.

»Ach, Miss Lavinia«, sagte sie mit erschöpfter Stimme. »Und Miss Aurelia. Wie überaus freundlich von Ihnen, dass Sie gekommen sind.«

Sie legte den Schwestern nacheinander die bleiche Hand auf den Arm.

Doch als sie sich flaviawärts umdrehte, traf mich ein bitterböser Blick!

Feely besaß die ungewöhnliche Gabe, mit einer Gesichtshälfte eine hexenhafte Grimasse zu schneiden, während die andere Hälfte so unschuldig und lieblich aussah wie bei einer holden Maid aus Tennysons Gedichten. Es war vielleicht die einzige Fähigkeit, um die ich sie beneidete.

»Wir haben euch die hier mitgebracht.« Miss Aurelia streckte Feely die Blumen hin. »Es sind Immortellen, *Xeranthemum*. Es heißt, sie symbolisieren die Auferstehung und das Leben. Aus unserem eigenen Gewächshaus.«

Feely nahm die Blumen entgegen und zwängte sich zwischen die Schwestern, als suchte sie Halt. Zugleich schob sie die beiden über die Schwelle und ließ mich allein zurück, um mit dem fertigzuwerden, was Daffy »die tobende Menge« genannt hätte.

Ich holte tief Luft und nahm mir fest vor, mein Bestes zu geben, als jemand an meinem Ohr leise sagte: »Ich kümmere mich schon darum, Miss Flavia.«

Dogger. Und wie immer im rechten Augenblick.

Mit dankbarem und dennoch kummervollem Lächeln – schließlich standen wir weiterhin unter allgemeiner Beobachtung – überließ ich ihm das Feld und entschwebte ins Haus. Doch kaum war ich außer Sichtweite, nahm ich die Beine unter den Arm und sauste wie eine Rakete die Osttreppe hoch.

»*Die Auferstehung und das Leben*«, hatte Miss Aurelia gesagt.

Und wie hieß es im Glaubensbekenntnis? – »*… Auferstehung der Toten und das ewige Leben.*«

Das entsprach meinem Gedanken von vorhin:

»*Dank des Zaubers der Chemie habe ich meine Mutter wieder lebendig gemacht.*«

Als ich den alten Film entwickelt und angeschaut hatte, waren mir diese Worte durch den Kopf gehallt wie Kirchenglocken an Weihnachten. Und noch etwas hatte sich bemerkbar gemacht: jenes innere Frösteln, das einen verdrängten Gedanken begleitet, der später noch einmal wichtig werden wird.

Jetzt kehrte dieser Gedanke mit aller Macht zurück.

Ich würde meine Mutter wieder zum Leben erwecken! Diesmal jedoch würde es nicht bei einer kindischen Wunschvorstellung bleiben, nein, ich würde eine ernst zu nehmende wissenschaftliche Leistung erbringen.

Es gab viel zu tun – und mir blieb verflixt wenig Zeit.

9

Vater hatte verfügt, dass wir, die nächsten Angehörigen, abwechselnd bei Harriet Totenwache halten sollten. Er selbst wollte die ersten sechs Stunden übernehmen, von vierzehn bis zwanzig Uhr. Feely als die Nächstälteste sollte ihn ablösen und bis zwei Uhr nachts bei Harriet bleiben. Dann würde sie ihrerseits von Daffy abgelöst, die bis acht Uhr morgens im Boudoir ausharren sollte. Ich würde die letzte Wache übernehmen, die bis morgen vierzehn Uhr dauern sollte. Tante Felicity hatte anfangs wegen ihres fortgeschrittenen Alters verschont bleiben sollen.

»Unsinn, Haviland!«, hatte sie protestiert. »Ich halte genauso viel aus wie du. Sogar mehr, wenn's drauf ankommt. Du darfst mir meine Totenwache nicht wegnehmen.«

Daraufhin war der Turnus abgeändert worden. Jeder von uns sollte nun vier Komma acht Stunden Wache halten, was pro Person auf exakt vier Stunden und achtundvierzig Minuten hinauslief, wie Daffy rasch ausrechnete.

Tante Felicity war demnach von 14 Uhr bis 18.48 Uhr dran, Vater von 18.48 Uhr bis 23.36 Uhr, Feely von 23.36 Uhr bis 4.24 Uhr, Daffy von 4.24 Uhr bis 9.12 morgen früh und ich von 9.12 bis 14 Uhr morgen Nachmittag, wenn die Beerdigung stattfinden würde.

Eine typische De-Luce-Lösung. Unwiderlegbar logisch und gleichzeitig völlig verrückt.

Es gab nur ein Problem: Für das, was ich vorhatte, musste

ich unbedingt die mitternächtliche Wache übernehmen, die von kurz nach halb zwölf bis kurz vor halb fünf morgens ging.

Kurz gesagt, ich musste mit Feely tauschen.

Aber Feely war immer noch damit beschäftigt, im Mitgefühl der beiden Misses Puddock zu baden, und das wollte ich ihr nicht nehmen. Ich würde sie später fragen.

Zuallererst musste ich ohnehin meine Vorbereitungen für das treffen, was sich womöglich als das bedeutendste chemische Experiment meines Lebens erweisen würde. Ich hatte keine Sekunde zu verlieren.

Oben in meinem Labor blätterte ich mein Notizbuch durch. Ich erinnerte mich, dass ich mir irgendwann schon einmal etwas aufgeschrieben hatte, das ich jetzt benötigen würde.

Richtig – hier war es: *Hilda Silfverling, eine fantastische Erzählung* von Lydia Maria Child. Daffy hatte uns am Frühstückstisch mit dieser Geschichte unterhalten. Sie handelte von einer armen, unglücklichen Frau in Schweden, die geköpft werden sollte, nachdem man sie zu Unrecht des Kindesmords bezichtigt hatte.

Die Figur des gelehrten Apothekers von Stockholm hatte sich mir unauslöschlich eingeprägt, »*dessen Gedanken sich immer nur um Gase drehten und dessen Stunden mit chemischen Verbindungen und Explosionen angefüllt waren*«.

Offen gestanden war das auch das Einzige gewesen, was mich an der Geschichte interessiert hatte. Dieser Mann, dessen Name nie genannt wurde, sodass ich ihn nicht in *Bedeutende Wissenschaftler* nachschlagen konnte, hatte einen künstlichen Kälteprozess erfunden, mit dessen Hilfe er lebendige Geschöpfe in eine vorübergehende Totenstarre versetzen konnte. Noch spannender war, dass er die hingerichtete

Hauptperson, Hilda Silfverling, wieder zum Leben erwecken konnte, wann immer es ihm beliebte.

»Gibt es so etwas tatsächlich?«, hatte ich gefragt.

»Quatsch. Das ist doch bloß eine fiktive Geschichte«, hatte Daffy erwidert.

»Weiß ich doch. Aber könnte sie nicht trotzdem auf Wahrheit beruhen?«

»Alle Schriftsteller möchten erreichen, dass man ihre Dichtung für wahr hält. Das Wort ›fiktiv‹ kommt aber vom lateinischen ›fingere‹, was so viel bedeutet wie ›sich ausdenken‹. Gerade du solltest das nachvollziehen können.«

Ich biss mir auf die Zunge, damit sie weitersprach, was sie auch tat.

»Nehmen wir zum Beispiel Jack London«, sagte sie. Meine Schwester brüstete sich gern mit ihrem Wissen.

»Was ist mit ihm?«

»Er hat eine im Prinzip ganz ähnliche Erzählung geschrieben. Sie trägt den Titel ›Tausend Tode‹ und handelt von einem Mann, der sich auf alle erdenklichen Arten umbringen lässt, damit sein Vater, der eine Art geisteskranker Wissenschaftler ist, ihn anschließend wieder zum Leben erwecken kann.«

»Wie Doktor Frankenstein!«, rief ich aus.

»Ganz recht. Abgesehen davon, dass der Dummkopf bei Jack London sich vergiften, tödliche Stromschläge verpassen, ertränken, erwürgen und ersticken lässt. – Unter anderem«, setzte sie hinzu.

Das war Lesestoff nach meinem Geschmack!

»Wo kriege ich das Buch her?«

»Es muss irgendwo in der Bibliothek stehen«, hatte Daffy naserümpfend erwidert und mich ungeduldig weggescheucht.

Es hatte eine Weile gedauert, bis ich die Geschichte in einem schmuddeligen Groschenheftchen fand.

Doch was für eine Enttäuschung! Der Autor lieferte mitnichten brauchbare Beschreibungen der zahlreichen Todesarten und Wiedererweckungen, sondern gestattete seiner Hauptfigur, sich ausführlich über Magnetfelder, polarisiertes Licht, nicht-leuchtende Felder, Elektrolyse, Molekularanziehung und eine hypothetische Kraft namens »Apergie« auszulassen, bei der es sich um das Gegenteil der Schwerkraft handeln sollte.

Ein fürchterliches Gefasel!

Noch mit auf den Rücken gefesselten Händen, in einen Kartoffelsack gesteckt und in einen tiefen See geworfen, hätte ich eine glaubhaftere Theorie über Wiederauferstehung zustande gebracht!

Das war mir schließlich auch so schon gelungen, auch wenn der Ruhm dafür mir nicht ganz allein gebührte.

Ich hatte mich bei Dogger im Gewächshaus herumgetrieben und überlegt, wie ich ihn nach seinen und Vaters Erlebnissen in japanischer Kriegsgefangenschaft ausfragen könnte, ohne dass er es merkte.

Eine plötzliche Eingebung brachte mich auf die Frage: »Du, Dogger, kennst du dich eigentlich mit Jiu-Jitsu aus?«

Er hatte eine Pflanze mit wucherndem Wurzelballen aus ihrem Topf gezogen und mit der Schaufel vorsichtig die Erde abgeklopft. Der Wurzelballen sah wie das Gehirn eines Marsmenschen aus.

Nach einer langen Pause hatte er geantwortet: »Ein bisschen.«

Ich gab mir Mühe, durch die Ohren zu atmen, damit ich seinen störanfälligen Gedankengang nicht unterbrach.

»Das war lange, bevor ich...«

»Ja?«

»Als junger Mann...« Dogger zupfte an den Wurzeln herum, als wollte er den Gordischen Knoten aufdröseln, »... als junger Mann hatte ich Gelegenheit, Jiu-Jitsu nach der Methode von Kano zu erlernen. Die war zu meiner Zeit sehr beliebt.«

»Ach ja?« Etwas Geistreicheres fiel mir nicht ein.

»Ich habe mich sehr für die Kunst des Kuatsu interessiert. Dabei geht es nicht nur um tödliche Schläge, sondern vor allem um die Wiederbelebung derjenigen, die von solchen Schlägen getroffen werden.«

Wahrscheinlich habe ich Augen wie Untertassen gemacht.

»Wiederbelebung? Du meinst... von Toten?«

»Genau.«

»Du willst mich auf den Arm nehmen!«

»Keineswegs.« Dogger schüttelte die Pflanze ein bisschen, um die letzten lockeren Erdkrumen zu entfernen. »Meines Wissens wurden Professor Kanos Methoden eine Zeit lang sogar von der Königlichen Lebensrettungsgesellschaft bei Ertrunkenen angewandt.«

»Wie jetzt? Man hat Ertrunkene wieder zum Leben erweckt? Nachdem sie schon tot waren?«

»Ich glaube schon. Natürlich war ich nie selbst dabei, aber ich habe trotzdem den Kniff erlernt, mit dem man Tote wieder aufwecken kann.«

»Mach mal vor!«

Dogger stand auf und drehte sich um. »Bohr mir mal den Finger in den Rücken.«

Ich piekte ihn zaghaft.

»Höher. Noch ein bisschen höher. Ja, dort. Das ist der zweite Lendenwirbel. Auf diese Stelle müsste ein kräftiger Schlag mit dem Knöchel ausgeführt werden.«

»Darf ich mal?«, fragte ich eifrig. »Achtung, fertig…«

»Nein.« Dogger drehte sich zu mir um. »Erstens bin ich nicht tot, und zweitens werden die tödlichen Schläge eigentlich so gut wie nie angewandt – nur im äußersten Notfall. In der Praxis genügt es schon, sie anzukündigen.«

»Buff!« Ich holte mit dem Knöchel weit aus, hielt aber auf den letzten Millimetern inne. »Betrachte dich als getroffen!«

»Danke schön«, sagte Dogger. »Es hat bestimmt geklappt.«

»Mannomann!«, sagte ich. »Das muss man sich mal vorstellen: Auferstehung von den Toten durch einen Stoß in den Rücken. In der Bibel steht nichts davon, aber vielleicht kannte Jesus den Trick ja nicht.«

»Kann sein.« Dogger schmunzelte.

»Schon komisch, oder? Nein, eigentlich völlig irre.«

»Kann sein«, entgegnete Dogger wieder, »kann auch nicht sein. Man sagt ja, dass die Heiler bei vielen primitiven Völkern und bei uns womöglich auch oftmals Neurotiker oder Psychotiker sind.«

»Was bedeutet das?«

»Dass sie an Nervenleiden erkrankt und vielleicht sogar richtiggehend geistesgestört sind.«

»Glaubst du, das stimmt?«

Im Gewächshaus wurde es so still, dass ich glaubte, die Pflanzen wachsen zu hören.

»Manchmal schon, Miss Flavia«, erwiderte Dogger dann. »Mir bleibt nichts anderes übrig.«

Diese beiden Anregungen also hatten mich dazu inspiriert, Harriet wieder lebendig machen zu wollen. Manche Menschen würden ein solches Unterfangen abstoßend finden, ich jedoch fand es spannend. Ich freute mich sogar darauf!

Erstens hatte ich überhaupt keine Angst vor Leichen, kein bisschen. Im vergangenen Jahr hatte ich etlichen von ihnen von Angesicht zu Angesicht gegenübergestanden, und ich gestehe, dass ich jede einzelne, auf ihre (oder seine) Weise, entschieden interessanter fand als ihre lebendigen Gegenstücke.

Zweitens ging es auch um Vater. Er würde überglücklich sein, wenn ihm seine Liebste wiedergeschenkt werden sollte! Seit ich denken konnte, hatte ich Vater noch nie lächeln sehen – ich meine, *richtig* lächeln, mit Zähnezeigen und so.

Wenn Harriet wieder am Leben wäre und mit uns im Salon am Kamin sitzen könnte, wäre Vater ein völlig anderer. Er würde lachen, Witze reißen, uns umarmen, uns durchs Haar zausen, Spiele mit uns spielen und, ja, uns vielleicht sogar küssen.

Es wäre das reinste Paradies auf Erden: ein modernes Schlaraffenland, wie man es auf den Gemälden von Pieter Brueghel sah, die Feely so gern mochte, ein Land, in dem Milch und Honig flossen und in dem es weder Rationierungen gab noch eiskalte Zimmer und Verfall.

Buckshaw wäre wieder wie neu, und wir würden bis ans Ende aller Zeiten glücklich zusammenleben.

Ich musste nur noch ein paar chemische Einzelheiten klären.

10

Als ich die Tür zum Labor aufschloss und hineinging, hockte Esmeralda zufrieden auf einem Reagenzglasständer, und Undine kochte über einem Bunsenbrenner ein Ei.

»Was machst du denn hier?«, rief ich empört. »Was fällt dir ein? Wie bist du überhaupt reingekommen?«

Allmählich herrschte hier ein Gewimmel wie auf dem Bahnhof Paddington!

»Übers Dach«, antwortete sie vergnügt, »und dann die kleine Treppe dort runter.«

Sie zeigte in die entsprechende Richtung.

»Verdammte Scheiße!«, entfuhr es mir bedauerlicherweise, und ich nahm mir sogleich vor, einen Riegel anzubringen.

»Ich muss mit dir reden«, fuhr sie fort, ehe ich noch Schlimmeres sagen konnte.

»Mit mir reden? Wozu das denn?«

»Ibu sagt immer, ich darf nicht ins Bett gehen, wenn ich noch böse auf jemanden bin.«

»Wieso denn nicht? Außerdem ist doch noch gar keine Schlafenszeit.«

»Stimmt. Aber Ibu hat mich hochgeschickt, damit ich Mittagsschlaf halte, und das zählt auch, oder?«

»Kann sein«, sagte ich mürrisch. »Und was hat das alles mit mir zu tun?«

Sie stemmte die Hände in die Hüften und verkündete:

»Ich bin fuchsteufelswild auf dich. Ich habe ein Hühnchen mit dir zu rupfen und kann erst Mittagsschlaf machen, wenn wir uns versöhnt haben.«

»Versöhnt?«

»Wenn wir das Kriegsbeil begraben und miteinander die Friedenspfeife geraucht haben.«

»Und *was*, bitte schön, habe ich getan, um deinen Unmut zu erregen?« Meine Stimme triefte vor Sarkasmus.

»Du behandelst mich wie ein Kind.«

»Du *bist* doch auch ein Kind.«

»Schon, aber deswegen brauchst du mich noch lange nicht wie eins zu behandeln. Verstehst du, was ich meine?«

»Glaub schon«, gestand ich widerwillig ein.

Daffy wird ihre Freude daran haben, sich mit dieser kleinen Wortklauberin zu unterhalten!

»Aber was habe ich dir denn nun getan?« Ich traute mich kaum zu fragen.

»Du unterschätzt mich«, lautete ihre Antwort.

Mir kam fast der Frühstückshering wieder hoch.

»Wie kommst du denn darauf?«

»Du missachtest mich.«

»Wie bitte?« Ich musste lachen. »Weißt du überhaupt, was das Wort bedeutet?«

»Ja. Dass du mir nicht glaubst. Du hast mir das mit dem Salzwasserkrokodil nicht geglaubt, und du hast mir auch nicht geglaubt, dass Ibu und ich heute Morgen am Bahnhof waren.«

»Doch!«

»Komm schon, Flavia – gib's zu.«

»Na ja … vielleicht nicht so ganz …«

»Siehst du?«, trumpfte Undine auf. »Ich hab's ja gesagt!«

Ich hatte einen Geistesblitz. Daffy hatte mir nicht nur einmal vorgeworfen, ich sei hinterhältig. Recht hatte sie!

»Wann seid ihr denn am Bahnhof angekommen? Vor oder nach dem Zug?«

»Davor, aber nur knapp. Als Ibu am Ende vom Bahnsteig geparkt hat, hat sie gesagt: ›Da kommt er schon‹.«

»An welchem Ende?« Mein Tonfall war fast übertrieben beiläufig.

»Am anderen. Mit den Himmelsrichtungen hab ich's nicht so, aber es war das Ende, das am weitesten von Buckshaw weg ist.«

»Also das südliche Ende. Der Zug kam auch von Süden.«

Undine nickte. »Dort stand auch der Kofferwagen.«

Jetzt glaubte ich ihr. Auf unserem Bahnhof hatten schon seit Jahren keine Kofferwagen mehr gestanden, aber anlässlich von Harriets trauriger Heimkehr hatte jemand irgendwo ein Exemplar aufgetrieben. Ich hatte aus dem Augenwinkel gesehen, wie sich darauf das Gepäck der Fremden türmte – wer immer sie sein mochten –, die Harriets Sarg begleitet hatten.

»Komm, wir spielen was!«, schlug ich fröhlich vor.

»Au ja!«, rief Undine begeistert.

»Kennst du das Kim-Spiel?«

»Klar! Als wir in Sembawang gelebt haben, hat Ibu mir immer vor dem Schlafengehen aus *Kim* vorgelesen. Sie meinte, es sei eine schöne Geschichte, auch wenn Kipling ein gottverdammter Konservativer und Chauvinist gewesen sei. Er hat Sembawang nämlich mal besucht.«

»Ein Chauvinist?« Ich war baff. Wahrscheinlich kannte nicht mal Daffy dieses Wort.

»Klar doch. Oder weißt du etwa nicht, was das Wort bedeutet?«

Die Unterhaltung drohte mir zu entgleiten. Ich musste sie wieder in den Griff bekommen.

»Wir wollten doch spielen«, erinnerte ich sie.

»Ja, das Kim-Spiel!« Sie klatschte vor Freude in die Hände. »Man legt zwölf verschiedene Gegenstände auf ein Tablett und breitet einen Seidenschal darüber. Wir fragen Dogger, ob er das für uns macht! Dann zieht er den Schal weg, und wir dürfen uns die Gegenstände sechzig Sekunden lang einprägen. Der Schal wird wieder drübergelegt, und wir schreiben jeder alle Gegenstände auf, an die wir uns erinnern. Wer die meisten hat, ist Sieger. Und das bin ich.«

Sie hätte mir das Spiel nicht zu erklären brauchen. Bei den Pfadfinderinnen hatten wir es an Regentagen bis zum Erbrechen spielen müssen – jedenfalls bis zu jenem Abend, an dem es mir gelungen war, eine Kröte und eine mittelgroße Kreuzotter unter den Schal zu schmuggeln.

Ich habe ja bereits erwähnt, dass die Pfadfinder nicht unbedingt für ihren Humor bekannt sind. Jedenfalls musste ich nach diesem Vorfall wieder mal in der Ecke sitzen, mit Miss Delaneys unförmiger selbst gebastelter »Dornenkrone« auf dem Kopf, was mancher lustig gefunden haben mag, ich aber nicht.

»Damit es spannender wird, schlage ich eine kleine Abwandlung vor«, sagte ich.

Undine klatschte abermals freudig in die Hände.

»Wir tun so, als ob der Bahnsteig das Tablett ist, und die Leute sind die Gegenstände, die wir uns merken müssen.«

»Das ist unfair!«, protestierte sie. »Ich kenne ja niemanden … außer dir und deiner Familie … und Mr. Churchill natürlich. Ibu hat mir gezeigt, wo ihr steht.«

»Das heißt, ihr konntet uns gut sehen?«

Mein Daimler-Verstand lief auf allen zwölf Zylindern.

»Ganz ausgezeichnet«, bestätigte sie. »Wie aus der Loge bei der Weihnachtspantomime.«

In mir regte sich Unbehagen. Es passte mir nicht, dass jemand die Ankunft meiner toten Mutter als eine Art Varieté-nummer auffasste, und schon gar nicht, dass diese halbe Portion es tat.

Doch ich beherrschte mich. »Na schön. Ich fange an. Tante Felicity. Macht eins.«

»Die Männer in den Uniformen, die deine Mutter aus dem Zug gehoben haben. Das sind sechs – gewonnen!«

Das Ganze war ziemlich krank, fand ich, aber wir mussten weitermachen.

»Vater, Feely, Daffy und ich. Nicht zu vergessen Dogger. Macht insgesamt sechs.«

»Das ist unfair! Euch habe ich schon mitgezählt. Damit bin ich bei elf!«

»Mrs. Mullet und ihr Mann Alf«, sagte ich.

»Der Vikar!«, krähte Undine. »Ich hab ihn an seinem Priesterkragen erkannt. Zwölf Punkte für mich!«

Ich zählte an den Fingern ab: »Die Frau neben Tante Felicity ... der Offizier, der vor Vater salutiert hat ...«

»Der Lokomotivführer«, setzte ich in einer plötzlichen Eingebung hinzu, »der Schaffner und die beiden Männer, die den Sarg im Waggon bewacht haben. Macht neun plus Sheila und Flossie Foster und Clarence Mundy, der Taxifahrer.«

Sheila und Flossie hatte ich tatsächlich auf dem Bahnsteig erspäht, Clarence hatte ich auf gut Glück mit aufgezählt. Aber das würde Undine nicht merken.

»Hast du mehr als zwölf?«, fragte ich. »Ich bin fertig. Du darfst noch mal. Letzte Chance.«

Undine legte die Stirn in Falten und nagte auf ihren Knöcheln. Dann hellte sich ihr Gesicht auf. »Der Mann im langen Mantel!«

Mir blieb fast das Herz stehen.

»Was für ein Mann im langen Mantel?«, fragte ich mit leicht schwankender Stimme. »Den erfindest du doch bloß.«

»Gar nicht! Er hat mit Ibu gesprochen. Ich hab gewonnen!«

Ihr Gesicht glühte vor Siegesfreude wie ein kleiner roter Lampion.

Auch ich lächelte flüchtig.

Da gefror Undines strahlende Miene auf einmal. Sie blickte über meine Schulter – wie der Mann auf dem Bahnsteig – und riss die Augen auf, als hätte sie ein Gespenst gesehen.

Meine Nackenhärchen knisterten, als stünde ich unter Strom. Ich drehte mich langsam um.

Lena stand in der Tür, und ich schwöre, dass ihre Augen im Halbdunkel des Korridors rot wie glühende Kohlen leuchteten. Ich hatte keine Ahnung, wie lange sie schon dort stand und wie viel sie mit angehört hatte.

»Geh in dein Zimmer, Undine«, sagte sie mit einer Stimme wie ein eisiger Wind, der durch gefrorenes Gras streicht.

Undine drängte sich wortlos an mir vorbei.

»Bitte ermutige sie nicht noch«, sagte Lena, als die Kleine verschwunden war. Sie sprach noch immer im selben Tonfall wie eine Bauchrednerpuppe, die von einer Kobra bedient wird. »Undine ist viel zu leicht erregbar. Es kann gesundheitsschädlich sein, wenn man zu sehr in seiner eigenen Fantasiewelt lebt.«

Sie lächelte mir zu und zündete sich eine Zigarette an. Als die Spitze zu ihrer Zufriedenheit brannte, nahm sie einen tiefen Zug und blies mit vorgeschobener Unterlippe eine Rauchschwade an die Decke.

»Hast du mich verstanden?«

»Gesundheitsschädlich«, wiederholte ich.

»Ganzzz recht!« Sie stieß die nächste Rauchschwade aus.

Ich schätzte rasch das Risiko ab, dann fragte ich ohne Umschweife: »Wer war der Mann im langen Mantel?«

Lena führte die Zigarette mit malerischer Gebärde an die Lippen.

»Ich weiß nicht, wen du meinst.«

»Den Mann auf dem Bahnsteig. Undine sagt, du hast mit ihm gesprochen.«

Lena trat an eines der Flügelfenster, stützte sich auf das Fensterbrett und schaute auf den Visto hinab. So blieb sie eine Ewigkeit stehen.

Dachte sie an glücklichere Tage zurück? An jene Tage, als Harriet noch mit der *Blithe Spirit* auf der Wiese gestartet und gelandet war?

»Wie gut hast du meine Mutter gekannt?«, fragte ich. Sie hatte meine erste Frage noch nicht beantwortet, und schon bombardierte ich sie mit der nächsten. Ich war beinahe, aber nicht ganz, von meiner eigenen Dreistigkeit erschüttert.

»Nicht so gut, wie ich sie gern gekannt hätte«, erwiderte sie. »Du weißt ja, wir de Luces sind ein sonderbares Völkchen.«

Ich lächelte sie an, als wüsste ich, wovon sie sprach.

»*Cousine Hoch hinaus* hieß sie bei uns in Cornwall. Harriet flog höher, weiter und schneller, als es einem Menschen zusteht. Das war in gewissen Kreisen nicht gern gesehen.«

»Und du?«

Schon wieder hatte sich meine Zunge selbstständig gemacht!

»Mich hat das nicht gestört.« Lena drehte sich zu mir um. »Ich hatte sie sehr, sehr gern.«

Sehr, sehr gern. Mit denselben Worten hatte Undine beschrieben, was ihre Mutter für Harriet empfunden hatte.

»Genau genommen waren deine Mutter und ich richtig dicke Freundinnen – jedenfalls wenn wir einander außerhalb der Familienzusammenkünfte über den Weg liefen.«

Ich saß mucksmäuschenstill da und hoffte, das Vakuum, das durch mein Schweigen entstand, würde noch mehr Auskünfte über meine Mutter aus Lena heraussaugen. Durch aufmerksames Beobachten von Inspektor Hewitts Verhörmethoden wusste ich, dass Stille wie ein Fragezeichen wirkt, dem kaum jemand widerstehen kann.

»Ich will dir etwas anvertrauen«, sagte Lena schließlich.

Halleluja! Sie hatte den Köder geschluckt!

»Aber du musst mir versprechen, dass das, was ich jetzt sage, dieses Zimmer nicht verlässt.«

»Versprochen«, erwiderte ich und meinte es in diesem Augenblick auch so.

»Undine ist ein äußerst ungewöhnliches Kind«, sagte sie.

Ich nickte weise.

»Sie hatte es nicht leicht. Sie war noch sehr klein, fast noch ein Baby, als sie ihren Vater unter tragischen Umständen verloren hat. Ganz ähnlich wie bei dir.«

Erst dachte ich, sie wollte mich beleidigen, aber dann begriff ich, was sie meinte: dass sowohl Undine als auch ich noch als Wickelkinder einen Elternteil verloren hatten.

Daraufhin nickte ich abermals, diesmal wehmütig.

»Undine ist auch ein sehr überspanntes Kind. Man muss wissen, wie man mit ihr umzugehen hat.«

Sie unterbrach sich und sah mich durchbohrend an, als wartete sie darauf, dass irgendeine lebenswichtige Erkenntnis in mein Hirn eindrang.

Mir war sofort klar, worauf sie hinauswollte, aber ich

entschloss mich, auf ihre kaum verschlüsselte Botschaft mit der ausdruckslosen Miene eines Dorftrottels zu reagieren. Allerdings verzichtete ich im letzten Augenblick darauf, die Zunge aus dem Mundwinkel hängen zu lassen.

Wie ich festgestellt hatte, gehörte zu den Kennzeichen eines wahrhaft großen Geistes die Fähigkeit, sich auf Abruf dumm zu stellen.

Doch Cousine Lena gönnte mir keinen Blick, sondern schaute sich stattdessen im Labor um, als hätte sie es noch nie gesehen; fast so, als erwachte sie nach und nach aus einem Traum.

»Das hier war das Labor von deinem Onkel Tarquin, stimmt's?«

Ich nickte unbeholfen.

Es folgte die nächste angespannte Stille, und Lena trat wieder ans Fenster – an das gleiche Fenster, wie mir mit leisem Frösteln bewusst wurde, an dem auch der fremde Unteroffizier aus dem alten Film gestanden hatte.

Fenster sind bei näherer Überlegung eigentlich eine erstaunliche Sache: Kaliumkarbonat, Soda und Kalk, kettenartige und verzweigte Silikate, die amorph erstarren und sich zu dünnen Flächen verbinden, durch die man hindurchschauen kann.

Lena schaute durch das gleiche Kristallgitter hinaus wie vor so vielen Jahren der Fremde; das gleiche Kristallgitter, durch das die Filmkamera zu dem Fremden hineingeschaut hatte.

Eine Fensterscheibe, ging mir auf, bleibt selbst beinahe unverändert, während sie auf die sich stetig wandelnden Zeiten blickt. Ein Wunder der Chemie – und das hier, direkt vor unserer Nase!

Technisch gesehen ist Fensterglas eine Flüssigkeit, wenn

auch eine sehr träge fließende. Der Schwerkraft gehorchend, braucht sie Hunderte – oder sogar Tausende! – Jahre, bis sie den gleichen halben Zentimeter überwunden hat, den Wasser im Tausendstel einer Sekunde zurücklegt.

Mein Freund Adam Sowerby, der Pflanzenarchäologe, hatte kürzlich die Behauptung aufgestellt, ein Pflanzensamen sei die einzig wahre Zeitmaschine. Ich nahm mir vor, ihn diesbezüglich zu korrigieren. Bei unserer nächsten Begegnung würde ich darauf bestehen, dass er schlichtes Fensterglas in seine etwas unausgegorene Theorie mit aufnahm.

»Ich habe mich entschlossen, dich um Unterstützung zu bitten, Flavia«, verkündete Lena mit plötzlicher Entschiedenheit und riss mich aus meinen Gedanken.

Sie hatte sich wieder umgedreht. Eine Hälfte ihres Gesichts war vom Licht erhellt, die andere lag im Schatten wie eine dieser schwarz-weißen venezianischen Karnevalsmasken, die manchmal in Zeitschriften abgebildet sind.

Ich zog einen Flunsch und nickte kaum merklich.

»Mit Undine verhält es sich nämlich folgendermaßen…« – sie wählte ihre Worte so sorgfältig, als seien es Edelsteine – »… mit Undine verhält es sich … gütiger Gott!«

Etwas schoss am Fenster vorbei, verdeckte die Sonne und tauchte den Raum kurz in Halbdunkel.

»Gütiger Gott«, wiederholte Lena und griff sich ans Herz, »was in aller…«

Doch ich war schon zum Fenster gelaufen, hatte sie weggeschubst und die Nase an die Scheibe gedrückt.

»Das ist die *Blithe Spirit*!«, rief ich aus. »Harriets Flugzeug! Es ist heimgekehrt!«

Und so war es. Vor meinen Augen schwebte die de Havilland Gypsy Moth leicht wie eine Feder auf das struppige

Gras des Visto nieder und kam schwungvoll zwischen den Fingerhutpflanzen und zerbrochenen Statuen zum Stehen.

Mit aufröhrendem Motor fuhr sie eine schaukelnde Kurve und wackelte dabei übermütig mit dem Steuerruder, als wollte sie sagen: »Bitte sehr! Nicht schlecht, oder?«

Ich muss wohl nicht eigens erwähnen, dass ich zur Labortür hinaussauste wie ein Stein aus einer Wurfmaschine, die Osttreppe hinunter und durch die Haustür ins Freie – wo die in langer Schlange wartenden Trauergäste in stummem Erstaunen zusahen, wie ich an ihnen vorbeiflitzte und über die zugewachsenen Reste des Tennisplatzes stürmte, bis ich den unkrautüberwucherten Visto erreichte.

Noch ehe die Propeller klackernd zum Stillstand gekommen waren, stand ich neben der *Blithe Spirit*. Dann entstieg dem Cockpit ein großer Mann – ein wahrer Riese von Mann.

Wie er seine eindrucksvolle Länge in der zerbrechlichen fliegenden Kiste zusammengefaltet hatte, war mir ein Rätsel, aber es kam mehr und mehr von ihm zum Vorschein, bis am Ende eines unglaublich langen Beines schließlich ein Fuß erschien, ein Fuß, der sich gelenkig über die Motorhaube schwang und auf die Tragfläche stellte.

Er schob die Fliegerbrille, die seine Augen verdeckt hatte, in die Stirn, löste den Kinnriemen seiner Fliegerhaube, nahm sie ab und präsentierte den herrlichsten goldblonden Haarschopf, den die Welt je gesehen hatte, seit Apoll im Trojanischen Krieg in seiner persönlichen Wolke unterwegs gewesen war.

Plötzlich und nur ganz kurz war mein Herz wie mit Luft gefüllt, und genauso plötzlich entwich die Luft wieder und mit ihr das Gefühl.

Ich scharrte mit der Schuhspitze im Staub. Was geschah da mit mir?

»Miss de Luce, nehme ich an?« Er streckte mir die Hand hin. »Ich bin Tristram Tallis.«

Sein Tonfall war knapp und sanft zugleich: freimütig wie von Mann zu Mann.

Ich traute mich nicht, seine Hand zu ergreifen. Selbst wenn man einem Gott nur die Hand schüttelt, kann man sich in einen Dornbusch verwandeln, das wusste ich ganz sicher.

»Ja, ich bin Flavia«, brachte ich heraus. »Woher wissen Sie das?«

»Weil du das Ebenbild deiner Mutter bist«, sagte er freundlich.

Urplötzlich und ohne jede Vorwarnung quollen heiße Tropfen aus meinen Augen und liefen mir über die Wangen. Seit Tagen hatte ich ganz bewusst versucht, mich mit allem Möglichen abzulenken, mit diesem und jenem, damit in meinem Kopf auch nicht das kleinste Eckchen frei blieb, um über die Tatsache nachzudenken, dass meine Mutter tot war.

Und nun erwischten mich die Worte eines Fremden in einem schwachen Moment und verwandelten mich in ein flennendes Häufchen Elend.

Zum Glück war Mr. Tallis Gentleman genug, um so zu tun, als merke er nichts.

»Schade, das mit Oxford, was?«

»Oxford?«, fragte ich verständnislos.

»Die Ruderregatta der Universitäten. Am Osterwochenende in Henley. Das Boot von Oxford ist gesunken. Hast du nichts davon gehört?«

Selbstverständlich hatte ich davon gehört wie wohl jeder in ganz England – beziehungsweise auf der ganzen Welt. Inzwischen hatten wahrscheinlich sämtliche Kino-Wochenschauen zwischen London und Bombay über diesen Vorfall berichtet.

Trotzdem lag das Ganze schon ein paar Tage zurück. Man musste schon ein Engländer eines ganz bestimmten Typs sein, damit einem so etwas als Allererstes einfiel.

Oder beliebte Mr. Tallis zu scherzen?

Ich musterte ihn argwöhnisch, doch seine Miene verriet nichts.

Unwillkürlich huschte ein Lächeln über mein Gesicht.

»Doch, davon habe ich gehört«, sagte ich. »Zum Teufel mit Cambridge.«

Das war schlicht geraten. Ich hatte nicht die leiseste Ahnung, und auch seine Sprachfärbung lieferte mir keinen Hinweis darauf, welcher unserer bedeutenden Universitäten er angehören mochte. Aber da er »Schade, das mit Oxford« gesagt hatte, ging ich einfach mal davon aus, dass es sein Ernst gewesen war.

Sein Grinsen gab mir recht.

»Aller-*dings!*«, erwiderte er und trug ein wenig zu dick auf.

Die Krise war überstanden. Wir hatten einen heiklen Augenblick geschickt überspielt, und zwar alle beide, und das auf die kultivierteste Weise, die es gibt: durch Ablenken.

Vater würde stolz auf mich sein – *ich* war es jetzt schon.

Ich strich zärtlich über die straffe Bespannung der *Blithe Spirit*, die in der warmen Sonne einen schwachen, aber tröstlichen Geruch nach Nitrozelluloselack verströmte. War es nicht eine wunderbare Fügung, ging es mir durch den Kopf, dass die Außenhülle von Flugzeugen mit explosiver Schießbaumwolle in flüssiger Form angestrichen wurde?

Ich schnupperte verstohlen an meinen Fingern und fügte meinem Erinnerungsschatz einen Duft hinzu, der mich von nun an für immer und ewig, bis ans Ende aller Zeiten, zuverlässig an Harriet erinnern würde.

Dann schaute ich – aus unerfindlichen Gründen schuldbewusst – zu den Fenstern meines Labors hoch. Ich wollte feststellen, ob Lena zu uns heruntersah, doch in dem antiken Glas spiegelte sich, wie in den trüben Augen eines Dorfgreises, lediglich der Himmel wider.

11

Ist sie nicht eine Schönheit?«

Tristram Tallis wischte ein unsichtbares Staubkörnchen von der Tragfläche der *Blithe Spirit*. »Ich habe sie deiner Mutter kurz vor dem Krieg abgekauft. Das alte Mädchen und ich haben tolle Zeiten zusammen erlebt.«

Sein Gesicht färbte sich mit einem Mal so purpurrot wie eingelegte rote Beete. »Die *Blithe Spirit* und ich, meine ich natürlich. Nicht deine Mutter und ich.«

Ich sah ihn ausdruckslos an.

»Allerdings muss ich gestehen, dass ich sie schon vor Jahren umgetauft habe. *Sie* ist jetzt ein *Er*: *Typhon*.«

Das kam mir wie eine Entweihung vor, doch das behielt ich für mich.

»Sie haben bestimmt viele schöne Stunden verbracht, wenn Sie mit ihr ... mit ihm geflogen sind.«

»Leider viel zu wenige. *Typhon* ...«

Er bemerkte mein gequältes Gesicht.

»Dann eben die *Blithe Spirit*, wenn dir das lieber ist. Sie hat jahrelang nur im Hangar gestanden.«

»Dann sind Sie also nur selten geflogen.«

»So würde ich das auch wieder nicht ausdrücken. Eher im Gegenteil. Ich hatte reichlich Gelegenheit dazu.«

»Sie waren bei der Royal Air Force!«, dämmerte es mir.

Er nickte bescheiden. »Biggin Hill. Ich bin vor allem Jagd-flugzeuge geflogen – Spitfires.«

Wahnsinn! Da plauderte ich doch tatsächlich mit einem der jungen Männer, die Mr. Churchill »die Wenigen« genannt hatte, denen wir alle so viel schuldeten: jene jugendlichen Krieger, die sich über Englands grünen Hügeln in die Lüfte geschwungen hatten, um den Kampf gegen die deutsche Luftwaffe aufzunehmen.

In älteren Ausgaben der *Bildpost*, die über unsere Bibliothek verstreut waren wie welkes Herbstlaub, hatte ich Fotos von ihnen gesehen: jungenhafte Piloten in Rettungswesten und Fliegerstiefeln aus Schafsleder, die sich auf einer Wiese in Liegestühlen lümmelten und darauf warteten, dass ihnen die Stimme aus der Lautsprecheranlage den Einsatzbefehl gab.

Ich konnte es kaum erwarten, Dieter meinen neuen Bekannten vorzustellen! Und Feely!

»Als ich das mit deiner Mutter gehört habe«, sagte er, »war mir gleich klar, dass ich die *Blithe Spirit* nach Buckshaw zurückbringen muss. Ich … ach, zum Teufel! Ich kann so was einfach nicht.«

Aber ich verstand sehr gut, was er ausdrücken wollte.

»Meine Mutter hätte sich sehr darüber gefreut. Und sie hätte gewollt, dass ich mich bei Ihnen bedanke.«

»Trotzdem ist mir das Ganze verteufelt unangenehm. Was soll deine Familie denken, wenn ich hier einfach so aufkreuze … an so einem Tag …« Er deutete in Richtung der Dorfbewohner, deren endlose Schlange sich schlurfend und trauernd auf das Haus zuschob. »Verflucht noch mal! Ich meine, da lande ich auf eurer Wiese, als wäre Buckshaw der Flugplatz von Croydon. Ich meine …«

»Machen Sie sich keine Gedanken, Mr. Tallis.« Ich gab mir alle Mühe, mir nicht anmerken zu lassen, dass ich genauso wenig weiterwusste wie er. Wenn es um gesellschaftliche Umgangsformen ging, war ich völlig überfordert.

Wie würde Feely sich verhalten?, überlegte ich und versuchte mich für einen Augenblick in meine Schwester hineinzuversetzen.

»Möchten Sie nicht hereinkommen und sich ein wenig frisch machen?« Ich tippte ihm aufs Handgelenk und setzte mein bezauberndstes Lächeln auf. »Nach so einem Flug sehnt man sich doch bestimmt nach einer schönen Tasse Tee.«

Ich hatte genau das Richtige gesagt. Ein breites Schuljungengrinsen ging über sein Gesicht, und im nächsten Augenblick hielt er mit beängstigend langen Schritten auf die Küchentür zu. Ich kam kaum hinterher.

»Sie sind wohl schon mal hier gewesen, was?«, keuchte ich.

Es hatte ein Scherz sein sollen, doch kaum hatte ich es ausgesprochen, wurde mir klar, was ich da gesagt hatte. In einer verborgenen Kammer meines Geistes fiel ein Stück Schlacke durch einen schmiedeeisernen Kaminrost, und das Feuer loderte hoch auf.

Der große Mann im Fenster des Labors. Auf »eins neunzig bis zwei Meter« hatte Dogger ihn geschätzt.

Tristram Tallis blieb so unvermittelt stehen, dass ich beinahe gegen ihn geprallt wäre.

Er drehte sich um. Viel zu langsam ...?

»Klar war ich schon mal hier. An dem Tag, als mir deine Mutter die *Blithe Spirit* übergeben hat.«

Haben Sie da zufällig die Uniform eines Obergefreiten angehabt?, hätte ich gern gefragt. *Haben Sie am Fenster von Onkel Tars Labor gestanden und in Papieren geblättert?*

»Ach so«, erwiderte ich stattdessen. »Logisch. Wie dumm von mir.«

Der Schatten verflog, und schon schlenderten wir ein-

trächtig wie zwei alte Kameraden an der roten Backsteinmauer des Küchengartens entlang.

Ich überlegte sogar, aber nur ganz kurz, ob ich ihn an der
Hand nehmen sollte, verwarf die Idee aber gleich wieder.

Das wäre wirklich übertrieben gewesen.

»Es macht Ihnen hoffentlich nichts aus, den Hinterein-
gang zu nehmen.« Ich dachte an die Trauernden vor dem
Haus.

»Es wäre nicht das erste Mal.« Er grinste und hielt mir
schwungvoll die Tür auf.

»Mr. Tristram!«, rief Mrs. Mullet aus, als sie ihn erblickte.
»Oder muss ich jetzt Staffelführer zu Ihnen sagen?«

Sie eilte ihm entgegen, streckte ihm die seifige Hand hin,
zog sie im letzten Augenblick wieder zurück und versank
in einem verunglückten Hofknicks, aus dem sie allein nicht
mehr hochkam.

Tristram half ihr galant wieder auf die Füße.

»Haben Sie zufällig Wasser aufgesetzt, Mrs. M.? Ich hätte
gern ein Tässchen von Ihrem Zaubertee.«

»Bitte treten Sie doch durch in den Salon«, sagte sie, auf
einmal ganz förmlich. »Zeig Mr. Tristram bitte den Weg,
Miss Flavia. Ich komme gleich mit dem Tee nach.«

»Ich bleibe lieber hier bei Ihnen im Kontrollturm«, entgegnete er. »Wie in alten Zeiten.«

Mrs. Mullet eilte mit hochrotem Kopf in die Speisekammer und wieder hinaus und rang jedes Mal aufgeregt die
Hände, wenn ihr Blick auf unseren Gast fiel.

»Ich habe da wohl einen traurigen Zeitpunkt erwischt«,
sagte er, zog sich einen Stuhl an den Küchentisch und faltete
sich darauf zurecht.

»Sie sagen es. Machen Sie sich's bequem. Ich hole Ihnen
ein Stück von meinem Totenbrot. Das hab ich extra für Miss

Harriet gebacken ... für ihre Beerdigung, meine ich, Gott hab sie selig.«

Sie tupfte sich mit der Schürze die Augen.

Währenddessen zogen meine Gedanken hoch über dieser Unterhaltung ihre Kreise. »*Staffelführer*«, hatte Mrs. Mullet gesagt ... Und hatte Tristram nicht selbst behauptet, er sei bei der Luftschlacht um England in einer der Staffeln von Biggin Hill mitgeflogen?

Aber wieso war er dann vor dem Krieg in amerikanischer Militäruniform in Buckshaw aufgetaucht?

Natürlich hatte ich bei den Vorführungen im Gemeindesaal auch den albernen Film *Ein Yankee bei der Royal Air Force* gesehen. Tyrone Power und Betty Grable waren über den Großen Teich geflogen, um uns vor einem Schicksal zu bewahren, das schlimmer als der Tod gewesen wäre.

Doch Tristram Tallis war kein Yankee. Auf gar keinen Fall.

»Ich lasse Sie beide dann mal allein«, sagte ich rücksichtsvoll. »Ich habe noch zu tun.«

Wie der Blitz sauste ich die Osttreppe hoch und nahm zwei Stufen auf einmal.

Jetzt immer schön der Reihe nach. Beim bloßen Gedanken, dass ich Lena in meinem Labor alleingelassen hatte, lief es mir kalt den Rücken herunter. Ich hätte sie höflich hinauskomplimentieren sollen, bevor ich zum Visto gerannt war, aber dafür war alles viel zu schnell gegangen.

Meine Sorge erwies sich als unbegründet. Die Tür war geschlossen, das Labor leer – abgesehen von Esmeralda, die immer noch versonnen auf dem Reagenzglasständer hockte, so, wie ich sie verlassen hatte.

Ich überprüfte die diversen Fallen, die ich immer für ungebetene Eindringlinge auslegte: über Schranktüren geklebte

Haare, unordentlich in Schubladen gestopfte Papiere (in der Annahme, dass kein Schnüffler der Versuchung widerstehen kann, sie glatt zu streichen) und hinter jeder vom Labor abgehenden Tür ein randvoller Eimer mit einer kolloiden Lösung von Eisenhexacyanoferrat, auch bekannt als Berliner Blau, das der Übeltäter nicht mehr abwaschen konnte, selbst wenn sich sieben Mägde mit sieben Schrubbern ein halbes Jahr lang an ihm zu schaffen machten.

Auch mein Schlafzimmer war unangetastet. Widerwillig erteilte ich Lena im Geiste eine gute Note für Redlichkeit.

Da die Voraussetzungen nunmehr geschaffen waren, kam der nächste und schwierigste Schritt an die Reihe: das Attentat auf Feely.

Denn ich hatte keineswegs vergessen, dass ich Harriet wieder zum Leben erwecken wollte. Mitnichten! Ich hatte meinen Plan nur vorübergehend in den Hintergrund meines Hirns geschoben, um nicht aus Vorfreude in lauten Jubel auszubrechen.

Allein die Vorstellung, wie hingerissen Vater sein würde, genügte mir, um mich in Gedanken selbst zu umarmen.

Als ich die Eingangshalle durchquerte, schwebten mir aus dem Westflügel die Klänge des Adagio cantabile aus Beethovens *Pathétique* entgegen. Jeder Ton hing einen Augenblick in der Luft wie ein Tropfen Schmelzwasser an der Spitze eines Eiszapfens. Ich hatte die Sonate einmal in Feelys Hörweite als »der olle Paten-Tick« bezeichnet und war nur knapp einem in meine Richtung fliegenden Metronom entgangen.

Dieses Werk von Beethoven ist meiner Ansicht nach das traurigste Musikstück, das je geschrieben wurde, und mir war klar, dass Feely es spielte, weil sie von Kummer überwältigt war. Es war ausschließlich für Harriets Ohren bestimmt oder für ihre Seele oder für das, was von ihr in diesem Haus zurückbleiben würde.

Obwohl der Salon noch weit weg war, bekam ich vom Zuhören feuchte Augen.

»Das ist schön, Feely«, sagte ich, als ich in der Tür stand.

Feely überhörte meinen Kommentar und spielte weiter. Ihr Blick war unverwandt auf eine andere Welt gerichtet.

»Das ist die *Pathétique*, oder?« Ich sprach das Wort aus, als wäre ich mitten in Paris zur Welt gekommen und in Notre-Dame getauft worden.

Wenn ich wollte, konnte ich so was.

Feely knallte den Klavierdeckel zu, worauf das Instrument ein gepeinigtes Saitengetöse von sich gab, das eindrucksvoll lange nachhallte.

»Du kannst es nicht lassen, was?«, rief sie aus und fuchtelte mit den Händen, als spielte sie immer noch. »Es ist immer dasselbe!«

»Was denn?«, fragte ich. Wenn ich wirklich etwas angestellt habe, ist es mir egal, ob es was auf die Finger gibt, aber ich kann es nicht ausstehen, wegen nichts und wieder nichts bestraft zu werden.

»Du weißt genau, was ich meine«, fauchte sie. »Und glotz mich nicht an wie eine Schwachsinnige. Mach den Mund zu.«

Wovon redete sie bloß?

»Du bist überempfindlich«, sagte ich. »Wir hatten uns doch darauf geeinigt, dass ich dir sagen darf, wenn du mal überreagierst, und dass du mir dann nicht gleich den Kopf abreißt. Also: Du bist überempfindlich.«

»*Gar nicht!*«, zeterte sie.

»Wenn du eben nicht überreagiert hast«, erwiderte ich, »dann wird dein Gehirn gerade von Madenwürmern verspeist.«

Madenwürmer waren meine neueste Entdeckung. Daffy hatte das Thema »Würmer« neulich beim Frühstück auf den Tisch gebracht, und mir waren sogleich die kriminaltechnischen Möglichkeiten aufgegangen. Mit »auf den Tisch gebracht« meine ich natürlich nicht, dass sie tatsächlich irgendwelche Würmer vor sich liegen hatte, nein, sie hatte erzählt, dass die Tierchen in einem Roman vorkamen, wo ein verrückter Wissenschaftler sie züchtete, dessen schändliche Absichten meine Schwester an mich erinnert hatten.

Ich nahm mir sofort vor, in meinem Labor eine Kolonie Madenwürmer zu züchten. Ich würde sie in einem Terrarium halten, dessen Erde mit Blausäure gesättigt war. Ob Blausäure auch für Madenwürmer giftig war? Oder würden sie das Gift überleben, es aber dafür in die Gehirne ihrer Opfer tragen, und zwar mit ihren Borsten – *setae* hatte Daffy sie genannt –, die sie anstelle von Füßchen besaßen?

Feely steigerte sich immer mehr in einen Wutanfall hinein, aber ich nahm ihr den Wind aus den Segeln.

»Eigentlich bin ich hergekommen, weil ich mich entschuldigen wollte«, sagte ich.

»Wofür?«

»Für meine Rücksichtslosigkeit. Ich weiß, wie schwer das alles für dich ist. Ich mach mir Sorgen um dich … ehrlich.«

»Pferdepisse!«

Ich muss schon sagen, manchmal verfügt meine Schwester über eine bemerkenswerte Wortwahl.

Ich ließ mich nicht beirren.

»Ich mache mir trotzdem Sorgen. Du bekommst nicht genug Schlaf. Guck doch mal in den Spiegel.«

Wenn man Feely eines nicht zu sagen brauchte, dann, dass sie in den Spiegel schauen sollte. Die Spiegel auf Buckshaw warfen schon Blasen, weil Feely andauernd ihr Konterfei in-

spizierte: ihre Augen, ihre Haare, ihre Zunge, ihren Teint…
Sogar der allerkleinste Krater ihrer Visage wurde so sorgfältig begutachtet, als erstellte ein Astronom eine Karte von der Mondoberfläche.

Juhu! Es hatte geklappt. Feely verrenkte sich bereits verstohlen den Hals, um einen Blick auf ihr Bild im Kaminspiegel zu erhaschen. Sie war auf meine List hereingefallen.

»Du bist blass«, setzte ich noch eins drauf. »So siehst du schon seit geraumer Zeit aus. Du opferst dich für andere auf und denkst nie an dich selbst.«

Jetzt hatte ich ihre uneingeschränkte Aufmerksamkeit.

»Zum Beispiel Miss Lavinia und Miss Aurelia«, machte ich weiter. »Ich hätte sie genauso gut zu Harriet hochbringen können. Das hättest du dir nicht auch noch aufbürden müssen. Du musst dich ausruhen, verdammt noch mal!«

Nicht nur Feely war überrascht, sondern auch ich selbst.

»Meinst du wirklich?« Sie schob sich unauffällig in Richtung Kaminspiegel.

»Aber ja! Und deshalb schlage ich vor, dass ich deine Nachtwache bei Harriet übernehme, damit du ein bisschen Schlaf bekommst. Du willst doch auf der Beerdigung nicht aussehen wie das Leiden Christi, oder?«

Dieser Appell an ihre Eitelkeit war vielleicht ein bisschen unfair, aber in der Liebe und im Krieg ist bekanntlich alles erlaubt und beim Manipulieren einer eigensinnigen Schwester ebenfalls.

Da sie sichtlich überrascht war, beschloss ich, mich ruhig zu verhalten und abzuwarten. Wie gesagt, ich habe die Erfahrung gemacht, dass längeres Schweigen die gleiche Wirkung hat wie eine Saugglocke beim Klo, wenn es darum geht, eine festsitzende Unterhaltung wieder in Schwung zu bringen.

Es funktionierte auch diesmal. Ich hatte es ja gewusst.

Nach einer Weile ging sie zu einer Anrichte und holte ein Notenheft heraus.

»Guck mal, was ich im Tschaikowsky gefunden habe.« Sie überreichte mir das Heft.

Feely spielte nie Tschaikowsky, wenn es sich vermeiden ließ.

»Zu viele Pailletten«, hatte sie mal zu Flossie Foster gesagt, und Flossie hatte wissend genickt.

Das Heft war ziemlich abgegriffen und zerknickt.

Ich las den Titel: »*Bittersüß. Eine Operette in drei Akten von Noël Coward.*«

Feely blätterte die mürben Seiten um.

»Hier – ganz am Ende.«

Ta-ra-ra Bumm-*di-däh*, las ich.

»Harriet mochte dieses Lied sehr gern. Ich glaube sogar, es war ihr Lieblingslied. Sie hat es Daffy und mir oft vorgesungen, als wir klein waren.«

Mir hat sie es nie vorgesungen, hätte ich gern erwidert, verkniff es mir aber natürlich. Ich war ja noch ein Baby gewesen, als Harriet in Tibet verschollen war.

»Es ist ein alter Varieté-Schlager«, fuhr Feely fort und stellte das aufgeschlagene Heft auf das Notenpult des Klaviers.

Dann fing sie zu spielen an, aber ganz leise, damit die Trauergäste nichts mitbekamen.

»Ta-ra-ra *Bumm*-di-däh!«, sang sie. »Ta-ra-ra *Bumm*-di-däh.«

»Kennst du das?«

Ich kannte das Stück tatsächlich, aber ich schüttelte den Kopf. Bei den Pfadfinderinnen hatte man uns gezwungen, den blöden Ohrwurm rauf und runter zu trällern.

Es war nicht eben das geistreichste Lied, das ich je gehört hatte.

»Manchmal frage ich mich, wie gut wir Harriet eigentlich gekannt haben«, sagte Feely nachdenklich. »Ob sie wirklich die war, für die wir sie gehalten haben.«

»Dazu kann ich nichts sagen«, entgegnete ich säuerlich.

Feely wiederholte die ersten paar Takte – gedämpft und fast wehmütig in Moll –, dann schlug sie das Heft zu und verstaute es wieder in der Anrichte.

»Was die Totenwache betrifft ...«, fing ich noch einmal an.

Doch bevor ich weitersprechen konnte, stand Feely schon wieder vor dem Spiegel.

»Einverstanden«, sagte sie und beugte sich vor, um ihre für Verdruss sorgende Physiognomie näher in Augenschein zu nehmen.

Kaum zu glauben – geschafft!

Von 23.36 Uhr bis 4.24 Uhr am nächsten Morgen – auf die Sekunde vier Stunden und achtundvierzig Minuten lang – hatte ich Harriet ganz für mich allein.

12

ie endlose Menschenschlange wand sich zur Haustür
hinein, quer durch die Eingangshalle, und schlurfte
achtlos über die schwarze Linie, die in einem vergangenen
Jahrhundert die verfeindeten Brüder Antony und William de
Luce von der Haustür bis zur Anrichtekammer gezogen und
das Haus damit in zwei Hälften geteilt hatten: eine Linie,
über die niemand den Fuß setzen durfte.

Alle wetteiferten um meine Aufmerksamkeit, alle wollten
mich anfassen, meine Hand oder meinen Arm drücken und
mir versichern, wie leid es ihnen tat, dass Harriet tot war.

Da war eine Frau mit einem vorstehenden Kinn und sieben
Kindern, von denen jedes ebenfalls ein kleines, vorstehendes
Kinn hatte. Sie sahen aus, als hätte man sie alle zusammen
im Achterpack im Laden gekauft. Ich konnte mich nicht ent-
sinnen, einen von ihnen schon mal gesehen zu haben.

Auf der gegenüberliegenden Seite der Halle stand ein ha-
gerer Herr, der an einen erschrockenen Besenstiel erinnerte.
Auch ihn kannte ich nicht.

»Liebe Flavia!«, schnaufte Bunny Spirling und ergriff
meine Hand. Er gehörte zu Vaters ältesten Freunden und bedurfte als solcher einer persönlichen Erwiderung.

Ich schenkte ihm ein trübes Lächeln, was mir nicht leicht-
fiel.

Es klingt vielleicht schockierend, aber Trauer ist eine ko-
mische Sache. Einerseits ist man wie betäubt, andererseits

versucht etwas in einem, sich verzweifelt in den Alltag zu-
rückzukämpfen, Grimassen zu schneiden, hervorzuspringen
wie ein Schachtelteufel und zu rufen: »Lach doch, verdammt
noch mal, lach doch!«

Für ein junges Herz ist es unmöglich, lange bedrückt zu
bleiben, und allmählich wurden mir von meiner Leichenbit-
termiene die Gesichtsmuskeln lahm.

»Die Narzissen sind wunderschön«, hörte ich mich zu
Bunny sagen, worauf ihm die Tränen kamen, weil ich so tapfer war.

Er merkte nicht, dass er mit der blank polierten schwarzen
Schuhspitze direkt auf der schwarzen Linie stand, die unser
Haus – und unsere Familie – in zwei Hälften teilte.

Ging es eigentlich nicht immer um Linien? Um die
schwarze Linie in der Eingangshalle und die weiße Linie, der
ich laut Tante Felicity zu folgen hatte:

*»Auch wenn es anderen nicht ersichtlich ist – deine Pflicht
wird sich eines Tages so klar und deutlich vor dir abzeichnen
wie eine weiße Linie, die mitten auf die Straße gemalt ist.
Dieser Linie musst du folgen, Flavia.«*

Die beiden Linien, die schwarze und die weiße, waren ein
und dieselbe. Warum war ich nicht schon eher darauf gekommen?

»Auch wenn sie dich zu einem Mord führt.«

Ein eisiger Schauer überlief mich, als der entsetzliche Gedanke von meinem Kopf in mein Herz kroch.

War Harriet ermordet worden?

»Es war sehr anständig von der Regierung, für ihre Über-
führung einen Sonderzug bereitzustellen.« Bunny legte die
gespreizten Hände auf seine beachtliche Wampe wie auf
einen Fußball. »Verdammt anständig, aber sie hat es schließlich auch verdient.«

Ich hörte kaum hin. Meine Gedanken rasten in sich überlappenden, immer engeren Kreisen wie ein Motorrad in der Todeswand.

Harriet ... der Fremde unter dem Zug ... hängen diese beiden Todesfälle etwa miteinander zusammen? Und wenn ja: Läuft der Mörder dann immer noch frei herum? Ist er womöglich hier, auf Buckshaw?

»Bitte entschuldigen Sie mich, Mr. Spirling«, sagte ich. »Ich fühl mich ...«

Ich brauchte den Satz nicht zu Ende zu führen.

»Bring das Mädel auf sein Zimmer, Maude«, sagte Bunny im Kommandoton.

Wie aus dem Boden gewachsen erschien neben ihm eine kleine Frau. Wahrscheinlich war sie die ganze Zeit da gewesen, aber sie war so winzig, so still und durchscheinend, dass ich sie glatt übersehen hatte.

Natürlich war ich Mrs. Spirling schon im Dorf begegnet und in der Kirche auch, aber immer nur im überwältigenden Schatten ihres Ehemannes, in dem sie so gut wie unsichtbar blieb.

»Komm, Flavia«, sagte sie mit einer Stimme, die für so ein zierliches Geschöpf viel zu tief war, packte mich mit eisernem Griff am Arm und bugsierte mich in Richtung Treppe.

Ich kam mir ein bisschen albern vor, dass ich mich von jemandem abführen ließ, der kleiner war als ich.

Schon nach wenigen Stufen blieb sie stehen und drehte sich zu mir um.

»Ich muss dir etwas sagen, etwas, das du wissen musst. Deine Mutter war eine ungewöhnlich starke Frau. Sie war nicht wie andere Menschen.«

Wir gingen weiter. Als wir auf dem Treppenabsatz ankamen, sagte sie: »Es muss alles furchtbar schwer für dich sein.«

Ich nickte.

Nachdem wir wieder einige Stufen hinter uns gebracht hatten, sagte sie: »Harriet hat uns immer versichert, dass sie zurückkommt – ganz gleich, was geschieht –, und dass wir uns keine Sorgen machen sollen. Natürlich hofft man immer ...« – sie ließ meinen Arm los – »... aber jetzt ...«

Am oberen Ende der Treppe nahm sie meine Hand.

»Irgendwann glaubten wir, sie sei unsterblich.«

Ich sah, dass sie ihre Gesichtszüge nur mit größter Anstrengung beherrschte.

»Das stelle ich mir auch gern vor«, entgegnete ich und fühlte mich ganz plötzlich und unerklärlicherweise klüger und erfahrener, als sei ich soeben von einer Entdeckungsreise zurückgekehrt.

»In der letzten Woche hast du wahrscheinlich höchstens ein paar Stunden geschlafen, nicht wahr?«, fragte sie.

Ich nickte stumm.

»Hab ich's mir doch gleich gedacht. Du gehörst ins Bett. Sofort.«

Wir standen vor meiner Zimmertür.

»Bunny soll deinem Vater ausrichten, dass du nicht gestört werden darfst. Ich würde auch Dogger bitten, dass er dir eine heiße Milch hochbringt, damit du besser einschläfst, aber er ist mit den Menschenmassen vor der Tür beschäftigt. Ich bringe sie dir selbst.«

»Nicht nötig, Mrs. Spirling. Ich bin so müde, dass ich ...«

Ich griff haltsuchend nach der Türklinke.

»Ein paar Stunden Schlaf wirken bestimmt Wunder«, versicherte ich und öffnete die Tür gerade so weit, dass ich durch den Spalt schlüpfen und zu ihr hinausspähen konnte.

»Vielen Dank«, setzte ich matt lächelnd hinzu. »Sie haben mir das Leben gerettet.«

Ich schloss die Tür.

Und zählte bis fünfunddreißig.

Dann kniete ich mich hin und lugte durchs Schlüsselloch. Sie war weg.

Aus meiner Nachttischschublade holte ich einen Bogen Briefpapier und schrieb mit Bleistift darauf, und zwar absichtlich zittrig und krakelig: *Unpässlich. Bitte nicht stören. Danke. Fl.*

Das »L« zog ich jeweils so in die Länge, dass es aussah, als hätte ich nicht mehr die Kraft gehabt, den Stift vom Blatt zu heben.

Ich überprüfte noch einmal, ob die Luft rein war, dann trat ich in den Flur hinaus und klebte die Nachricht mit einem Kaugummi an die Tür, den ich aus dem geheimen Drachenschatz in Feelys U-Wäscheschublade gemopst hatte.

Ich schloss ab und steckte den Schlüssel ein.

Im nächsten Augenblick hatte ich mich in meinem Labor verbarrikadiert und schickte mich an, das wichtigste chemische Experiment meines Lebens vorzubereiten.

Fast zwanzig Jahre lang hatten die Notizbücher nach Tarquin de Luces Tod unangetastet im Regal gestanden: Reihenweise in schlichtes Schwarz gewandete Soldaten. Nichts bereitete mir mehr Freude, als in ihnen herumzublättern, nach dem Zufallsprinzip einen Band auszuwählen und die darin enthaltenen chemischen Erkenntnisse so heißhungrig zu verschlingen wie köstliche Siruptörtchen.

Ich muss wohl nicht eigens erwähnen, dass mein Blick dabei stets zuverlässig an dem Wörtchen »Gift« hängen blieb, wie es zum Beispiel in einer kurzen Fußnote vorkam, in der Onkel Tar auf die Arbeit von Takaki Kanehiro einging, dem japanischen Marinearzt, dessen Forschungen zu der Entdeckung – durch Eijkman, Hopkins und andere – geführt hatten, dass eine einseitige Kost aus weißem Reis im menschlichen Körper ein Nervengift erzeugte, dessen Gegenmittel überraschenderweise in ebenjenen Schalen bestand, die man vor dem Verzehr von den Reiskörnern entfernt hatte!

Die gleiche Theorie hatte ich selbst aufgestellt, nachdem ich mein Leben lang Mrs. Mullets Milchreis ausgesetzt gewesen war, den näher zu beschreiben ich mir und meinen Lesern ersparen möchte.

Jenes Gegenmittel, das man zuerst »Aneurin« nannte, weil sein Fehlen die Nerven schädigte, erwies sich letztendlich als Thiamin, das später die Bezeichnung »Vitamin B_1« erhalten sollte.

Den Begriff Vitamin – das Wort setzt sich aus »vita« für Leben und »Amin« zusammen – prägte als Erster der polnische Biochemiker Casimir Funk. Alle Organismen brauchen diese immer noch rätselhaften organischen Verbindungen zum Leben, können sie aber selbst nicht produzieren.

Einer von Onkel Tars zahlreichen Brieffreunden, ein Student aus Cambridge namens Albert von Szent-Györgyi, hatte ihn schriftlich um seinen Rat gebeten, was seine Entdeckung der von ihm »Thiamin« genannten Substanz anging.

Da war es wieder – das Aneurin! Vitamin B_1.

Onkel Tar hatte geantwortet, Szent-Györgyis Thiamin könne womöglich eine wichtige Rolle bei der Energiegewinnung spielen, durch die alle sauerstoffabhängigen Organismen das Acetat, das sie aus den Fetten, Proteinen und Kohlehydraten ihrer Nahrung gewinnen, in Kohlenstoffdioxid umwandeln.

Kurzum: Das Leben!

Onkel Tar wies außerdem darauf hin, dass man mit einer Injektionslösung dieses Vitamins, die Thiaminhydrochlorid hieß, tote, gefrorene Laborratten wieder zum Leben erwecken konnte.

Nie werde ich das elektrische Kribbeln vergessen, das mich von Kopf bis Fuß durchfuhr, als ich diese Worte las.

Die Auferstehung der Toten! So wie sie im Glaubensbekenntnis prophezeit wurde!

Und doch war das Thiaminhydrochlorid nur ein Teil der ganzen Geschichte.

Es ging auch um Adenosintriphosphat oder ATP, das 1929 an der Medizinischen Fakultät der Universität Harvard entdeckt worden war. Leider zu spät für Onkel Tar, der im Vorjahr unerwartet an einem Herzinfarkt starb, aber nicht zu spät für mich.

Ich hatte von dieser Substanz zuerst in *Neueste Erkenntnisse und Methoden in der Chemie* gelesen, einer Fachzeitschrift, für die Onkel Tar glücklicherweise ein lebenslanges Abonnement abgeschlossen hatte und die der Postbote auch noch ein knappes Vierteljahrhundert nach dessen Tod zuverlässig wie ein Uhrwerk nach Buckshaw lieferte.

Wenn man ATP in die Blutbahn spritzte, sollte das angeblich die gleiche wiederbelebende Wirkung auf das Rückenmark von Toten haben wie Thiaminhydrochlorid auf deren Herz und Bauchspeicheldrüse.

Und genauso würde ich Harriet ins Land der Lebenden zurückholen: indem ich ihr eine extragroße Dosis ATP sowie eine ebenso extragroße Dosis Thiaminhydrochlorid spritzte.

Wenn diese beiden Substanzen ihr Werk in ihrem auftauenden Leichnam verrichteten, würde ich zusätzlich Professor Kanos Knöchelhieb auf ihren zweiten Lendenwirbel ausführen.

Die Idee war einfach genial, und weil sie außerdem wissenschaftlich fundiert war, konnte gar nichts schiefgehen.

13

Das Problem war nur: Wo sollte ich die Zutaten auf-
treiben?

Vitamin B_1 konnte ich natürlich aus Backhefe gewinnen, aber das war zeitraubend und stank. Ich kam zu dem
Schluss, dass dieser Prozess nicht unbemerkt vor den Nasen
meiner Familie, der Gäste und Besucher durchgeführt werden konnte, ohne zu peinlichen Fragen zu führen.

Das ATP war ein ganz anderes Paar Schuhe. Es war zwar
schon vor über zwanzig Jahren entdeckt worden, aber seine
künstliche Erzeugung war erst vor Kurzem einem gewissen
Alexander Todd aus Cambridge gelungen. Vermutlich war es
so selten wie ein Huhn mit Zähnen.

Ich hatte nicht die leiseste Ahnung, wo ich mir das Zeug
hätte beschaffen können. Falls überhaupt jemand in Bishop's
Lacey oder der näheren Umgebung eine Probe davon besaß,
dann entweder ein Arzt, ein Tierarzt oder ein Apotheker.

Natürlich hätte ich Dr. Darby anrufen können oder
Cruickshank, den Dorfapotheker, doch das Telefon in
Buckshaw, durch das Vater vor über zehn Jahren erfahren
hatte, dass Harriet verschollen war, war für uns strengs-
tens tabu.

Mir blieb nichts anderes übrig, als ins Dorf zu radeln und
vor Ort Nachforschungen anzustellen. Vielleicht war das ja
sogar besser. Am Telefon kann der andere jederzeit unter
einem fadenscheinigen Vorwand auflegen. Von Angesicht zu

Angesicht war es erheblich schwieriger, Flavia de Luce loszuwerden.

»Gladys!«, flüsterte ich in der Tür zum Gewächshaus. »Ich bin's, Flavia. Bist du wach?«

Gladys war mein altes BSA-Fahrrad und so etwas wie eine Freundin für mich. Ursprünglich hatte sie Harriet gehört, die sie auf den Namen »*l'Hirondelle*«, »die Schwalbe«, getauft hatte – wahrscheinlich, weil sie immer Haken schlug, wenn sie herrlich steile Hügel hinuntersauste. Ich hatte sie in »Gladys« umbenannt – nach dem englischen »glad«, »fröhlich« –, weil sie so ein heiteres Gemüt besaß.

Gladys war tatsächlich wach – was sonst? Sie hatte sich dasselbe Motto wie die Detektei Pinkerton gewählt: »Wir schlafen nie.«

»Zu deiner Information«, raunte ich, »wir müssen uns hintenrum davonschleichen. Vorn sind zu viele Leute.«

Für Gladys gab es nichts Aufregenderes, als sich hintenrum davonzuschleichen. Wir beide hatten dieses Manöver schon oft durchgeführt, und ich glaube, sie empfand eine gewisse boshafte Genugtuung über die neuerliche Gelegenheit.

Sie stieß einen kleinen Freudenquietscher aus, und ich brachte es nicht übers Herz, sie deswegen zu tadeln.

Ich schob Gladys erst nach Süden, dann nach Westen und gab dabei stets gut Acht, außer Sichtweite von Vaters Arbeitszimmerfenster und den Salonfenstern zu bleiben. Eine Weile stand es auf Messers Schneide, ob uns doch jemand entdeckte, und wir huschten in höchster Anspannung von Baum zu Baum, wobei wir uns immer wieder umschauten, ob uns jemand folgte.

Sobald es nicht mehr ganz so riskant war, schob ich Gladys, die Hand sanft auf ihren Ledersattel gelegt, holterdiepolter querfeldein bis zu einem Feldweg, der in nördlicher Richtung zur Landstraße führte.

Dort schwang ich mich in den Sattel, und schon sausten wir fröhlich los, begleitet von einem *Ticketi-tick*-Surren, mit dem wir die kleinen Vögel in den Hecken aufscheuchten und einen alten Dachs in ulkigem Watschelgang Schutz suchen ließen.

An der Kreuzung kamen wir schlitternd zum Stehen. Wir mussten uns entscheiden. Westwärts ging es nach Hinley und zum Krankenhaus. Ob die Krankenhausapotheke ATP vorrätig hielt? Ob Feelys Freundin Flossie Foster gerade Dienst hatte? Und ob ich sie zu einem kleinen Raubzug überreden konnte?

Eher unwahrscheinlich. Die Chance war jedenfalls nicht besonders groß.

Aber ... nach Osten hin lag Bishop's Lacey, und dort gab es *sowohl* die Praxis von Dr. Darby *als auch* die Apotheke von Mr. Cruickshank.

Nach nur unmerklichem Zögern drehte ich Gladys' Vorderrad gen Osten, und auf ging's – einem ungewissen Schicksal entgegen.

Die Glocke über der Tür bimmelte gellend, als ich die Apotheke betrat.

Der vordere Teil des Ladens war lichtdurchflutet. Die Sonne ließ die großen roten und blauen Apothekergläser im Schaufenster aufleuchten. Weiter hinten jedoch begann das Reich der Schatten, mit einem kleinen, dämmrigen Tresen, vor dem Miss Clay stand und Lancelot Cruickshank, dem Apotheker, etwas ins Ohr raunte, als sei sie bei der Beichte.

Ich tat so, als bekäme ich nichts mit, dabei hatte mir mein überscharfes Gehör, das ich von Harriet geerbt hatte, bereits verraten, dass sich ihr Gespräch um Abführpillen und Schwefel drehte.

Ich schlenderte müßig durch das Ladenlokal und machte große Augen, als sei ich von der atemberaubenden Ansammlung bunter Blechdosen, Schachteln und Flaschen völlig hypnotisiert, die dicht an dicht in den Regalen standen: Pulver, Pillen, Pastillen, Tränke, Mixturen, Elixiere, Salben, Salze, Sirupe, Pasten und Emulsionen – ein Heilmittel für jeglichen Anlass.

»Bin gleich bei dir«, rief Mr. Cruickshank und nahm dann sein Schmeißfliegen-Gesumm mit der unglückseligen Miss Clay wieder auf.

Während ich dem Wortwechsel lauschte – erst sprach der eine, dann die andere –, fiel mir auf, dass sich ab und zu eine dritte Stimme – leise und weich wie ein Seidenband – in die Unterhaltung wob.

Ich konnte die Sprecherin zwar nicht sehen, aber es konnte sich nur um Annabella Cruickshank handeln, Lancelot Cruickshanks Schwester, die sich, selbst ausgebildete Apothekerin, nur selten im Dorf blicken ließ. Eine stille Teilhaberin sozusagen. Still und praktisch unsichtbar.

Sie war, so hatte mir Daffy einst in fröhlicheren Zeiten anvertraut, »die mausgraue Eminenz«, was offenbar ein äußerst geistreicher Witz sein sollte, und obwohl ich ihn damals nicht so recht kapierte, hatte ich zu laut und zu lange gelacht.

Aus keinem anderen Beweggrund als reiner Neugier – ehrlich! – näherte ich mich dem Verkaufstresen. Ich hoffte, ein paar Brocken Tratsch und Klatsch aufzuschnappen, die ich bei passender Gelegenheit in eine Konversation mit meinen Schwestern einstreuen konnte.

Doch je näher ich kam, desto gedämpfter wurde die Unterhaltung, bis sie – ziemlich unvermittelt – mit einem gezischten »Pst!« und einem geflüsterten »Harriet« abriss.

Erst war ich ganz gerührt, dass sie offenbar über meine Mutter gesprochen hatten, dann jedoch ging mir auf, dass *ich* das Thema gewesen war.

»Entschuldigen Sie, Mr. Cruickshank«, sagte ich, »aber ich habe es eilig. Ich brauche ein bisschen Thiamin.«

Erst war es still, dann ließ er sich aus dem Dämmerlicht vernehmen: »Zu welchem Zweck denn?«

»Unsere Hühner sind krank. Wir müssen ihnen Vitamin B ins Futter mischen.«

»Ach ja?« Ich hörte schon am Tonfall, dass er mir nicht weiterhelfen würde.

»Ja.« Ich schlug mit den Armen wie mit verletzten Flügeln. »Die klassischen Symptome: Krämpfe, Zittern, Sterngucken und so weiter. Sie wissen schon.«

Anlässlich eines unserer Gespräche über Buff-Orpington-Hühner, von denen Esmeralda ein ganz hervorragendes Exemplar war, hatte Dogger mir von der sogenannten »Sternguckerkrankheit« erzählt, bei der sich die Halsmuskulatur von Vögeln aufgrund von Thiaminmangel so verkrampft, dass die armen Viecher nur noch nach oben gucken können und andauernd auf den Rücken purzeln.

»Ich ... ich möchte gern eine Flasche Vitamin-B$_1$-Tabletten kaufen, die Tabletten zerstoßen und in das Futter streuen«, plapperte ich weiter. »In Maßen natürlich.«

Mr. Cruickshank sagte nichts.

»Ich dachte, das wäre eine gute Idee«, setzte ich lahm hinzu.

»Meine Arzneimittel sind ausschließlich für den menschlichen Gebrauch bestimmt«, entgegnete er barsch. »Nicht für Geflügel. Ich kann die Verantwortung für irgendwelche unvorhergesehenen Folgen nicht übernehmen, wenn ... «

»Das erwartet ja auch niemand von Ihnen, Mr. Cruickshank«, fiel ich ihm ins Wort.

Wenn man um etwas bittet, ist es immer gut, den Betreffenden mit Namen anzusprechen. Das hat so etwas ... na ja ... Schleimig-Unterwürfiges.

»Nein«, sagte Mr. Cruickshank.

»Wie bitte?« Ich traute meinen Ohren nicht. Ich war es nicht gewohnt, beim ersten Fechthieb eines Duells wie Luft behandelt zu werden.

»Nein«, wiederholte er. »Kein Thiamin.«

»Aber ...«

»Und wenn du uns jetzt bitte entschuldigst ...« Er nickte Miss Clay zu, der unser Geplänkel anscheinend die Sprache verschlagen hatte, »... du hast doch sicherlich noch ganz andere Sorgen als ...«

Das Wort »Geflügel« ließ er unausgesprochen.

So viel zum Thema »Mitgefühl«. Die Sache war ganz und gar nicht so gelaufen, wie ich sie mir vorgestellt hatte.

Wie so oft, wenn die grauen Zellen gelähmt sind, stand ich da und starrte mit leerem Blick auf den Dielenboden, bis die summende Unterhaltung wieder einsetzte.

Dann gab ich mich geschlagen und schlurfte zur Tür.

Draußen blinzelte ich in die Sonne, packte Gladys am Lenker und trat den Heimweg an. Ohne das Thiamin hatte es wenig Zweck weiterzumachen.

Ich hatte Gladys höchstens ein paar Meter weit geschoben, als es neben meinem Ellbogen »Pst! Flavia!« machte.

Mir blieb fast das Herz stehen.

Ich fuhr herum und stand einem alten Hutzelweiblein gegenüber, dessen Gesicht weiß und braun gescheckt war wie das Fell eines Indianerponys in einem Kinowestern. Das Weiblein war urplötzlich aus einer engen Gasse aufgetaucht, die neben der Apotheke entlangführte.

Das konnte nur Annabella Cruickshank sein!

Sie kniff die Augen gegen die Sonne zusammen. »Hier!«, sagte sie, ergriff mit ihrer gescheckten Hand die meine und schloss meine Finger um eine braune Flasche.

»Nimm das.«

»Das kann ich nicht annehmen«, widersprach ich. »Vielen Dank... aber ich bestehe darauf, die Tabletten zu bezahlen.«

»Ich schenke sie nicht dir«, sie sah mich so durchbohrend an, als wollte sie auf den Grund meiner Seele blicken, »sondern deiner Mutter. Sagen wir, es handelt sich um die Begleichung einer alten Schuld.«

Damit verschwand sie so plötzlich, wie sie gekommen war.

14

Ich stand auf der Hauptstraße von Bishop's Lacey und stellte fest, dass ich mutterseelenallein war. Der überwiegende Teil der Dorfbewohner war in Buckshaw und betrauerte Harriet. Bishop's Lacey war eine Geisterstadt.

Ich stellte die Flasche in Gladys' Weidenkorb, schwang mich in den Sattel und fuhr Richtung Osten. Dr. Darbys Praxis lag gleich an der Ecke Cow Lane.

Sein zerbeulter, stupsnasiger Morris war nirgends zu sehen.

Ich hob den Türklopfer an – eine Schlange, die sich um einen Stab wand –, brachte es aber nicht über mich, ihn fallen zu lassen. Dr. Darbys Frau war krank. Es hieß, sie könne ihr Schlafzimmer im ersten Stock nicht mehr verlassen.

Als ich noch mit der Messingschlange in der Hand unschlüssig dastand, ertönte aus einem offenen Fenster über mir eine Stimme.

»Wer ist da? Bist du das, Flavia?«

»Ja, ich bin's, Mrs. Darby«, rief ich nach oben. »Woher wissen Sie das?«

»Der Doktor hat mir einen Spiegel am Fenster angebracht, den kann ich mit Schnüren und so weiter verstellen. Eine ausgeklügelte Vorrichtung. Er ist handwerklich sehr geschickt.«

Ich spähte nach oben und sah sie eine blitzende Glasoberfläche hin und her schwenken.

»Ist Dr. Darby denn zu Hause?«

»Leider nicht, Liebes. Hast du dich wieder geschnitten?«

Sie spielte auf einen Vorfall mit zerbrochenem Glas an, über den in gewissen Kreisen immer noch nicht richtig Gras gewachsen war.

»Nein, mir geht's gut«, erwiderte ich. »Ich wollte den Doktor bloß etwas fragen.«

»Kann ich dir vielleicht weiterhelfen? Ich freue mich immer, wenn ich jemandem mein Ohr leihen kann, der ein persönliches Problem oder dergleichen hat.«

Was für eine blödsinnige Situation, dachte ich. Ich hatte keine persönlichen Probleme – jedenfalls keine, die ich schreiend mitten auf der Hauptstraße mit einer Frau besprechen wollte, die mich mittels eines verstellbaren Spiegels von oben herab beobachtete.

»Danke, aber um so etwas geht es nicht. Ich komme ein andermal wieder.«

»Er ist im Krankenhaus in Hinley. Ein trauriger Fall. Er hat mich vor einer halben Stunde angerufen und gesagt, dass er sich zum Mittagessen verspäten wird, aber er wollte noch kommen.«

»Vielen Dank, Mrs. Darby. Sie haben mir wirklich sehr geholfen. Hoffentlich geht es Ihnen bald besser. Wenn ich wieder vorbeikomme, bringe ich Ihnen ein paar Blumen mit. In Buckshaw blüht der Flieder.«

»Du bist ein *liebes* Mädchen«, rief sie zu mir herunter. »Ein *ganz* liebes *Mädchen*!«

Als ich davonradelte, fiel mir auf, dass Mrs. Darby kein Wort über Harriet verloren hatte. Kein einziges Wort. Sehr merkwürdig. Vielleicht wusste sie ja noch nicht Bescheid. Hätte ich es ihr sagen müssen?

Die Hauptstraße war immer noch menschenleer, als ich

mit gesenktem Kopf und tief in Gedanken versunken wei-
terradelte.

So viele Fragen – und so wenige Antworten.

Den Mann unter dem Zug hatte ich nicht vergessen. Wie
auch? Ich hatte schlicht noch keine Zeit gehabt, mich mit ihm
zu befassen. Mein Hirn war ein Strudel, der sich wie rasend
um den ruhenden Mittelpunkt drehte, den Harriet darstellte.

Ich war schon fast an der Kirche, als plötzlich ein ohren-
betäubender Lärm über mich hereinbrach: das mechanische,
ohrenbetäubende Blöken einer Hupe und ein abscheuliches
Bremsenkreischen.

Ich schaute gerade noch rechtzeitig auf, um einen alten
Morris von der Fahrbahn abkommen, um Haaresbreite an
meinem Ellbogen vorbeischrammen, über den Seitenstrei-
fen rutschen und mit einem unheilvollen Geräusch vor der
Friedhofsmauer zum Stehen kommen zu sehen.

Rauch quoll aus dem Kühler.

Ich stand wie angewurzelt da, erstarrt und gleichzeitig zit-
ternd.

Dr. Darby, der mehr denn je wie John Bull aussah, sprang
für einen Mann seines Alters erstaunlich gelenkig aus dem
Wagen und rannte auf mich zu.

»Herrgott noch mal!«, fluchte er. »Bist du verletzt?«

Ich schaute mich benommen um, als sei die Antwort auf
dem Kirchturm oder in den Baumkronen zu finden, dann
schüttelte ich den Kopf.

Er griff in seine Westentasche, fischte ein Gletscherbonbon
heraus und warf es sich in den Mund.

Er brüllte mich nicht an. Er wurde nicht mal laut.

»Hm. Das war knapp«, sagte er nur und bot mir ein fus-
selverklebtes Bonbon an, das ich mit zitternden Fingern ent-
gegennahm. Ich hatte Mühe, meinen Mund zu finden.

Wenn ich irgendwann mal erwachsen bin, dachte ich, *dann möchte ich so sein wie er.*

»Komm, setz dich zu mir auf die Mauer«, schlug er vor. »Wir beide müssen erst mal durchschnaufen.«

Im nächsten Augenblick baumelte ich mit den Beinen, als hätte ich auf der Welt keine Sorgen, und nach ein, zwei Minuten tat Dr. Darby es mir gleich.

»Und wie geht's dir so?«, erkundigte er sich.

Ich blinzelte ein paar Mal. Die Sonne blendete.

»Ganz gut«, antwortete ich schließlich. »Danke der Nachfrage«, setzte ich hinzu.

»Und womit beschäftigst du dich gerade? Mit einem spannenden Experiment?«

Ich hätte ihn küssen können. Er machte keine Anstalten, gewaltsam in mein Herz vorzudringen.

Die Gelegenheit war ein Gottesgeschenk. Ich konnte nicht widerstehen.

»Ich wollte etwas mit Adenosintriphosphat ausprobieren«, sagte ich, »aber ich weiß nicht, wo ich das Zeug herbekommen soll.«

Stille.

»Gütiger Gott«, sagte Dr. Darby dann. »ATP!«

Ich nickte.

»Du hast hoffentlich nicht vor, die Substanz irgendeiner bedauernswerten ahnungslosen Kreatur zu verabreichen?«

Das war die Art philosophische Frage, die auch einen Plato überfordert hätte – und sogar eine Daffy.

War Harriet bedauernswert? War sie ahnungslos?

Nicht in dem Sinne, wie Dr. Darby das meinte, da war ich sicher.

War sie überhaupt eine Kreatur?

Das hing von der jeweiligen Definition ab. Ich hatte das

Wort erst neulich im großen Wörterbuch nachgeschlagen, als ich überlegte, ob es wohl eine Sünde sei, im Namen der Wissenschaft eine Fliege zu töten.

»Alle Dinge dieser Welt in ihrer ganzen Pracht...«, sangen wir in der Kirche,

»die Kreaturen groß und klein,
der Herr hat sie gemacht...«

Das Wörterbuch war keine große Hilfe gewesen. Einerseits hieß es darin, »Kreatur« sei gleichzusetzen mit »Schöpfung«, sei sie nun belebt oder unbelebt, andererseits besagte eine zweite Definition, dass sich das Wort immer auf ein Lebewesen bezog, ein Tier oder eine Pflanze, und zwar als Gegensatz zu »Mensch«.

Die moralische Schlussfolgerung daraus blieb dem Einzelnen überlassen.

»Nein«, sagte ich.

»Nicht, dass ich mir anmaßen möchte, das zu überprüfen...« Dr. Darby schmunzelte.

Umgeben von Grabhügeln, saßen wir eine Weile schweigend nebeneinander und klopften mit den Fersen gegen die Mauer.

»Schön, an einem sonnigen Sommertag mit einer jungen Frau auf einer Mauer zu sitzen«, sagte der Doktor dann. Mein Grinsen verriet ihm, dass ich hundertprozentig seiner Meinung war. Er schmeichelte mir, aber das war mir egal.

»Das entschädigt einen doch für die weniger fröhlichen Angelegenheiten.«

Die Stille zog sich in die Länge, ehe er weitersprach: »Wir haben heute ein Mädchen verloren... ungefähr so alt wie du. Im Krankenhaus. Sie hieß Marguerite. Solch einen frühen Tod hatte sie wirklich nicht verdient.«

»Das tut mir leid«, sagte ich.

»Es gibt Fälle, da sind wir Ärzte mit all unseren berühmten Fähigkeiten einfach machtlos. Da bleibt der Tod Sieger.«

»Dann sind Sie jetzt bestimmt traurig«, sagte ich.

»Stimmt. Verdammt traurig. Sie litt an einer Krankheit
namens idiopathische Polyneuropathie. Weißt du, was das
bedeutet?«

»Dass man die Ursache nicht kennt.«

Der Doktor nickte resigniert. »Es wird daran geforscht,
aber es ist noch zu früh. Zu früh für uns Lebende ... aber zu
spät für die arme Marguerite.«

»War sie hübsch?«, fragte ich. Die Frage schien mir auf
einmal ungeheuer wichtig.

Der Doktor nickte.

Ich malte mir die sterbende Marguerite aus: Ihr gold-
blondes Haar über das Kissen gebreitet, ihr blasses Gesicht
schweißfeucht, ihre Augen mit den dunklen Ringen darunter
geschlossen, ihre Seele schon nicht mehr in dieser Welt. Ich
stellte mir ihre trauernden Eltern vor.

»Und es war wirklich gar nichts mehr zu machen?«

»Unser allerletzter Versuch war, ihr ATP zu spritzen,
aber ... Komisch, dass du vorhin ausgerechnet von diesem
Mittel gesprochen hast.«

»Sie meinen ATP? Adenosintriphosphat?«

»Ich hab's noch in der Tasche.« Er deutete auf den immer
noch qualmenden Morris. »Ein alter Schulfreund hat mir ein
paar Proben beschafft. Aber jetzt habe ich wohl keine Verwendung mehr dafür.«

Wollte er mir damit sagen, was ich glaubte, dass er mir
sagen wollte? Ich wagte kaum zu atmen.

»Wenn du es gebrauchen kannst, schenke ich es dir.« Er
rutschte von der Mauer und ging zu seinem Wagen. »Ich

muss Bert Archer holen, damit er die alte Bessie ins Trockendock schleppt.«

»Das mit ihrem Wagen tut mir leid«, sagte ich. »Ich hätte besser aufpassen sollen, wo ich ...«

Er unterbrach mich mit erhobener Hand.

»Der Dichter Cowper wusste, wovon er sprach, als er einst schrieb: ›Die Wege des Herrn sind unergründlich, seine Wunder zu vollbringen‹. Wir gewöhnlichen Sterblichen sollten nicht infrage stellen, was uns manchmal wie eine blinde Fügung des Schicksals erscheint.«

Er holte seine schwarze Arzttasche aus dem Wagen, griff in ihren viereckigen Schlund und förderte zwei verstöpselte Reagenzgläser zutage.

»Deshalb habe ich Vertrauen zu dir, Flavia.«

Eigentlich hätte mich heiße Dankbarkeit durchströmen müssen, stattdessen befiel mich trotz der Sonne ein Frösteln.

Wenn ich es recht bedachte, war es geradezu lächerlich einfach gewesen, das Thiamin und das ATP von Annabella Cruickshank und Dr. Darby zu bekommen. Beinahe so, als würden ihre Handlungen von einer höheren Macht gelenkt.

Hatte hier etwa der Geist meiner verstorbenen Mutter die Hände im Spiel und sorgte, wo immer er weilen mochte, hinter dem Schleier zu einer anderen Welt dafür, dass Harriets Auferstehung gesichert war?

Waren wir etwa alle nur Marionetten in ihren toten Händen?

15

Mir wuchsen Federn an den Fersen wie Merkur, dem flügelfüßigen Gott, und Gladys und ich flogen heimwärts, jetzt natürlich auf dem längeren Weg: Erst nach Westen in Richtung Hinley, dann nahmen wir denselben Feldweg, auf dem wir gekommen waren, nach Süden und näherten uns Buckshaw von Westen her.

Ich schob Gladys eben durch eine Lücke in der Hecke und wollte das letzte Stück querfeldein fahren, als aus einer zugewucherten Ausweichbucht ein wohlbekannter blauer Vauxhall auftauchte und verdächtig langsam auf mich zurollte.

Es war Inspektor Hewitt – wer sonst!

Er kurbelte das Fenster herunter. »Hab ich's mir doch gleich gedacht, dass du hier langkommst.« Neben ihm, am Steuer, saß Detective Sergeant Woolmer, der knapp nickte, sich zu mir herumdrehte und mir einen seiner ausdruckslosen amtlichen Blicke zuwarf.

»Hoffentlich mussten Sie nicht allzu lange auf der Lauer liegen, Inspektor«, entgegnete ich beschwingt, aber das fand er gar nicht lustig.

Er öffnete den Wagenschlag und stieg aus.

»Komm, wir gehen ein Stück.«

Schweigend schlenderten wir ungefähr fünfzig Meter nebeneinanderher. Dann blieb er stehen und sah mich an.

»Das mit deiner Mutter tut mir sehr leid, Flavia. Ich kann mir nicht mal annähernd vorstellen, wie dir zumute sein muss.«

Immerhin hatte er so viel Anstand, es zuzugeben.

»Danke«, sagte ich und meinte es auch so.

»Wenn Antigone und ich irgendetwas für dich tun können, dann lass es uns bitte ohne falsche Hemmungen wissen.«

»Ich fänd's schön, wenn Sie beide zur Beerdigung kommen würden«, entfuhr es mir. Keine Ahnung, wie ich darauf kam. »Sie findet morgen statt.«

Antigone, die Frau des Inspektors, war meine Sonne. Ich betete sie an. Der bloße Gedanke, dass sie an Harriets Beerdigung teilnehmen würde, nahm dem Ereignis eine Spur von seinem Schrecken.

»Wir wären auf jeden Fall gekommen«, gab der Inspektor zurück, »aber trotzdem danke für die Einladung.«

Damit waren die Formalitäten erledigt, die passenden Worte gesagt. Wir konnten zum wahren Anlass unseres Treffens kommen.

»Sie wollen mich wahrscheinlich nach dem Mann befragen, der auf dem Bahnhof ermordet wurde.«

»Ermordet?«, wiederholte der Inspektor das Wort. Beinahe hätte er es gekeucht – aber nur beinahe.

»Irgendwer meinte, dass er unter den Zug gestoßen wurde.«

»Gestoßen? Hat der Betreffende wirklich dieses Wort benutzt?«

»Na ja … ich glaube, es war eher ›geschubst‹. Wer das gesagt hat, konnte ich nicht sehen, und die Stimme kannte ich auch nicht. Mich wundert, dass Ihnen noch niemand davon erzählt hat.«

»Wir haben noch längst nicht alle Zeugen befragt. Der eine oder andere von ihnen wird deine Aussage sicherlich bestätigen können.«

Würde ich die Ermittlungen leiten, dachte ich, *dann würde ich zuallererst nach der Person suchen, die von »schubsen« gesprochen hat, nicht nach irgendwelchen Zeugen, die diese Bemerkung lediglich aufgeschnappt haben.*

Aber ich sagte nichts. Ich wollte den Inspektor nicht ärgern.

»Man hat mir berichtet, dass du als Erste bei dem Opfer warst.«

»Das stimmt nicht. Andere waren vor mir da.«

Der Inspektor zückte Notizbuch und Kugelschreiber und schrieb sich etwas auf.

»Fang bitte mit dem Augenblick an, in dem der Zug jäh gebremst hat.«

Gott sei Dank!, dachte ich im Stillen. *Er lässt meine Gefühle in Bezug auf Harriet aus dem Spiel.*

Andererseits sah ich keinen Anlass, ihm zu erzählen, was der Fremde zu mir gesagt hatte: Dass der Wildhüter – wer immer damit gemeint war – in Gefahr sei.

»Der Zug hat gebremst«, fing ich an. »Jemand hat geschrien. Ich wollte helfen, darum bin ich nach vorn zur Bahnsteigkante gelaufen – aber es war schon zu spät. Der Mann war tot.«

»Woher weißt du das?« Der Inspektor beobachtete mich scharf.

»Er war so reglos – da gab es keinen Zweifel. So etwas kann man nicht vortäuschen. Das Einzige, was sich noch bewegt hat, waren die Härchen auf seinem Arm.«

»Aha.« Er schrieb sich wieder etwas auf.

»Sie waren goldblond«, ergänzte ich.

»Vielen Dank, Flavia. Du warst außerordentlich hilfreich.«

Normalerweise hätte mich ein solches Kompliment aus seinem Munde in Verzückung versetzt, aber diesmal nicht.

War er etwa »ironisch«, wie Daffy das nannte? Sie hatte mal gesagt, Ironie sei verschleierter Sarkasmus: der Dolch unter dem Seidentuch.

»*Der Lächler mit dem Messer!*«, hatte sie schaurig gezischt.

Ich schenkte dem Inspektor ein mattes Lächeln, wie es mir den Umständen angemessen schien, dann ließ ich ihn stehen und ging zu Gladys. Ich hob sie auf und setzte unseren Heimweg über die Felder fort.

Als ich weit genug weg war, warf ich unter dem Vorwand, meine Zöpfe richten zu müssen, einen raschen Blick über die Schulter.

Der Inspektor hatte sich keinen Millimeter vom Fleck gerührt.

Undine wartete an der Hintertür auf mich.

»Die Erwachsenen suchen dich überall«, verkündete sie. »Sie sind stinksauer. Du sollst sofort zu Ibu kommen.«

Unter anderen Umständen hätte ich auf einen solchen Befehl eine Entgegnung parat gehabt, bei der sich Undines Mutter die Fußnägel gekräuselt hätten, aber ich riss mich zusammen.

Es herrschte auch so schon genug Spannung im Haus.

Also drehte ich mich wie das Musterbild einer kleinen Dame um und schritt anmutig die Treppe hoch.

Ich konnte es selbst kaum fassen.

Dogger hatte die de Luces aus Cornwall in einem Zimmer auf der Nordseite einquartiert, einem muffigen Raum mit einer stockfleckigen gelblich grünen Tapete, der an eine mit Blauschimmelkäse ausgekleidete Höhle erinnerte.

Ich klopfte und stand schon drinnen, ehe Lena »Herein!« sagen konnte.

»Wo warst du?«, fuhr sie mich an.

»Weg.« Ich hatte nicht vor, es ihr leicht zu machen.

»Wir haben dich überall gesucht. Dein Vater ist am Sarg eurer Mutter zusammengebrochen. Es war furchtbar. Furchtbar!«

»Wie bitte?« Hatte ich mich verhört?

»Er ist doch erst heute Abend mit der Totenwache dran«, wandte ich ein.

»Seit eure Mutter heute Vormittag hierhergebracht wurde, ist der arme Mann kaum einen Augenblick von ihrer Seite gewichen. Eure Tante Felicity war bei ihm. Ihre Wache endet um 18.48 Uhr. Du sollst sie ablösen und die Schicht deines Vaters übernehmen.«

»Danke, Cousine Lena«, sagte ich. »Wird gemacht.«

Ich überließ sie dem Schimmelkäse und machte die Tür hinter mir zu.

Als ich draußen im Flur in Sicherheit war, lehnte ich mich an die Wand und atmete tief durch.

Um Vater machte ich mir keine Sorgen. Dogger hatte ihn bestimmt ins Bett gesteckt und auch sonst alles für sein Wohlergehen getan.

Lena hatte nichts davon erwähnt, dass man den Arzt gerufen hätte. Höchstwahrscheinlich handelte es sich bei Vaters Zusammenbruch schlicht und einfach um pure Erschöpfung.

Seit der Nachricht von Harriets Tod hatte er kaum geschlafen, und das würde eher noch schlimmer werden, jetzt, da sie nach Buckshaw heimgekehrt war.

Was mir wirklich Kopfzerbrechen bereitete, war Folgendes: Bis meine Schicht bei Harriet anfing, blieben mir nur noch ein paar Stunden, um mich darauf vorzubereiten. Andererseits hatte das freundliche Schicksal dafür gesorgt, dass sich die Dauer meiner Wache verdreifacht hatte. Statt 4 Stunden und 48 Minuten hatte ich nun insgesamt über 15 Stunden lang Zeit – wenn auch auf drei Schichten verteilt: Vaters, Feelys und meine eigene (das Ganze allerdings unterbrochen durch Daffys Einsatz), um Harriet von den Toten aufzuerwecken.

Das war meine Chance – und zwar die erste und letzte –, endlich die Anerkennung meiner Familie zu erlangen. Wenn es schiefging, würde ich ein für alle Mal eine Ausgestoßene bleiben.

Ich hatte keine Sekunde zu verlieren.

Jetzt hing alles von Flavia de Luce ab.

16

Als ich in meinem Labor angekommen war und die Tür fest verriegelt hatte, traf ich die letzten, entscheidenden Vorbereitungen.

Esmeralda hockte auf ihrem Hochsitz und schaute ganz und gar desinteressiert zu.

Als Erstes suchte ich das benötigte Werkzeug zusammen: Schraubenzieher, Blechschere, ein Paar Handschuhe, einen verzinkten Kohleneimer und eine Taschenlampe.

Mit dem ersten Gegenstand würde ich Harriets Sargdeckel losschrauben, mit dem zweiten den Metallbehälter aufschneiden, mit den Handschuhen und dem Kohleneimer das noch vorhandene Trockeneis von Harriets Überresten entfernen und mit dem fünften Gegenstand, der Taschenlampe, schließlich mehr Licht in das Geschehen bringen, das sonst nur von den flackernden Kerzen beleuchtet sein würde.

Als Nächstes brauchte ich Injektionsspritzen. In Onkel Tars wahrhaft umfangreicher Laborausstattung fanden sich zwei robuste, etwas beängstigend aussehende Exemplare.

Dann holte ich die in mein Taschentuch gewickelten Reagenzgläser mit Adenosintriphosphat, die Dr. Darby so großzügig zu meinem Plan beigesteuert hatte, aus der Tasche und außerdem die Thiamin-Flasche, die mir Annabella Cruickshank hinter dem Rücken ihres Bruders Lancelot zugesteckt hatte.

Falls Undine oder Lena die verdächtigen Beulen in meinen

Pullovertaschen aufgefallen waren, so hatten sie jedenfalls nichts dazu gesagt.

Als letzte Vorbereitung für die eigentliche Handlung wollte ich mir noch einmal die betreffenden Stellen in Onkel Tars Notizbüchern durchlesen: jene Stellen, in denen es um die Auferstehung der Toten ging.

Die Auferstehung der Harriet de Luce.

Ich zog mir einen hohen Hocker heran und studierte die in spinnenfeiner Handschrift abgefassten Texte noch einmal.

Auch für den flüchtigsten Leser war offensichtlich, dass Onkel Tar tatsächlich Experimente an Kaninchen durchgeführt hatte. Blatt um Blatt war mit handgeschriebenen Tabellen und Diagrammen bedeckt, die zeitliche Abläufe, Dosierungen und Ergebnisse seiner Erweckungsversuche an vierundzwanzig Kaninchen darstellten. Er hatte ihnen die Namen Alpha, Beta, Gamma, Delta und so weiter gegeben, das ganze griechische Alphabet durch bis Omega.

Sie alle – mit Ausnahme von Epsilon, den Onkel Tar von Anfang an im Verdacht gehabt hatte, an einer Herzschwäche zu leiden – hatten vom klinischen Tod wiedererweckt werden können und für weitere Experimente zur Verfügung gestanden.

Mir fielen fast die Augen zu, als ich mich durch die Seiten pflügte, und das lag nicht nur an der winzigen Handschrift meines Onkels. Ein, zwei Mal nickte ich weg, fuhr erschrocken wieder hoch, gähnte herzhaft und …

Als ich aufwachte, fand ich mich erst überhaupt nicht zurecht. Ich lag mit der Wange auf dem Labortisch in einer kleinen Pfütze meiner eigenen Spucke.

Ich schüttelte mich benommen und ließ den Kopf auf den Schultern kreisen, um das Schädelbrummen loszuwerden, das einen unweigerlich überfällt, wenn man tagsüber schläft.

Dann schloss ich die Labortür wieder auf, sauste in mein Schlafzimmer und schaute auf die Uhr.

18.44 Uhr!

Ich hatte den spärlichen Rest des Nachmittags verschlafen! Jetzt blieben mir noch genau vier Minuten, um meinen Posten an Harriets Sarg zu beziehen. Mein Werkzeug würde ich später heimlich nachholen müssen.

Blitzschnell wie eine Varietékünstlerin zwischen zwei Nummern zog ich mich um und tauschte meine zerknitterte Kleidung gegen eine frische weiße Bluse und meinen besten schwarzen Pulli. Lange schwarze Strümpfe und scheußliche schwarze Lackschuhe vervollständigten die Aufmachung.

Statt eines Kamms benutzte ich die Finger und zog meine Zöpfe straff.

Gesicht waschen musste ausfallen. Ich rieb mir den Schlafsand aus den Augen und entfernte mit Spucke einen Schmutzstreifen von meinem Kinn, dann rannte ich in den Westflügel hinüber.

Tante Felicity schaute auf die Armbanduhr. »Du bist zweieinhalb Minuten zu spät.«

»Die vielen Leute draußen haben mich aufgehalten«, gab ich zurück, und daran war ein Körnchen Wahrheit. Immer noch erstreckte sich die gewundene Schlange der schweigenden Trauergäste durch den ganzen oberen Flur, die Treppe hinab, quer durch die Eingangshalle, zur Haustür hinaus und, wie ich vermutete, bis ins Dorf hinunter.

Die Frau ganz vorn in der Schlange – eine mir Unbekannte übrigens – hatte ich gebeten, noch kurz zu warten, bevor sie hereinkam. Ich hatte behauptet, wir hätten noch rasch eine dringende Familienangelegenheit zu klären. Sie hatte mich mit beleidigten Entenaugen angeglotzt. Offen gestanden hatte ich mich gegruselt.

»*Auri!*«, hätte ich sie am liebsten angebrüllt. Das war kürzer als »Auripigment«, was wiederum die Laienbezeichnung für As_2S_3 war, also für Arsen(III)sulfid.

Doch bevor Tante Felicity etwas erwidern konnte, wechselte ich das Thema.

»Ich mache mir Sorgen um Vater«, sagte ich. »Was ist mit ihm los? Ich dachte, seine Wache sollte erst jetzt anfangen.«

»Er hat es nicht so lange ausgehalten.« Tante Felicity deutete mit dem Kinn auf Harriets Katafalk. »Er hat sie die Treppe hoch begleitet und ist so lange bei ihr geblieben, bis er zusammengeklappt ist. Ein Glück, dass ich gerade hier war und Hilfe holen konnte.«

»Dogger?«, fragte ich.

»Dogger«, bestätigte sie. Dabei schien sie es belassen zu wollen, fügte dann aber doch hinzu: »Wen hätte ich denn sonst holen sollen?«

»Na ja ... Doktor Darby vielleicht. Es hätte doch sein können, dass ...«

»Pah«, machte sie verächtlich. »Dogger hat mehr Ahnung als die Hälfte aller Ärzte im ganzen Königreich.«

»Dogger?«

»Sieh mich nicht so verdattert an, Mädel. Man sollte doch meinen, du hättest das längst selbst herausgefunden. Und mach den Mund zu, das steht dir nicht.«

»Mir war immer klar, dass Dogger jede Menge medizinische Kenntnisse besitzt, aber ich hatte angenommen ...«

»Von ›angenommen‹ kann man sich nichts kaufen. Wie viele Anwälte, Kneipenwirte, Rennreiter oder Bischöfe kennst du, die einen gebrochenen Oberschenkel schienen oder jemandem die entzündeten Mandeln rausschnippeln können?«

»Keine«, musste ich zugeben.

»Na also. Und dabei hattest du schon die ganze Zeit so jemanden in deiner Nähe. So nah wie die Nase in deinem Gesicht.«

Sie freute sich derart über meine Begriffsstutzigkeit, dass ich schon dachte, sie würde gleich loskrähen.

Doch dann ging mir endlich ein Licht auf. Wie oft hatte mir Dogger schon bis in alle Einzelheiten präzise klinische Beschreibungen der verschiedensten Krankheiten geliefert? Unzählige Male. Wie kommt es nur, ging es mir durch den Kopf, dass wir so oft gerade das übersehen, was sich direkt vor unserer Nase befindet?

Ich kam mir vor wie ein Vollidiot. Ich war immer stolz darauf gewesen, dass ich zwei und zwei zusammenzählen konnte, und jetzt stellte sich heraus, dass ich fast mein ganzes Leben lang »drei« herausbekommen hatte. Wie beschämend!

»Dogger war zusammen mit Vater in Kriegsgefangenschaft, oder? In Changi… in Singapur?«

Dieses Bruchstück Familiengeschichte hatte ich aus Mrs. Mullet und ihrem Gatten Alf herausgekitzelt, mit harmlosen, unauffälligen Fragen, die keinen Verdacht erregt hatten.

»Dogger hat deinem Vater das Leben gerettet.« Tante Felicitys Stimme klang auf einmal ganz weich. »Und er hat dafür bezahlt.«

Der tanzende Kerzenschein warf huschende Schatten über ihre Züge, sodass es aussah, als erzählte mir das hin und her wackelnde Gesicht einer Fremden die Geschichte.

»Die Japaner hatten deinen Vater zum Tode verurteilt. Sein Vergehen? Er hatte sich geweigert, die Namen derjenigen seiner Leute zu nennen, die einen Fluchtplan geschmiedet hatten. Was sie ihm angetan haben, werde ich dir lieber nicht schildern, Flavia. Das würde zu weit gehen.«

Sie machte eine Pause, damit ich begreifen konnte, was sie eben gesagt hatte. »Trotz der primitiven Bedingungen und lediglich mit Hilfe seines Kochgeschirrs hat Dogger es irgendwie geschafft zu verhindern, dass dein Vater verblutet ist.«

Ich hatte plötzlich einen so trockenen Hals, dass ich nicht mehr schlucken konnte.

»Zur Strafe wurde er dazu verurteilt, am Bau der sogenannten Todeseisenbahn mitzuarbeiten.«

Die Todeseisenbahn! Jene mörderische Strecke von Thailand nach Burma, die von Kriegsgefangenen über eine Strecke von über zweihundert Meilen durch undurchdringlichen, bergigen Dschungel geschlagen worden war. Die grausigen Fotos davon kannte ich aus den alten Zeitschriften: die zu Skeletten abgemagerten Arbeiter, die eingefallenen Gesichter, die provisorischen Gräber entlang der Gleise. Hunderttausend Tote. Und in den Berichten stand noch mehr – viel mehr –, einiges davon zu abscheulich, um es überhaupt zu lesen.

»Doch was Dogger anging«, fuhr Tante Felicity fort, »war das nur der Anfang. Er wurde am sogenannten Höllenpass eingesetzt. Das war ein berüchtigter Abschnitt der Bahnlinie, auf dem er und seine Mitgefangenen sich durch den nackten Fels graben mussten. Sie hatten nur das primitivste Werkzeug zur Verfügung und ihre eigenen Hände.«

»Wie schrecklich«, sagte ich und merkte schon beim Sprechen, wie banal meine Worte klangen.

»Wie oft unter solch furchtbaren Umständen brach die Cholera aus. Durchfall gefolgt von Auszehrung, gefolgt von …«

Nach einer kurzen Pause sprach sie weiter: »Trotz seiner eigenen erschreckend schlechten Verfassung versuchte Dogger, sich um die Kranken und Verletzten zu kümmern.«

Wieder unterbrach sie sich.

»An diesem Punkt sollte ich wohl lieber einen gnädigen Schleier über den Rest der Geschichte breiten. Es gibt Dinge, die einfach zu entsetzlich sind, um sie in Worte zu fassen.«

Mein Verstand nahm zwar auf, was sie sagte, ich selbst aber nicht.

»Dein Vater und Dogger sind sich erst bei Kriegsende wieder begegnet. Beide landeten zufällig im selben Lazarett, das vom britischen Roten Kreuz geleitet wurde. Der eine erkannte den anderen erst, als ein Geistlicher sie einander vorstellte. Über ihr Wiedersehen, sagte der Pater später, habe sogar Gott geweint...«

»Bitte, Tante Felicity«, unterbrach ich sie. »Mehr möchte ich nicht hören.«

»Kluges Kind. Mehr hätte ich dir auch nicht erzählt.«

Wir standen uns noch ein paar Sekunden lang schweigend gegenüber. Dann verließ Tante Felicity wortlos das Boudoir und ließ mich mit Harriet allein.

17

Ich lauschte an der Tür auf die gedämpften Stimmen draußen.

Dann holte ich tief Luft, drückte die Klinke herunter und trat mit ernster Miene in den Flur hinaus.

»Meine Damen und Herren«, sagte ich, »liebe Freunde ... liebe Nachbarn ...« Dabei überlegte ich fieberhaft, wie Vater es wohl formuliert hätte. »Mir ist bewusst, dass Sie hier schon sehr lange und sehr geduldig gewartet haben, und ich kann Ihnen gar nicht sagen, wie die Familie das zu schätzen weiß. Aber leider müssen wir das Haus für diesen Abend schließen. Wie Sie sich sicher vorstellen können, haben wir vor der Beerdigung meiner Mutter noch viel zu erledigen, und ich ...«

Der Appell an die Vorstellungskraft der Leute war mir wie ein Geniestreich vorgekommen, trotzdem erhob sich ein Raunen der Enttäuschung.

»Ist schon in Ordnung, mein Entlein«, sagte die Frau mit den Entenaugen schließlich, und ich wäre wegen des kleinen privaten Witzes beinahe in hysterisches Gelächter ausgebrochen. »Wir wissen alle, was ihr durchgemacht habt. Du brauchst uns nicht zweimal zu sagen, dass wir uns verkrümeln sollen.«

»Sehr freundlich von Ihnen«, erwiderte ich. »Vielen Dank für Ihr Verständnis. Morgen früh um Viertel nach neun machen wir weiter.«

Um diese Zeit würde Daffy ihre Wache antreten und ich

mit dem, was ich mir vorgenommen hatte – wie immer die Sache ausgehen mochte –, so gut wie fertig sein.

Wenn, wie ich hoffte, in dieser Nacht Geschichte geschrieben würde, dann würden die frühmorgendlichen Trauergäste buchstäblich den Leib nicht finden.

Es versprach, ein äußerst spannender Tag zu werden.

Die Frau mit den Augen hatte sich schon zum Gehen gewandt, drehte sich jedoch noch einmal um und rief mir fast verzweifelt zu: »Miss Harriet hat mich und meine Schwester mal gehütet, als wir klein waren. Bei unserer Mama musste plötzlich der Blinddarm raus, und Miss Harriet, Gott segne sie, hat uns Toast mit braunem Zucker drauf gemacht.«

Ich schenkte ihr ein schmerzliches Lächeln: schmerzlich deshalb, weil ich sie hasste – nein, nicht hasste, sondern um diese herzzerreißende Erinnerung an Harriet *beneidete*, denn *mir* hatte Harriet nie Toast mit braunem Zucker drauf gemacht und auch sonst keinen Toast, jedenfalls nicht, soweit ich mich erinnern konnte.

Meine kleine Ansprache wurde im Stille-Post-Verfahren bis zum Ende der Schlange weitergegeben. Die Leute schlurften widerwillig davon, und nach ein paar Minuten war der Flur leer.

Als die letzten Nachzügler die Westtreppe hinunterstapften, schlüpfte ich leise durch die mit grünem Stoff bespannte Tür zur Nordwestecke des Hauses und schlug dann einen großen Bogen zum Ostflügel. Auch dort bestand wenig Gefahr, jemandem zu begegnen, von Lena und Undine mal abgesehen.

Und schon trat ich wieder den Rückweg aus dem Labor an und ging im Geist ein letztes Mal die Liste meiner Utensilien durch: Blechschere, Taschenlampe, Handschuhe, Schraubenzieher und Kohleneimer, nicht zu vergessen die Behälter mit dem ATP und dem Thiamin, die in meinem Pullover steckten, sorgsam in Taschentücher gewickelt, damit sie nicht klirrten oder zerbrachen. Im Kohleneimer lag außerdem der Messingwecker von meinem Nachttisch, den ich in letzter Sekunde mitgenommen hatte. Ohne ihn hätte der ganze Plan ins Wanken geraten können.

Als ich wieder in Harriets Boudoir stand, lehnte ich mich aufatmend gegen die Tür. Niemand hatte mich gesehen.

Das Türschloss gab ein erfreuliches *»Klick«* von sich, als ich den Schlüssel umdrehte, ihn dann herauszog und ebenfalls einsteckte.

Jetzt kommt's drauf an, dachte ich und warf einen Blick auf den Wecker. *Jetzt kannst du ihnen endlich beweisen, was in dir steckt, Flavia.*

Es war 7.22 Uhr.

Zeit, das schwarze Bahrtuch von Harriets Sarg abzunehmen.

Doch bevor ich richtig loslegte, ersetzte ich die schon fast heruntergebrannten Kerzen an Kopf- und Fußende des Katafalks durch neue.

Ich konnte alles Licht und alle Wärme gebrauchen, die die Kerzen zu spenden vermochten.

Dare Lucem.

Die Sargschrauben würden mir keine Schwierigkeiten bereiten. Sie waren neu und hatten nicht auf irgendeinem feuchten Friedhof jahrzehntelang vor sich hin gerostet. Sie herauszudrehen würde geradezu lächerlich leicht sein. Sogar ich staunte, wie rasch ich sie allesamt entfernt hatte.

Nun kam der Augenblick der Wahrheit.

»Heiliger Tankred, steh mir bei«, flüsterte ich. »Harriet, verzeih mir.«

Und ich hob den Sargdeckel an.

Wie erwartet, kam darunter ein zweiter Sarg aus Zinkblech zum Vorschein. Zink wegen des leichteren Gewichts, doch auch wenn dieses Material etwas härter als Blei war, würde die Blechschere es wie Butter durchtrennen.

Unter dem Zinkblech jedoch war das Gesicht meiner Mutter. Wie würde sie aussehen?

Ich stellte mich seelisch auf diesen Anblick ein. Ich zwang mich, wie eine Wissenschaftlerin zu denken.

Wenn ihr Leichnam bereits verwest war, würde ich nicht weitermachen. Das wäre sinnlos.

Wenn das Eis des Gletschers sie jedoch wundersamerweise konserviert hatte, würde ich unverzüglich mit meinen Wiederbelebungsversuchen anfangen.

Mit der Spitze des Schraubenziehers bohrte ich ein kleines Loch in das Zink und setzte dann die Blechschere an.

Schnapp!

Es ging schwerer, als ich gedacht hatte.

Schnapp!

Schon jetzt taten mir Daumen und Zeigefinger weh.

Ein Luftzug – oder spielte mir meine Einbildungskraft einen Streich? – drang aus dem Sarg. Ich rümpfte die Nase. Es roch nach Erde, nach Eis – und noch nach etwas anderem.

Etwa nach einem Hauch von Harriets Duft *Miratrix*?

Aber vielleicht war das auch bloß Wunschdenken.

Schnapp!

Meine Finger schmerzten höllisch, aber ich machte weiter.

Es kam mir vor wie eine halbe Ewigkeit, bis ich ein umgekehrtes »U« mit jeweils etwa dreißig Zentimetern Kantenlänge in den Zinkdeckel geschnitten hatte. Wenn meine Berechnungen stimmten, befanden sich darunter Harriets Gesicht und Brust.

Vorsichtig, dachte ich. *Ich darf sie nicht verletzen.*

Im selben Augenblick ging mir auf, dass ich die Lötlampe vergessen hatte. Falls ich den inneren Sarg wieder verschließen wollte, musste ich die Schnitte zulöten.

Dazu brauchte ich lediglich eine Lötlampe und eine ausreichende Menge Lötzinn sowie Lötpaste. Lampe und Zinn waren kein Problem. Onkel Tar hatte sein Labor auch mit solchen Gerätschaften ausgestattet, damit er niemals neugierige Klempner hereinzulassen brauchte, die etwa den Abfluss hätten reparieren müssen. Mit der Lötpaste allerdings war das eine andere Sache. Ich hatte selbst welches herstellen wollen, indem ich Zinkstückchen in Salzsäure auflöste.

Wenn ich das jetzt nachholen wollte, musste ich noch mal ins Labor zurück und verlor kostbare Zeit.

Schnapp!

Außerdem: Auch wenn ich sonst keine Scheu vor Leichen hatte, mit dieser war das etwas anderes. Würde der Umstand, meiner gefrorenen Mutter von Angesicht zu Angesicht gegenüberzustehen, mich womöglich in einen unvorhergesehenen Schockzustand versetzen?

Es gab nur einen Weg, das herauszufinden.

Ich steckte die Spitze des Schraubenziehers in den obersten Schnitt und bog das Stück Zink mit den Händen hoch.

Eine jähe Schwäche überfiel mich. Um ein Haar wäre ich ohnmächtig geworden.

Dort, nur wenige Zentimeter unter meinen zudringlichen Augen, in gekräuselte Dunstschwaden gehüllt, befand sich das Gesicht meiner Mutter, der verloren geglaubten Harriet.

Abgesehen von ihrer leicht dunkel verfärbten Nasenspitze, sah sie genauso aus wie auf allen Fotos, die ich kannte.

Zum Glück waren ihre Augen geschlossen.

Auf ihren Lippen lag ein leises Lächeln, das war das Erste,

was mir auffiel; und ihre Haut war so blass wie die einer Eisprinzessin aus dem Märchen.

Es war, als erblickte ich eine ältere Ausgabe meiner selbst in einem bereiften Spiegel.

Ein Frösteln überlief mich.

»Ich bin's, Mutter«, flüsterte ich, »Flavia.«

Natürlich antwortete sie nicht, aber ich hatte trotzdem mit ihr sprechen müssen.

Etwas glitt an ihrem Hals herunter: ein Stück festes Kohlendioxid. Ich hatte richtig vermutet. Man hatte sie für die lange Heimfahrt in Trockeneis gepackt.

Feiner Dunst stieg aus dem geöffneten Sarg auf, drehte sich leicht im Schein der Kerzen und ergoss sich dann in trägen Schwaden auf den Fußboden, wo er sich zu einem knöcheltiefen Nebel sammelte.

Ich tippte ihr Gesicht mit dem Zeigefinger an. Sie war kalt.

Wie leicht es ist, so etwas auszusprechen, und wie schwer es war, es zu tun.

Ich merkte, dass sich in meinem Inneren die Gefühle wanden und ringelten wie Schlangen in einer Grube.

Ein innerer Drang, der sich nicht unterdrücken ließ, brachte mich dazu, mich vorzubeugen und sie auf den Mund zu küssen.

Ihre Lippen waren hart und spröde wie Pergament.

»Mach weiter, Flavia«, ermahnte ich mich. »Du hast nicht viel Zeit.«

Zu Anfang musste ich feststellen, ob noch eine Spur Leben in ihr war. Ob ihr Herz noch schlug. Das war natürlich ausgeschlossen, aber ich musste ganz sichergehen. Zu jedem Experiment gehören ein paar Grundvoraussetzungen.

Harriet trug immer noch die Bergsteigerkleidung, in der man sie gefunden hatte: einen Wettermantel aus hellbraunem Kammgarn, dessen Stoff in der Wärme der Kerzen schon ein bisschen aufgetaut oder jedenfalls doch weicher geworden war.

Ich öffnete einen widerspenstigen Knopf über ihrer Brust, schob die Hand unter den Mantel und tastete nach ihrer Herzgegend.

Wie bei jeder Begegnung mit einer Leiche überkam mich die flüchtige, unvernünftige Furcht, der oder die Tote könnte plötzlich aufspringen, »Buh!« rufen und mit eisigem, tödlichem Griff meine Hand packen.

Selbstverständlich geschah nichts dergleichen.

Was allerdings geschah, war Folgendes: Zwischen Lagen aus Wollstoff, Seide und Baumwolle, so fühlte es sich jedenfalls an, ertasteten meine Finger etwas Härteres.

Ich befühlte es behutsam. Was immer da unter Harriets Kleidung steckte, es fühlte sich ein wenig feucht und spröde vom Trockeneis an.

Mit Daumen und Zeigefinger zog ich den Gegenstand Zentimeter für Zentimeter ans Licht. Es war eine große Brieftasche aus Ölzeug, steif wie ein gefrorenes Fischfilet.

Obwohl ich sie mit äußerster Vorsicht öffnete, fielen ein paar größere Stücke davon ab und auf Harriets Brust.

In der Brieftasche steckte ein einzelnes Blatt aus grauem, wasserfleckigem Papier, das zweimal zusammengefaltet war.

Mit zitternden Händen strich ich es glatt und las die mit Bleistift geschriebenen Worte:

Letzter Wille von Harriet de Luce.
Hiermit vermache ich …

Bumm!
Mir blieb fast das Herz stehen.

Dem donnernden Hämmern an die Tür folgte noch eins, dann noch eins und sogar noch eins.

Bumm! Bumm! Bumm! Bumm!

Mein erster Gedanke war, dass der Krach Vater aufwecken würde. Sein Zimmer lag gleich neben Harriets Boudoir. Oder hatte ihm Dogger etwas gegeben, damit er schlafen konnte?

»Wer ist da?«, fragte ich mit schwankender Stimme in die jähe Stille hinein.

»Hier ist Lena«, lautete die durch die dicke Türfüllung gedämpfte, im Flüsterton gezischte Antwort. »Mach auf und lass mich rein.«

Mir verschlug es vor Schreck die Sprache. Hier stand ich vor einem offenen Sarg, praktisch Nase an Nase mit meiner toten Mutter, ihr Testament in der zitternden Hand…

Es war wie ein böser Fiebertraum.

»Flavia!«

»Ja?« Etwas Besseres fiel mir nicht ein.

»Mach sofort die Tür auf.«

Wenn man unter einem schweren Schock steht, setzt manchmal eine Art Zeitlupeneffekt ein, und so war es auch diesmal. Als wäre ich aus meinem Körper herausgetreten, sah ich mir selbst dabei zu, wie ich das Testament wieder in die Brieftasche steckte, die Brieftasche in den Kohleneimer fallen ließ, den ausgeschnittenen Zinkdeckel zudrückte, zur Wand ging, an die ich den hölzernen Sargdeckel gelehnt hatte, ihn wieder auf das Unterteil setzte, das schwarze Bahrtuch über das Ganze breitete, den Kohleneimer unter das Bahrtuch und hinter einen der schweren Samtvorhänge schob, den Schlüssel umdrehte und die Tür öffnete, und das alles in Zeitlupe.

»Was machst du da?«, fragte Lena. »Wieso hast du die Tür abgeschlossen?«

Als hätte ich sie nicht gehört, kniete ich mich auf den geschnitzten Schemel, den man für jene Besucher hingestellt hatte, die ein Gebet für Harriets Seelenheil sprechen wollten. Hoffentlich sah es so aus, als hätte ich die ganze Zeit dort gekniet.

»Was machst du da?«, wiederholte Lena.

»Ich bete für meine Mutter«, erwiderte ich nach einer angemessen langen Pause.

Dann bekreuzigte ich mich und erhob mich wieder. »Was ist denn los, Lena?«, fragte ich.

Wenn man in einer kniffligen Situation die Oberhand gewinnen will, ist es, wie schon gesagt, ein guter Trick, den Erwachsenen mit seinem Namen anzureden.

»Du hast mich erschreckt«, setzte ich hinzu.

Ein weiterer Trick ist, dem Betreffenden einen Vorwurf zu machen – und sei es einen versteckten –, bevor er dazu kommt, etwas zu sagen.

»Ich dachte, ich hätte Rauch gerochen«, antwortete sie. »Aus diesem Raum.«

»Das sind die Kerzen«, erwiderte ich wie aus der Pistole geschossen. »Sie brennen sehr heiß, und es sind sehr viele. Und bei diesen Stoffmassen überall... und den geschlossenen Fensterläden...«

»Ach so.« Sie klang nicht restlos überzeugt und sah sich misstrauisch im Zimmer um.

Wir standen beide in der Nähe der Tür, und von dort sah alles ganz anders aus.

In diesem Augenblick fing mein überscharfes Gehör einen Laut auf, der vorher noch nicht da gewesen war.

Tropf.

Tropf.

Die Geräusche folgten quälend langsam aufeinander,

doch in meinen Ohren klangen sie wie eine Salve Kanonenschüsse.

Lena hörte es doch bestimmt auch!

»Dann ist also alles in Ordnung?«, fragte sie.

Ich nickte kummervoll.

»Na schön«, sagte sie, machte aber keine Anstalten zu gehen. Stattdessen sah sie sich noch einmal gründlich um, als wollte sie sich vergewissern, dass keine ungebetenen Zuhörer im Zimmer waren. Dabei hätte sich hinter den schweren Vorhängen ein ganzes Heer von Lauschern verstecken können.

»Ich hatte doch vorhin angekündigt, dass ich dir etwas anvertrauen will, Flavia. Dass ich deine Unterstützung brauche. Aber wir wurden unterbrochen, als uns dieser grässliche Kerl mit seinem Flugzeug in Angst und Schrecken versetzt hat.«

»Du meinst Tristram Tallis«, sagte ich.

»Genau.«

Tropf!

Tropf!

Mir war sofort klar, wo das Geräusch herkam. Das Trockeneis schmolz, und Wasser tropfte auf das Eichenparkett.

»Ich hatte dir auch erzählt, dass Undine ein ungewöhnliches Kind ist. Ein *äußerst* ungewöhnliches Kind.«

»Stimmt.«

»Und dass man wissen muss, wie man mit ihr umzugehen hat.«

Ihr eigenartig zischender Tonfall ließ die Kerzen in ihrer Nähe flackern. Auf dem Fußboden funkelte ein Lichtreflex, ein flüchtiges Aufblitzen unter dem Katafalk.

Das war Wasser! Harriets Sarg hatte ein Leck!

Ich musste Lena so schnell wie möglich loswerden.

»Undine mag dich«, fuhr sie fort. »Sie meinte, du wärst

163

blitzgescheit. Genauso hat sie sich ausgedrückt: blitzgescheit. Du kannst sehr gut mit ihr umgehen.«

Ich lächelte milde.

»Wir beide müssen uns unterhalten. Aber nicht hier, sondern irgendwo, wo wir nicht fürchten müssen, gestört zu werden. Kennst du den Kürbiskopf?«

Und ob ich den kannte. Der Kürbiskopf war ein totenschädelähnlicher Felsen im Osten von Buckshaw, von dem aus man über das sogenannte Gehölz blickte, das ein wenig unheimliche Wäldchen in der Biegung des Flüsschens Efon, der die östliche Begrenzung unseres Anwesens darstellte. Gladys und ich waren schon unzählige Male dort hingefahren, in letzter Zeit meistens, um den Rat von Vaters altem Klassenlehrer Dr. Isaac Kissing einzuholen, der in einem privaten Altersheim namens »Haus Krähenwinkel« lebte.

»Ja, ich habe davon gehört«, sagte ich.

»Er liegt am Ende der Pooker's Lane. Weißt du, wo das ist?«

Ich nickte.

»Sehr gut. Dann fahren wir morgen Nachmittag um halb drei dorthin und machen ein schönes Picknick.«

»Nach der Beerdigung?«, fragte ich.

»Nach der Beerdigung. Ich sage Mrs. Mullet, dass sie uns einen Korb zusammenstellen soll, und dann machen wir uns einen schönen Tag.«

»Ist gut.« Ich wollte die Frau endlich aus dem Zimmer haben. Dafür hätte ich mich wohl auf so ziemlich alles eingelassen.

Um ihren Abgang zu beschleunigen, riss ich die Tür weit auf.

»Huch, Dogger! Das wollte ich nicht! Ich wusste nicht, dass du im Flur bist.«

»Macht nichts, Miss Flavia. Ist ja nichts passiert. Ich soll dir von Mrs. Mullet ausrichten, dass sie dir nachher ein paar Scheiben kalten Braten hochbringt. Sie ist irgendwie auf den Gedanken verfallen, dass du heute noch nichts gegessen hättest.«

Na toll. Das hatte mir gerade noch gefehlt: eine ordentliche Stärkung, damit ich die lange Nachtarbeit besser durchstand!

»Sag ihr einen schönen Dank von mir, aber ich hab schon vorhin im Dorf was gegessen. Ich bin pappsatt.«

Ich glaube, es war das erste Mal in meinem Leben, dass ich Dogger anlog, und ich glaube, es war ihm bewusst.

»Mach ich«, sagte er.

»Wenn du den Braten nicht willst, esse ich ihn«, sagte Lena. Ich hatte sie schon beinahe vergessen.

Dogger nickte, sagte aber nichts. Er schaute Lena nur nach, als sie zur Treppe ging.

Arme Mrs. Mullet, dachte ich. Sonst war sie um diese Uhrzeit immer schon wohlbehalten zu Hause bei Alf am heimischen Herd. Anscheinend war sie heute länger geblieben und kümmerte sich um den Braten für den Leichenschmaus und so weiter. *Ich muss dran denken, sie irgendwann beiseitezunehmen,* dachte ich, *und ihr meine Dankbarkeit ausdrücken.*

Wenn ich darüber nachdachte, gab es so vieles, wofür wir dankbar sein konnten, trotz der schweren Zeit, die wir durchmachten.

Dogger zum Beispiel. Es war das erste Mal, dass wir wieder miteinander allein waren, seit mir Tante Felicity seine Geschichte erzählt hatte.

Wie konnte ich ihm auch nur ansatzweise danken? Wie konnte ich auch nur ansatzweise das wiedergutmachen, was er erlitten hatte?

Was konnte ich einem Menschen sagen, der meinem Vater das Leben gerettet hatte und dafür zu Höllenqualen verdammt worden war?

Ich hätte ihn gern umarmt, aber das ging natürlich nicht. Es gehörte sich einfach nicht.

Eine Weile standen wir schweigend nebeneinander. Ich war die Erste, die zu guter Letzt den Mund aufmachte.

»Gott segne dich, Dogger«, sagte ich.

»Und er segne auch dich, Miss Flavia«, sagte er.

»Es tut mir leid«, gestand ich. »Ich habe heute tatsächlich noch nichts gegessen. Aber ich hab keinen Hunger. Ehrlich nicht.«

»Verstehe«, sagte er mit gezwungenem Lächeln. »Dann überlasse ich dich mal deinen Pflichten.«

Erst als er fort war, fiel mir auf, was er da gesagt hatte.

18

Der Abend verstrich, und ich hatte noch viel zu tun. Ich schloss die Tür wieder ab, zog den Eimer hinter dem Vorhang hervor und wollte eben den hölzernen Sargdeckel wieder abnehmen, als es abermals klopfte.

Ich fürchte, mir entschlüpfte ein Wort, das unter den gegebenen Umständen nicht ganz passend war.

Aber gut, dachte ich dann, immerhin hatte ich noch nicht richtig mit meinem Experiment angefangen. Lieber jetzt gestört werden als später.

Ich breitete das Tuch wieder über den Sarg, drehte den Schlüssel um und öffnete die Tür.

Vor mir stand Vater.

Er sah furchtbar aus. Als stünde der Tod persönlich auf der Schwelle.

Ich hatte angenommen, er läge im Bett, von einem Schlafmittel betäubt. Was konnte so wichtig sein, dass er doch wieder aufgestanden war? Oder hatte er gar nicht geschlafen?

Hinter ihm im Flur standen zwei der Männer, die ich schon am Bahnhof gesehen hatte. Sie trugen inzwischen keine Hüte mehr und hatten auch keine Regenschirme am Arm, trotzdem erkannte ich sie sofort.

»Das ist meine Tochter Flavia ...«, setzte Vater an, aber ehe er weitersprechen konnte, hatte sich schon einer der Männer an uns beiden vorbeigedrängt und war im Boudoir verschwunden. Der größere blieb draußen im Flur. Ich sah jetzt, dass er eine schwarze Tasche dabeihatte, die mich an Dr. Darbys Tasche erinnerte, nur dass die Tasche des Fremden viel größer war.

Dann fiel mir mit Schrecken ein, dass ich sein Gesicht kannte – und zwar nicht nur vom Bahnhof. Sein Foto war in allen Zeitschriften gewesen … wie er im Trenchcoat vor dem Gebäude einer alten Leichenhalle eintraf, und zwar zur Zeit der Koffermorde in Swindon.

Und nun war er hier in Buckshaw: Sir Peregrine Darwin, der legendäre Rechtsmediziner des Innenministeriums, mit seiner berühmten zerzausten weißen Mähne und allem Drum und Dran. Ich konnte es kaum glauben. Was in aller Welt hatte ihn aus dem fernen London zu uns geführt?

»Meine Tochter Flavia …«, nahm Vater einen zweiten Anlauf. »Flavia hält …«

»Vielen Dank, Colonel de Luce«, fiel ihm Sir Peregrine ins Wort. »Wenn wir noch etwas brauchen, lassen wir Sie holen.«

Lassen wir Sie holen? Ihn? Vater? In seinem eigenen Haus? Wofür hielten sich diese Leute?

Vater nahm mich so sanft am Arm, dass ich kaum etwas spürte, und zog mich in den Flur hinaus. Der Rechtsmediziner folgte seinem Kollegen ins Boudoir, und die grün bespannte Tür fiel hinter den beiden zu.

»*Klick!*«, machte es, als der Schlüssel schwungvoll umgedreht wurde.

Vater und ich waren allein.

Offenbar sah er mir an, dass ich kurz vor einem Wutanfall stand, aber bevor ich ein Wort sagen konnte, beugte er sich zu mir herunter und raunte mir ins Ohr: »*Das Innenministerium.*«

Als würden diese beiden Worte alles erklären.

»Aber warum?«

Vater legte mahnend den Zeigefinger auf die Lippen, dann bedeutete er mir, ihm zu folgen.

Er öffnete die Tür zu seinem Schlafzimmer und winkte mich herein.

Es war das erste Mal seit ungefähr einem Jahr, dass ich wieder in seinem Zimmer stand, aber alles war noch genauso, wie ich es in Erinnerung hatte: Als würde hier, wie im Britischen Museum, im Lauf der Jahrhunderte nie etwas angerührt, sondern alles nur ehrfurchtsvoll betrachtet.

Das wuchtige, dunkle gotische Bett, der Queen-Anne-Waschtisch – sogar der Briefmarkenkatalog von Stanley Gibbons auf dem Tisch sahen aus, als sei die Zeit stehen geblieben.

Vater gab mir zu verstehen, dass ich mich setzen sollte, dann ging er quer durch den Raum zum Fenster.

Offensichtlich brauchte er zum Reden ein Fenster mindestens so dringend wie seine Zunge.

Ich wartete darauf, dass er anfangen würde.

»Wir müssen tun, was sie uns sagen«, verkündete er schließlich.

»Aber warum?« Ich konnte mich nicht beherrschen.

Dabei ahnte ich im Grunde meines Herzens die schaurige Antwort bereits. Es gab nur einen einzigen Grund, Sir Peregrine zu uns zu schicken.

»Das Innenministerium ist jetzt zuständig«, sagte Vater. »Sie haben deine Mutter aus Tibet ausgeflogen, den Sonderzug nach Buckshaw bereitgestellt, und morgen bringen sie sie nach Sankt Tankred.«

Er sagte nicht »nach der Autopsie«, aber das war auch nicht nötig.

Seine Stimme brach ein bisschen, aber er riss sich zusammen und sprach weiter. Ich sah förmlich den Zeigestock in seiner Hand, als er mich über den bevorstehenden Ablauf in Kenntnis setzte, der in seinen Augen eindeutig ein militärisches Unternehmen war. Ein tragisches zwar, aber trotzdem ein militärisches Unternehmen.

Sein Gesicht hob sich weiß von der Fensterscheibe ab, als er fortfuhr: »Um 14 Uhr wird der Sarg wieder mit dem Union Jack verhüllt und in die Eingangshalle hinuntergebracht. Dort bleibt er zehn Minuten stehen, damit die Hausangestellten deiner Mutter die letzte Ehre erweisen können.«

Die Hausangestellten? Meinte er damit etwa Dogger und Mrs. M.? Außer den wechselnden Gouvernanten oder »WG«, wie wir sie nannten, die wir hier lieber unerwähnt lassen wollen, hatte es bei uns keine Hausangestellten im eigentlichen Sinne mehr gegeben, seit ich ein Baby gewesen war.

»Um 14.15 Uhr wird der Leichenwagen mit dem Blumenschmuck Buckshaw verlassen und um 14.22 Uhr in Sankt Tankred eintreffen. Die Familie wird…«

Als ich merkte, dass er mit den Tränen kämpfte – oder war ich das selbst? –, überquerte ich mit leisen Schritten den Teppich und stellte mich zu ihm ans Fenster.

»Ist schon gut, Vater«, sagte ich. »Ich verstehe.«

Auch wenn es nicht stimmte.

In diesem Augenblick wünschte ich mir inbrünstig, ich könnte ihm von meiner Zufallsentdeckung von Harriets letztem Willen erzählen. Das fehlende Testament stand, seit ich denken konnte, im Mittelpunkt unseres von Verarmung bedrohten Daseins.

Immer wieder hatte uns das gütige Schicksal eine Lösung für unsere finanziellen Probleme vor die Nase gehalten, nur um sie erbarmungslos wieder wegzuziehen, als handelte es sich um ein grausames Fangen-Spiel.

Zum Beispiel war in unserer Bibliothek eine der allerersten Quarto-Ausgaben von Shakespeares *Romeo und Julia* aufgetaucht, doch Vater hatte sich standhaft geweigert, sich davon zu trennen, obwohl irgend so ein Londoner Bühnenstar – na gut, es war Desmond Duncan gewesen – sich ständig neue Tricks ausdachte, um das kostbare Bändchen in seine gierigen Finger zu bekommen.

Ganz zu schweigen von Luzifers Herz, jenem unschätzbar wertvollen Edelstein, der einst den Krummstab von Sankt Tankred geziert hatte und der erst vor einer knappen Woche in der Dorfkirche entdeckt worden war, als man den Sarg des Heiligen geöffnet hatte.

Nach einer kleinen Reise durch mein Verdauungssystem war der Stein sozusagen wieder ans Tageslicht gekommen und dem Bischof ausgehändigt worden, damit die Kirchenbehörde, in Absprache mit dem Herold des Hosenbandordens, Somerset House und dem Staatsarchiv, entscheiden konnte, ob der vor rund fünfhundert Jahren verblichene heilige Tankred de Luci zu unseren Vorfahren gehörte und der Stein somit unser rechtmäßiger Besitz war, und sei es nach dem Gewohnheitsrecht.

»Machen Sie sich lieber keine allzu großen Hoffnungen«, hatte der Vikar zu Vater gemeint.

Insofern war die Entdeckung von Harriets Testament von entscheidender Bedeutung. Trotzdem verschloss mir eine seltsame, bis dahin ungekannte Hemmung die Lippen.

Wieso konnte ich es nicht einfach sagen und hinter mich bringen?

Die Antwort auf diese schlichte Frage war knifflig, und ich war nicht sicher, ob ich sie selbst verstand, aber mein Gedankengang lautete ungefähr folgendermaßen: Erstens stand es mir nicht zu, Vater in seiner Trauer zu stören. Meiner Meinung nach haben gute Neuigkeiten mitten in einer Tragödie nichts zu suchen, weil sie in diesem Umfeld nicht richtig gewürdigt werden können – die bedrückte Stimmung, in der sie verkündet werden, mindert ihren Wert und beraubt sie ihrer heilenden Kräfte.

»Die Katharsis gehört nun mal ans bittere Ende«, hatte uns Daffy belehrt, als sie uns aus Aristoteles vorgelesen hatte.

Zweitens war da die alles andere als rühmliche Tatsache, dass ich das Vorhandensein des Testaments so lange wie möglich für mich behalten wollte. Aus irgendeinem verschrobenen Grund musste ich mich daran laben, dass ich über ein Wissen verfügte, das alle anderen ausschloss.

Darauf bin ich nicht besonders stolz, aber so war es nun mal. Geheimnisse besitzen eine Macht, die man niemals dadurch erreicht, dass man jemandem sein Herz ausschüttet.

Deshalb schob ich nur meine Hand in die von Vater, und wir standen eine tröstliche Ewigkeit, so schien es mir, einfach nur nebeneinander.

Als mein Vater und ich so am Fenster standen, verfiel ich in das, was Daffy »eine Tagträumerei« genannt hätte und alle anderen Leute »Nachdenken«.

Träge Bilder zogen an meinem geistigen Auge vorbei und verschwanden wieder. Harriet, die in dem alten Film tonlos das Wort »Fasanensandwiches« artikuliert; das gleiche Wort aus Mr. Churchills Mund; Harriets scheußlich in der Sonne glänzender Sarg, ehe sich der Union Jack gnädig darüber breitet; der hochgewachsene Mann am Fenster des Labors; der gleiche Mann (oder war er es doch nicht?) – beziehungsweise zumindest sein Arm –, der verdreht aus dem Qualm unter dem Zug ragt; seine letzten Worte, die Botschaft an Vater: »Der Wildhüter ist in Gefahr.«

Hatte ich die Botschaft ausgerichtet? Nein. Zu meiner Entschuldigung hätte ich nur vorbringen können, dass es keinen richtigen Zeitpunkt dafür gegeben hatte. Worauf wartete ich noch?

Wenn ich Vater schon keine gute Nachricht überbringen konnte, so doch wenigstens eine schlechte.

Das klingt vielleicht nicht besonders logisch, war es aber.

»Du, Vater«, sagte ich, »der Mann am Bahnhof... also der, der unter den Zug gefallen ist... von dem soll ich dir ausrichten, dass der Wildhüter in Gefahr ist. Dann hat er noch etwas von einem Nest gesagt, aber das habe ich leider nicht richtig verstanden.«

Vater war auf einmal wie elektrisiert. In seinem Gesicht zuckte es, als hätte man ihn bei einem teuflischen Experiment mit Drähten an eine ganze Reihe Batterien angeschlossen.

Sein Blick huschte unstet umher und blieb schließlich auf meinem Gesicht haften. »Mann? Bahnhof? Zug?«

War er etwa so in sein Leid versunken gewesen, dass er von dem Unfall weder etwas gesehen noch etwas gehört hatte?

Oder war es doch ein Mord gewesen? Hatte nicht jemand behauptet, der Mann sei unter den Zug gestoßen worden?

»Dieser Mann...« Vaters Gesicht war womöglich noch fahler als vorher. »Wie sah er aus?«

»Er war groß. Sehr groß. Und er trug einen dicken Mantel.«

»Danke, Flavia.« Vater straffte sich und gab sich einen sichtbaren Ruck, als sei er ein altes Schlachtross, das die Trompeten zum Angriff blasen hört.

»Wenn du mich jetzt entschuldigen würdest...«, sagte er dann, »... ich stelle dich von deiner Totenwache frei. Du gehörst ins Bett. Der morgige Tag wird für uns alle anstrengend.«

Ich war entlassen.

Vater nach der Bedeutung der Botschaft zu fragen hatte keinen Zweck. Das musste ich schon selbst herausfinden.

Und ich wusste auch schon, wo ich anfangen würde.

Wie nicht anders zu erwarten, war die Tür zur Bibliothek geschlossen.

Ich kratzte dreimal nachdrücklich mit den Überresten meiner abgekauten Fingernägel über die Türfüllung, dann machte ich eine Pause und kratzte danach noch dreimal kurz und dreimal wieder lang: das Privatsignal für einen vorübergehenden Waffenstillstand, auf das Daffy und ich uns in glücklicheren Tagen geeinigt hatten.

Auch wenn derzeit kein Krieg zwischen uns herrschte, war es doch ratsam, auf der Hut zu sein. Wenn Daffy eines nicht ausstehen konnte, dann waren es »Reinplatzer«, wie sie zu sagen pflegte.

Ein Reinplatzer war jemand, der holterdiepolter einfach ins Zimmer gestürmt kam, ein Eindringling in die Privatsphäre, ein unsensibler Klotz, ein gedankenloser Trottel.

Bei dieser Gelegenheit muss ich zugeben, dass ich hin und wieder durchaus zu jener Personengruppe gehört hatte, sei es nun absichtlich oder unabsichtlich.

»Komm rein«, rief Daffy, als ich mich schon wieder verdrücken wollte.

Ich öffnete die Tür mit übertriebener Behutsamkeit und trat ein. Zuerst sah ich sie nicht. Sie lümmelte sich nicht in ihrem üblichen Sessel und saß auch nicht vor dem Kamin.

Bleak House stand wieder im Regal, stattdessen lag *Das verlorene Paradies* mit dem Gesicht nach unten auf dem Tisch.

Schließlich erspähte ich meine Schwester am Fenster, wo sie in die Dunkelheit hinausblickte.

Ich wartete ab, um ihr das erste Wort zu überlassen, aber sie schwieg.

»Vater hat mich ins Bett geschickt«, sagte ich. »Er hat mich von meiner Totenwache freigestellt. Zwei Männer vom Innenministerium sind jetzt bei Harriet.«

»Die Kerle sind überall«, entgegnete Daffy. »Mrs. Mullet meinte, im *Dreizehn Erpel* hätten sie noch die letzte Besenkammer belegt.«

»Immer noch besser, als wenn sie hier bei uns übernachten würden«, sagte ich und meinte es eher als Witz.

»Wir platzen doch sowieso schon vor ungebetenen Gästen aus allen Nähten«, schnaubte Daffy.

Das klang irgendwie seltsam, und ich wollte schon fragen, ob ihre Bemerkung auch Harriet mit einschloss, verkniff es mir aber.

»Zum Beispiel Lena la-di-da de Luce und ihr grässliches Gör von Tochter plus dein verehrter Mr. Tallis...«

»Er ist nicht *mein* Mr. Tallis«, protestierte ich. »Ich kenne den Mann ja kaum.«

»Und dein geliebter Adam Sowerby...«

Adam Sowerby? Ich hatte mich wohl verhört! Adam, der behauptete, Pflanzenarchäologe und Privatdetektiv zu sein, hatte ich bei den Ermittlungen zu einem früheren Mordfall kennengelernt, bei dem ich die Polizei auf die richtige Spur gebracht hatte. Doch auch nachdem ich den Fall gelöst und Adam uns beide mehr oder weniger zu Partnern erklärt hatte, hatte er sich geweigert, mir seinen Auftraggeber zu nennen.

»Was hat denn Adam Sowerby damit zu tun?«, fragte ich.

»Er ist hier. Ist in London losgefahren und vor ein paar Stunden angekommen. Dogger hat ihn in den Nordwest-Territorien untergebracht wie die anderen auch.«

Mit Nordwest-Territorien, eigentlich der Name eines Gebiets im fernen Kanada, bezeichneten wir scherzhaft jene weitläufigen, verwahrlosten und ungenutzten Zimmerfluchten, deren übrig gebliebene Möbelstücke mit staubigen Tüchern verhüllt waren und auf jenen fernen und unwahrscheinlichen Tag warteten, an dem Buckshaws einstige Pracht wiederhergestellt würde – anders als der verlassene und allmählich verfallende Ostflügel, den ich mir aus freien Stücken ausgesucht hatte, um dort zu arbeiten und zu schlafen.

»Kein Platz in der Herberge und so weiter«, sagte Daffy. »Er und Vater sind schließlich alte Freunde. Das gibt ihm anscheinend das Recht, ein Reinplatzer zu sein.«

Ich war erstaunt über ihre Bitterkeit.

»Alte Freunde kann Vater gerade jetzt bestimmt gut gebrauchen«, wandte ich ein.

»Dass ihn jemand mal tüchtig durchschüttelt – das kann Vater gebrauchen!«, rief sie aus, und als sie sich jäh vom Fenster wegdrehte, sah ich, dass sie Tränen in den Augen hatte.

Auf einmal war ich so müde, als wäre ich barfuß durch die Sahara gestapft. Es war ein fürchterlich langer Tag gewesen.

Mein verdorrtes Hirn war entsetzt, als es meinen Mund Worte aussprechen hörte, von denen ich nie gedacht hätte, dass sie mir jemals über die Lippen kommen würden: »Kopf hoch, Daff. Wir schaffen das schon. Versprochen.«

19

Ich schlief den Schlaf der Verdammten, warf und wälzte mich umher, als läge ich auf einem Bett aus glühenden Kohlen.

Jedes Mal, wenn ich eindöste, quälten mich Traumfetzen: Dogger, der auf einem Berg stand, das weiße Haar und die Gärtnerschürze von einem tückischen Wind hin und her gepeitscht; Feely und Daffy, die als kleine Kinder eine Vorführung im Kasperletheater anschauten, bei der alle Puppen – außer dem Henker – leere, unförmige Gesichter hatten; Harriet, die bäuchlings auf einem Eisberg lag und verzweifelt mit den Händen paddelte, um einer arktischen Flutwelle zu entkommen.

Ich schrak hoch und stellte fest, dass ich kerzengerade im Bett saß, einen erstickten Schrei in der Kehle. Im Mund hatte ich einen Geschmack, als hätte ein Bauer, während ich schlief, darin Kohlrüben eingelagert.

Ich schaute mich panisch um und wusste einen Augenblick lang nicht, wo ich war.

Es war jene frühe Morgenstunde, in der die ganze Welt allmählich der Oberfläche des Schlafs entgegentreibt, aber noch nicht richtig aufgewacht ist. Ich legte die gewölbten Hände an die Ohren und lauschte so angestrengt wie noch nie. Im Haus rührte sich nichts.

Kaum hatte ich die Beine aus dem Bett geschwungen und auf die kalten Dielen gestellt, gab mein Hirn Vollgas.

Das Testament! Harriets Testament!

Ich hatte es in den Kohleneimer geworfen und dann nicht mehr daran gedacht!

Ich musste es mir wiederholen, und ich hatte keine Sekunde zu verlieren!

Im Handumdrehen war ich angezogen und schlich lautlos wie ein Einbrecher in Richtung Ostflügel. Dogger, der ohnehin schlecht schlief, würde bald aufstehen und sich seinem Tagwerk zuwenden. Nicht, dass ich ihm irgendetwas verheimlichen wollte, weit gefehlt! Aber ich wollte ihn auf keinen Fall mit hineinziehen. Es gibt Augenblicke im Leben, da muss man einfach die Ärmel hochkrempeln und allein losziehen, und das hier war ein solcher Augenblick.

Meine Taschenlampe lag noch in Harriets Boudoir. Ich musste mich mit dem Dämmerlicht begnügen, das durch die Fenster am anderen Ende des Korridors fiel. Ich schätzte, dass die Sonne in einer Dreiviertelstunde aufgehen würde.

Geräuschlos stahl ich mich den Flur entlang und dankte dem lieben Gott bei jedem Schritt dafür, dass die Teppiche schon erfunden waren. Unter meinen nackten Sohlen spürte ich kleine Kieselsteine, die am Vortag von der Trauerprozession hereingetragen worden waren, und ich nahm mir vor, noch vor dem Frühstück zum Teppichkehrer zu greifen und gründlich sauber zu machen. Das war ja wohl das Mindeste, was ich tun konnte.

Vor Harriets Boudoir drückte ich ein Ohr an die Tür und stellte mein Gehör auf Empfang.

Kein Laut.

Ich legte die Hand auf die Klinke – nichts.

Sie rührte sich nicht.

Die Tür war abgeschlossen, und der Schlüssel steckte von innen.

Mir ging der aberwitzige Einfall durch den Kopf, eine Leiter zu holen und an die Außenwand zu lehnen, aber dann fiel mir ein, dass ja auch sämtliche Fensterläden im Boudoir geschlossen und verriegelt waren.

Der einzige andere Weg führte durch Vaters Zimmer. Ich musste ohne Anklopfen hineinschlüpfen, auf Zehenspitzen zur Verbindungstür schleichen und das Boudoir geräuschlos betreten und wieder verlassen.

Ich schlich den Flur ein Stück zurück. Vor Vaters Tür holte ich so tief Luft, dass meine Lungen beinahe platzten.

Ich drückte die Klinke herunter, und die Tür öffnete sich.

Ich trat ein und begann meine lange Wanderung durch den Raum.

Als sich meine Augen an das Halbdunkel gewöhnt hatten, verriet mir ein hellerer Fleck in der Ecke, dass Vaters Bettzeug unberührt war – das Bett war leer.

Ich blieb wie angewurzelt stehen und ließ den Blick durchs Zimmer schweifen.

Vater war nirgends zu sehen.

War er in sein Arbeitszimmer gegangen?

Immerhin war es der Morgen von Harriets Beerdigung. Vielleicht hatte er nicht schlafen können und war nach unten gegangen, um Trost bei seiner Briefmarkensammlung zu suchen, die in seinen Augen vermutlich alles darstellte, was ihm noch geblieben war.

Seine Frau war von ihm gegangen, und auch sein Haus und sein Anwesen waren so gut wie dahin.

Keiner von uns war so naiv, sich einzubilden, dass der anonyme Kaufinteressent, der das einzige, erniedrigende Angebot auf unser Haus abgegeben hatte, nicht unmittelbar nach der Beerdigung wieder an die Tür klopfen würde.

Wir würden obdachlos werden.

Zum ersten Mal in seiner langen Geschichte würde Buckshaw nicht mehr im Besitz eines de Luce sein. Eine unerträgliche Vorstellung.

Inzwischen stand ich vor der Verbindungstür zu Harriets Boudoir. Mit der flachen Hand drückte ich behutsam gegen die grüne Stoffbespannung.

Die Tür schwang lautlos auf.

Drinnen brannte am Kopfende des Katafalks eine einsame Kerze.

Vater kniete auf dem Betschemel und hatte das Gesicht in den Händen vergraben.

Sollte ich es wagen?

Ich setzte so vorsichtig einen Fuß vor den anderen, als schritte ich über Glasscherben.

Wie man es immer in heiklen Situationen macht, zählte ich meine Schritte im Geiste mit.

Eins … zwei … drei … vier …

Ich blieb stehen. Wenn Vater jetzt die Hände sinken ließ und die Augen aufmachte, würde er mich sofort sehen. Im flackernden Licht tanzte mein Schatten Schwarz auf Schwarz über die Samttücher.

Fünf … sechs …

Ich ging vor dem Sarg in die Hocke.

Dabei knackten meine Knie bedenklich.

Vater ließ die Hände fallen und riss die Augen auf. Er schaute nach rechts, ein Stück neben die Stelle, an der ich kauerte. Er legte lauschend den Kopf schief, wandte sich zur Tür um und kam dann offenbar zu dem Schluss, dass die knisternde Kerzenflamme das Geräusch verursacht hatte. Oder dass irgendwo Holz geknackt hatte.

Er stieß einen erbarmungswürdigen Seufzer aus und schlug abermals die Hände vors Gesicht.

Dann fing er an, etwas vor sich hin zu flüstern, aber ich verstand nicht, was.

Sprach er ein Vaterunser?

Ich wartete nicht ab, um es herauszufinden. Falls ich noch einmal ein Geräusch verursachte, würde sein Flüstern es hoffentlich übertönen.

Ich streckte die Hand unter den Saum des Bahrtuchs und tastete in Zeitlupe nach dem Kohleneimer.

»Klack« machte es, als meine Fingernägel gegen das Blech stießen.

Ich ließ die Finger wie Spinnenbeine an der Wand des Eimers hochspazieren, über den Rand und hinab in seine Tiefen.

Als meine Fingerkuppen das Ölzeug streiften, unterdrückte ich einen erleichterten Seufzer.

Die Brieftasche war noch da! Anscheinend waren die Männer vom Innenministerium so mit anderen Aufgaben beschäftigt gewesen, dass sie nicht daran gedacht oder es absichtlich unterlassen hatten, das Zimmer zu durchsuchen.

Millimeter für Millimeter zog ich die Brieftasche aus dem Eimer, ängstlich darauf bedacht, dass sie nicht über das Metall schabte. Ich zog sie unter dem Bahrtuch hervor, drückte sie an mich, sodass mein Körper sie verdeckte, und trat im Schneckentempo den Rückzug an.

Halt! Der Wecker!

Ich durfte ihn auf keinen Fall dalassen! Die Kohleneimer auf Buckshaw sahen einer aus wie der andere, aber der Messingwecker gehörte eindeutig mir.

Also schlich ich mich im Schutz der Beinahe-Dunkelheit wieder zurück und tastete ein zweites Mal in den Abgründen des Eimers umher. Wenn ich ungeschickt war und der Wecker versehentlich losschrillte, war ich erledigt.

So musste sich ein Bombenentschärfer fühlen. Ich konnte mich nur auf meinen Tastsinn verlassen.

Langsam... quälend langsam... barg ich den Wecker aus seiner verzinkten Gruft.

Die Stille war so angespannt, dass ich am liebsten losgeschrien hätte.

Doch im nächsten Augenblick war ich wieder auf dem Weg zur Tür.

Sollte Vater mich jetzt entdecken, würde ich behaupten, ich sei gerade hereingekommen, weil ich ihm Gesellschaft leisten wollte. Dagegen konnte er ja wohl schlecht etwas einwenden.

Doch er rührte keinen Muskel. Als ich mich an der Tür noch einmal umdrehte, kniete er noch immer dort, den Kopf gesenkt, das Gesicht in den Händen vergraben.

Dieses Bild meines Vaters würde ich nie vergessen.

Ich zog die Tür geräuschlos hinter mir zu, durchquerte eilig Vaters Zimmer und schlüpfte in den Flur hinaus.

Dann stand ich endlich wieder in meinem eigenen Zimmer.

Der Wecker zeigte 4.18 Uhr.

Ich hatte nur sechzehn Minuten gebraucht.

Sechzehn Minuten? Sie waren mir wie sechzehn Stunden vorgekommen.

Irgendwo betätigte jemand eine Klospülung, und die alten Rohre gurgelten und rasselten wie Ketten in einem fernen Verlies. Buckshaw erwachte.

In exakt zehn Stunden würde ich zusammen mit meiner Familie zur Beerdigung meiner Mutter in Sankt Tankred eintreffen.

Unvorstellbar.

Seit ich denken konnte, lebte ich in einer Welt, zu der eine

verschollene Mutter gewissermaßen als exotische Begleit-
erscheinung dazugehörte. Das alles sollte sich nun ändern.

Ab heute war ich ein Mädchen – und eines Tages aller
Voraussicht nach eine Frau –, dessen Mutter, wie die Müt-
ter aller anderen Hinterbliebenen, auf dem Dorffriedhof lag.

Daran war nichts Romantisches mehr.

Ich wäre nur noch ein ganz gewöhnlicher Mensch.

Und ich konnte nichts dagegen tun.

20

Wie bereits geschildert, glichen die Schlafzimmer in Buckshaw riesigen, feuchten Zeppelin-Hangars, vor allem jene im Ostflügel, wo sich die wasserfleckige Tapete in großen Blasen von der Wand wölbte wie windgeblähte Segel. Manche dieser Räume hatten auch tapezierte Decken, von denen schimmlige Beulen wie dräuende Gewitterwolken herabhingen, allerdings in Grün.

Niemand kam jemals hierher, und sogar ich hatte nur ein-, zweimal einen Blick in das muffige Schlafgemach an der Nordwestecke des Hauses geworfen, das aus irgendwelchen längst vergessenen Gründen »Engelszimmer« genannt wurde.

Dabei hatte der Raum wahrlich nichts Engelhaftes. »Pilzzimmer« wäre die entschieden zutreffendere Bezeichnung gewesen. Ich wusste aus eigener Anschauung, dass Teile des Raumes im Dunkeln fluoreszierten, weil sich diverse Pilzarten genüsslich von der vermodernden Holzvertäfelung ernährten.

Die Kerze, die ich aus dem Labor mitgenommen hatte, knisterte und fauchte in dem zugigen Flur.

Die eingerostete Klinke gab ein teuflisches Quietschen von sich, gefolgt von einem knarrenden Ächzen, als die Tür träge nach innen aufschwang.

Der Mief traf mich wie ein Boxhieb vor die Nase. Ich würde rasch arbeiten müssen.

Ich wollte mir einen Louis-Soundso-Stuhl heranziehen, aber er zerbröselte unter meinem Griff wie auch die viktorianische Chaiselongue, die, als ich versehentlich mit der Schuhspitze dagegen stieß, in einem Regen aus Staub und Holzwürmern zusammenbrach. Mir blieb nichts anderes übrig, als aus dem Labor ein haltbareres Möbel zu holen, auf das ich mich draufstellen konnte.

Esmeralda trat ungeduldig von einem Fuß auf den anderen, als ich eine Handvoll Futter in eine Petrischale warf. Dann fiel sie mit der Gier eines ausgehungerten *Tyrannosaurus rex* darüber her, der ja auch zu ihren frühen Vorfahren zählte.

»Benimm dich«, ermahnte ich sie, klemmte mir einen hohen Hocker unter den Arm und überließ sie ihrem Frühstück.

Im sogenannten Engelszimmer stellte ich den Hocker neben den Kamin, dicht vor ein schräg vorstehendes Mauerstück, das irgendetwas mit dem dahinter verborgenen Kaminschacht zu tun hatte. Hier war die Wand zwar feuchter, als mir lieb war, aber es war die einzige Stelle an der oberen Tapete, an die ich heranreichte. Außerdem würde das Ölzeug das Testament für die kurze Zeit, die ich die Brieftasche dort lassen würde, ausreichend schützen.

Ich möchte hier nicht so tun, als wäre ich nicht neugierig auf Harriets letzten Willen gewesen, doch ich spürte instinktiv, dass es falsch gewesen wäre, ihn zu lesen. Damit wäre ich auf unverzeihliche Art und Weise in Harriets und Vaters Privatsphäre eingedrungen, etwas, wofür es keine Ausrede gab. Außerdem hatte ich sowieso nicht die Zeit dafür.

Als ich die Brieftasche durch einen alten Riss in der Tapete schob, bildete sie einfach nur eine zusätzliche Beule in einem Zimmer voller Beulen. Hier war sie vor dem Innenministerium, vor der Polizei und sogar vor meiner Familie in Sicherheit.

Doch als ich wieder von meinem Hocker herunterstieg, fiel mein Blick auf die Abdrücke der Holzbeine auf dem staubigen Fußboden – von meinen eigenen Fußspuren ganz zu schweigen.

Sogar Inspektor Hewitts Leute, die Detective Sergeants Graves und Woolmer, hätten auf den ersten Blick sagen können, dass an dieser Stelle jemand in flaviafußgroßen Schuhen auf einen vierbeinigen Hocker geklettert war, und sie hätten wahrscheinlich sogar zutreffend schätzen können, bis zu welcher Höhe ich an die Wand herangereicht hatte.

Um irgendwo Staub aufzutreiben und über meine Spuren zu streuen, hatte ich es zu eilig. Mir blieb nur eine Möglichkeit: Ich musste noch mehr Spuren hinterlassen.

Ich stapfte kreuz und quer durchs Zimmer, stieß immer wieder den Hocker auf den Boden und hinterließ so viele Fußabdrücke, wie ich konnte.

Als ich fertig war, erinnerte das Engelszimmer an einen Ballsaal, in dem jemand den Schornsteinfegertanz aus *Mary Poppins* aufgeführt hatte.

Ich war stolz auf mich.

Ich hatte den Flur mit dem Hocker unterm Arm schon halb durchquert, als jemand fragte: »Was machst du da, Flavia?«

Es war Undine. Sie stand in der kleinen Nische, in der man früher die Frühstückstabletts eingedeckt hatte, und ich sah sie erst, als sie mich schon entdeckt hatte.

»Wie lange stehst du schon da?«, fragte ich zurück. »Weiß deine Mutter, dass du mitten in der Nacht durchs Haus geisterst?«

»Es ist nicht mitten in der Nacht«, berichtigte sie mich. »Es ist Morgen, und Ibu ist schon seit Stunden wach. Außerdem sind das zwei Fragen auf einmal, und Ibu sagt immer:

›*Wer zwei Fragen auf einmal stellt,*

Der ist der Dümmste auf der Welt.‹«

Ich hätte Ibu – und ihrer reizenden Tochter – am liebsten mit dem nächstbesten Nussknacker die Kehle zugedrückt, aber natürlich beherrschte ich mich.

»Ibu sagt, deine Mutter wird heute beerdigt, aber wir dürfen es nicht erwähnen, weil euch das betrüben würde.«

Ich grinste. »Deine Ibu ist wirklich sehr rücksichtsvoll. Das kannst du ihr gern von mir ausrichten.«

Ich malte mir hoffnungsvoll aus, wie Undine Lena gegenüber meine Worte nachplapperte und sich dafür eine saftige Ohrfeige einfing.

»Was willst du mit dem Hocker?«, wollte Undine wissen.

»Blumen gießen«, antwortete ich, ohne lange nachzudenken. Inzwischen war ich, wenn es sein musste, eine geschickte Lügnerin – bis auf gewisse Ausnahmen.

»Pfff!«, machte sie und stemmte die Hände in die Hüften. Aber sie beließ es dabei.

»Und jetzt lauf«, sagte ich und staunte selbst, wie mich das befriedigte. »Ich habe zu tun.«

Was schließlich der Wahrheit entsprach. Ich war schon einmal in der Bibliothek gewesen, um der rätselhaften Botschaft des Fremden einen Sinn zu entlocken, doch Daffys Neuigkeiten bezüglich der überraschenden Ankunft von Adam Sowerby hatten mich aus dem Konzept gebracht.

»Er und Vater sind alte Freunde«, hatte sie mir in Erinnerung gerufen. Das stimmte zwar, aber warum war Adam plötzlich hier aufgetaucht? Und warum gerade jetzt? Kam er als Freund der Familie, um Harriet die letzte Ehre zu erweisen, oder war er in seiner Rolle als Privatdetektiv in Buckshaw?

Das musste ich unbedingt herausbekommen.

Aber als Erstes: Wieder in die Bibliothek.

Wie erhofft, lag der Raum im Dunkeln. Daffy musste bald nach unserer Begegnung ins Bett gegangen sein, denn *Das verlorene Paradies* lag unverändert mit dem Gesicht nach unten – ein untrügliches Zeichen für die seelische Verfassung meiner Schwester.

Hätte *ich* ein Buch so liegen lassen, hätte sie es mir ins Gesicht geworfen und mir dazu eine Moralpredigt über das gehalten, was sie »Hochachtung vor dem geschriebenen Wort« zu nennen pflegte.

Was ein Wildhüter war, wusste ich, denn es hatte auf Buckshaw mal einen gegeben, wenn natürlich auch lange vor meiner Zeit. Erst kürzlich dagegen hatte Daffy uns ausgewählte Passagen aus *Lady Chatterleys Liebhaber* vorgelesen. Wenn man sich für Landhäuser interessierte, war der Roman sicher ganz spannend, wenn das aber nicht der Fall war, enthielt er entschieden zu viel Schmalz.

Ich knipste eine kleine Tischlampe an und marschierte schnurstracks zum *Oxford English Dictionary*. Das »Buch der Bücher«, wie Daffy dazu sagte: zwölf Wörterbücher plus Anhang. Begriffe mit dem Anfangsbuchstaben »C« standen im zweiten Band. Ich hievte ihn aus dem Regal, legte ihn auf meinen Schoß, schlug ihn auf und fuhr mit dem Finger die Seiten entlang. Unter »Colchicus« war kein Eintrag zu finden. Aber Moment mal… wenn es um ein »Nest« ging, konnte es sich eigentlich nur um einen Vogel handeln. Ein Vogellexikon besaßen wir selbstverständlich auch. Der »Wildhüter« wiederum deutete auf einen Vogel hin, der gejagt wurde. Ich griff zum Vogellexikon und schlug es beim Abschnitt »Federwild« auf.

Auerhuhn *(Tetrao urogallus)*... Birkhuhn *(Tetrao tetrix)*... Fasan *(Phasanius colchicus)*...

Colchicus!

Mein Blut wurde zu Eiswasser.

Ein »Colchicus« war ein Fasan – es ging um ein Fasanennest!

»*Fasanensandwiches!*«

Dieses Wort hatte Harriet im Film verwendet.

»*Hast du mittlerweile auch eine Vorliebe für Fasanensandwiches entwickelt?*«

Das hatte mich Mr. Churchill auf dem Bahnhof von Buckshaw gefragt.

Aber was hatte das alles zu bedeuten?

Mir schwirrte der Kopf vor lauter Wörtern, Bildern und halb garen Ideen.

Auf einmal wurde mir klar, dass ich dieses Haus des immerwährenden Trübsinns verlassen musste, dass ich einen Ort brauchte, an dem ich neue Gedanken fassen konnte, und zwar meine eigenen, nicht die abgenutzten Gedanken anderer.

Ich würde mir einen Frühstücks-Mittags-Imbiss einpacken.

Wo sollte ich hin? Ich hatte keine Ahnung.

Vielleicht zum Taubenturm auf der Culverhouse Farm. Das staubige Gemäuer, in dem abgesehen vom Gurren der Tauben Stille herrschte, war ein verlockender Zufluchtsort. Bis zur Farm war man gut zwei Stunden unterwegs, sodass ich ohne Furcht vor etwaigen Reinplatzern in Ruhe würde nachdenken können.

Und ich konnte problemlos rechtzeitig wieder hier sein und mich für die Beerdigung umziehen.

21

Als ich die Küchentür öffnete, fuhr Mrs. Mullet erschrocken hoch. An ihren Augen sah ich, dass sie geweint hatte.

»Mrs. M.! Was machen *Sie* denn hier?«

Sie saß am Tisch, wo sie den Kopf in ihrer Armbeuge vergraben hatte. Jetzt schaute sie sich verwirrt um.

»Bleiben Sie sitzen«, sagte ich. »Ich setze Wasser auf und mache Ihnen eine schöne Tasse Tee.«

Ich war noch nicht mal fünf Sekunden im Raum, und schon hatte ich das Kommando übernommen. Merkwürdig – sehr merkwürdig.

Ich tätschelte wie verrückt ihre Schulter, und sie ließ es überraschenderweise zu.

»Sie sind die ganze Nacht hiergeblieben, stimmt's?«

Mrs. M. nickte und kniff die Lippen so fest zusammen, dass sie weiß wurden.

»Das geht alles über Ihre Kräfte«, sagte ich. »Sie arbeiten viel zu viel. Von Daffy weiß ich, dass Adam Sowerby gestern Abend hier eingetroffen ist. Ich klopfe ihn raus und bitte ihn, Sie nach Hause zu fahren.«

»Der ist schon weg, Schätzchen. Schon seit Stunden.«

Adam war schon wieder abgereist? Wieso das denn? Er war doch gerade erst angekommen!

Ich machte mich an der Spüle zu schaffen und ließ das Wasser so lange laufen, bis es richtig kalt war, damit Mrs.

Mullet Gelegenheit hatte, sich die Augen zu trocknen und die herausgerutschten Strähnen wieder in ihrer Frisur zu verstauen.

»Sie übertreiben es, Mrs. M.«, fing ich wieder an. »Sie sind doch bestimmt fix und fertig. Warum legen Sie sich nicht in meinem Zimmer ein bisschen aufs Ohr? Dort oben stört Sie keiner.«

»Ich arbeite zu viel? Da irrst du dich, Miss Flavia. Im Gegenteil. Ich arbeite zu *wenig. Das* ist das Problem.«

Ich stellte den Kessel auf den Herd und hoffte, dass sie sich wieder einkriegen würde, aber weit gefehlt.

»Es gibt haufenweise Arbeit, und es ist meine Pflicht, sie zu erledigen.«

»Aber…«

»Kein ›Aber‹, Frolleinchen. Es passiert nicht jeden Tag, dass Miss Harriet heimkommt, und es passiert auch nicht jeden Tag, dass ich sie willkommen heißen kann. Das lasse ich mir nicht nehmen – nicht mal von dir, Miss Flavia!«

Ich ging zu ihr, schlang von hinten die Arme um sie und legte meine Wange auf ihren Scheitel.

Ich sagte nichts, und das war auch nicht nötig.

Draußen, vom Küchengarten aus gesehen, stand einer der größeren Planeten – der Jupiter, wie ich annahm – bereits ein gutes Stück über dem rosafarbenen Band des östlichen Horizonts.

Der Mond war schon untergegangen, und hoch oben funkelten die Sterne am schwarzblauen Himmelsgewölbe.

Ich wischte eben den Tau von Gladys' kaltem Sattel, als ich es hinter dem Gewächshaus rascheln hörte.

»Dogger?«, rief ich mit gedämpfter Stimme.

Keine Antwort.

»Adam?«

»Na schön«, sagte ich. »Ich weiß, dass Sie es sind. Kommen Sie raus, oder ich rufe die Polizei.«

Jemand trat hinter dem Gewächshaus hervor.

Es war Tristram Tallis.

»Tut mir leid, wenn ich dich erschreckt habe«, sagte er. »Ich wollte nicht das ganze Haus aufwecken.«

»Sie haben mich nicht erschreckt«, entgegnete ich. »Ich dachte, Sie wären ein Einbrecher. Sie haben Glück, dass ich Sie nicht erschossen habe.«

Das war ein bisschen dick aufgetragen, sogar für meine Verhältnisse, und das wusste er wahrscheinlich auch. Zwar gab es auf Buckshaw eine Rüstkammer beziehungsweise ein »Feuerwaffenmuseum«, wie Vater dazu sagte, doch die meisten Waffen, die dort in den Glasvitrinen lagen, waren nicht mehr abgefeuert worden, seit die Rundköpfe und die Kavaliere zur Zeit von »Jolly Ollie« Cromwell die Abzüge betätigt hatten.

»Da bin ich aber froh«, sagte Tallis. »Du hättest mich bestimmt getroffen.«

Machte sich der Mann über mich lustig?

Ich beschloss, darüber hinwegzugehen und lieber herauszufinden, was er im Schilde führte.

»Sie sind aber früh auf den Beinen.« Ich legte einen leisen Vorwurf in meinen Tonfall.

»Ich konnte nicht schlafen. Da dachte ich, ich geh mal runter und schaue nach *Typhon*. Entschuldigung … nach der *Blithe Spirit*, meine ich natürlich. Ölstand und so.«

Erst kam mir diese Erklärung unglaubwürdig vor, doch dann fiel mir ein, dass ich für Gladys ganz ähnliche Gefühle hegte.

»Es ist ja vielleicht unser letzter gemeinsamer Tag, da wollte ich ihn früh beginnen.«

Unser letzter gemeinsamer Tag? Auf wen bezog sich das? Auf mich? Oder auf die Blithe Spirit?

»Du hast dich nicht verhört«, setzte er hinzu, als er mein verdutztes Gesicht sah. »Ich mach den Laden dicht. Mache Schluss. Wie es in dem alten Lied heißt: *Ich mach mich auf den Weg nach Tipperary.* Man hat mir einen Büroposten in Südamerika angeboten.«

»Dann wird es aber nicht direkt Tipperary sein«, sagte ich. Ich hatte zwar keine Ahnung, wo Tipperary lag, aber es klang eher nach Irland als nach Südamerika.

»Nicht direkt«, bestätigte er feixend. »Gut, dass du mich drauf aufmerksam machst. Soll ich den Leuten telegrafieren, dass ich es mir anders überlegt habe?«

Jetzt war klar, dass er sich über mich lustig machte.

»Nein. Fahren Sie ruhig. Aber lassen Sie die *Blithe Spirit* bitte hier, damit ich lernen kann, wie man sie fliegt, wenn ich alt genug dafür bin.«

»Den Gefallen würde ich dir ja gern tun, aber das alte Mädchen ... Na bitte, jetzt hast du mich tatsächlich dazu gebracht, sie ein altes Mädchen zu nennen! Jedenfalls braucht sie einen Hangar. Und einen guten Mechaniker.«

»Dogger könnte sich um sie kümmern.«

Dogger konnte schließlich alles.

Er schüttelte bedauernd den Kopf.

»Ich muss dir leider mitteilen, dass ich sie verkauft habe.«

Oh nein!

Die *Blithe Spirit* – verkauft? Keine Ahnung, wieso, aber das kam mir einfach nicht richtig vor. Schließlich war sie schon einmal verkauft worden.

»Hör mal«, sagte Tristram Tallis, »wie wär's, wenn wir zwei eine kleine Spritztour machen?«

Erst begriff ich nicht, was er meinte.

»Eine Spritztour?«

»Einen kleinen Rundflug.«

Träumte ich oder erlebte ich das tatsächlich? Irgendwann hatte ich Vater mal gefragt, wie Buckshaw von oben aussah. »Frag deine Tante Felicity«, hatte er erwidert. »Die ist damals geflogen.«

Ich dagegen noch nie – wie auch? Und jetzt war die Gelegenheit zum Greifen nah.

»Das ist sehr nett von Ihnen, Mr. Tallis, aber ich müsste erst meinen Vater um Erlaubnis fragen.«

Ich wusste schon jetzt, wie Vaters Antwort ausfallen würde. Falls ich mich überhaupt dazu durchringen würde, ihn damit zu behelligen, was ich nicht vorhatte.

Trotzdem war es eine Riesenenttäuschung, dass ich die erste und letzte Gelegenheit, mich in Harriets Doppeldecker in die Lüfte zu schwingen, ausschlagen musste.

Gerade als ich mich damit abfinden wollte, kam ein zweiter Mann hinter dem Gewächshaus hervor.

Diesmal war es Dogger.

Er hielt mir den roten Wollpullover hin, den ich letzte Woche im Gewächshaus vergessen hatte.

»Zieh das über, Miss Flavia«, sagte er, ohne eine Miene zu verziehen. »Die Morgenluft kann sehr frisch sein.«

Und schon rannte ich, von einem Ohr zum anderen selig grinsend, durch die feuchtkalte Morgendämmerung quer über den Visto zur *Blithe Spirit*.

Tristram Tallis gurtete mich auf dem Vordersitz an und förderte von irgendwoher eine lederne Fliegerkappe samt Brille zutage.

Dann unternahm er einen kurzen Inspektionsgang um das Flugzeug: drückte hier, zog dort, begutachtete dieses und jenes.

Ich nutzte die Zeit und sah mich im Cockpit um. Ich hatte mir eine Maschine, mit der man zu den Göttern emporfliegen konnte, Wunder wie aufwendig vorgestellt, aber diese hier schien mir für eine solche Unternehmung beängstigend armselig ausgerüstet: ein schlichter Steuerknüppel, der aus dem Boden ragte, sowie ein paar Zifferblätter und Anzeigen in einer hölzernen Konsole.

Das war alles. Dieses Ding war entschieden zu klapprig, um fliegen zu können.

Mir kamen ernste Zweifel. Sollte ich darum bitten, wieder aussteigen zu dürfen? Aber es war schon zu spät.

Tristram drehte ein paar Mal halbherzig am Propeller, griff ins Cockpit und betätigte einen Schalter – einmal und, als sich nichts tat, noch einmal. Im Motor schepperte es furchteinflößend, eine Rauchwolke stieg auf, und dann verschwammen die Propellerflügel mit lautem Aufröhren.

Die Tragflächen wackelten erschreckend, als Tallis an Bord kletterte.

»Alles klar?«, brüllte er über die Schulter, als er sich angurtete. Ich klammerte mich mit beiden Händen an den Cockpitrand und rang mir ein grimmiges Nicken ab.

Das Röhren steigerte sich zu orkanartigem Getöse, und wir setzten uns in Bewegung, erst langsam, dann immer schneller, bis wir holpernd querfeldein sausten wie die Fuchsjagd von Hinley in vollem Galopp.

Wir wurden schneller und immer noch schneller, bis ich schon dachte, die *Blithe Spirit* würde gleich in tausend Stücke zerbersten.

Dann auf einmal ein sanftes Gleiten.

Wir flogen!

Aber es kam mir vor, als schwängen wir uns nicht in die Lüfte, wie ich es mir ausgemalt hatte, sondern als wiche die

Erde unter uns zurück wie ein Teppich, den einem ein unsichtbarer Witzbold unter den Füßen wegzieht.

Ganz flüchtig nur sah ich die Dächer von Buckshaw, denn schon schob sich der künstliche See in unser Blickfeld.

Die Sonne glich einem riesigen roten Feuerball am Horizont, als wir aus dem Reich der Schatten auf- und in das jähe Tageslicht eintauchten.

Es war atemberaubend!

Wären Feely und Daffy von dem Lärm wach geworden und ans Fenster gestürzt, sie hätten mich nur noch als winzigen Fliegenschiss gesehen.

So wie immer, ging es mir unwillkürlich durch den Kopf.

Jetzt glitt unter unseren Tragflächen eine wunderschöne Spielzeugwelt dahin: Hügel und Felder, Wälder und Täler, Anhöhen, Senken und Seen. Miniaturschafe grasten auf taschentuchgroßen Weiden.

Am liebsten hätte ich einen Choral darüber komponiert. Hatte nicht auch Johann Sebastian Bach etwas über Schafe geschrieben?

Im Osten ließ die aufgehende Sonne den Fluss gleißend aufblitzen, und einen Augenblick lang, bevor wir abdrehten, ähnelte der Efon einer glitzernden, rubinbesetzten Schlange, die auf ein fernes Meer zukroch.

Wie Harriet das genossen haben muss, dachte ich: diese allumfassende Freiheit, das Gefühl, den eigenen Körper, aber nicht den Verstand, hinter sich zu lassen. Wenn man nicht zufällig ein Vogel war, war ein Körper hier oben von geringem Nutzen. Man konnte nicht wie unten auf der Erde laufen oder springen, man konnte nur schauen und beobachten.

In gewisser Weise hatte man als jemand, der in so einem Flugzeug saß, Ähnlichkeit mit einer dahingeschiedenen Seele:

Man blickte auf die Erde hinab, ohne noch richtig anwesend zu sein; man sah alles, wurde aber nicht gesehen.

Mir leuchtete unmittelbar ein, weshalb Gott, als er das trockene Land »Erde« und das versammelte Wasser »Meer« nannte, sah, dass es gut war.

Ich stellte mir vor, wie der alte Knabe den Horizont anhob wie den Deckel auf einem dampfenden Topf und mit einem roten Auge hineinspähte, um seine Schöpfung zu bewundern, um nachzuschauen, wie sich das alles entwickelte.

Und es *war* gut!

Tristram deutete mit der behandschuhten Hand nach unten. Die *Blithe Spirit* legte sich unvermittelt auf die Seite, und ich blickte auf eine seltsam bekannte Ansammlung von Gebäuden.

Die Hauptstraße von Bishop's Lacey!

Da war das *Dreizehn Erpel,* in dem all die Amtspersonen vom Bahnhof abgestiegen waren, die Rüpel vom Innenministerium, die, wenn man Daffy glauben durfte, noch in den hintersten Besenkammern ihre abscheulichen Machtträume träumten.

Und dort unten, in der Cow Lane, war die Bücherei – und Tilda Mountjoys Weidenvilla, die im ersten Morgenlicht noch kräftiger orange leuchtete als ohnehin schon.

Inzwischen waren wir im Uhrzeigersinn einen großen Halbkreis geflogen und steuerten wieder südwärts. Geradeaus erkannte ich das Gehölz, die eigenartige Flussschlaufe am äußersten Rand unseres Anwesens, und mir ging durch den Kopf, wie sich wohl die Humpler, die dubiose Sekte, deren Mitglieder dort einst ihre Babys getauft hatten, den Anblick unseres Flugapparats am Himmel erklärt hätten.

Ein Stückchen weiter östlich führte die Rinne zum Goodger Hill. Gladys und ich waren ihn schon unzählige Male hinuntergesaust und hatten uns an seinem Fuß keuchend ins Gras fallen lassen.

Und da ragte auch der Kürbiskopf über dem Gehölz auf. Ich hatte Lena und Undine versprochen, mich nach der Beerdigung dort mit ihnen zu treffen.

Fast direkt im Osten lag Haus Krähenwinkel. Beim Gedanken an Dr. Kissing lächelte ich in mich hinein. Der alte Herr war bestimmt schon wach und paffte die erste Zigarette des Tages.

Ob wir ihm eine kleine Vorstellung liefern sollten? *Im Tiefflug drüberbrutzeln,* wie sich die Piloten vom Luftwaffenstützpunkt in Leathcote ausgedrückt hätten. Vaters alter Klassenlehrer würde sich bestimmt darüber freuen, dass jemand an ihn dachte. Bei der Vorstellung, wie er stundenlang herumrätselte, wer das wohl gewesen sein könnte, grinste ich in mich hinein.

Flavia de Luce war garantiert die Allerletzte, die ihm einfallen würde!

Um Tristram auf mich aufmerksam zu machen, versetzte ich dem Cockpit einen leichten Tritt und deutete nach unten auf das Altersheim.

Er schien so etwas nicht zum ersten Mal zu machen, denn der Steuerknüppel vor mir ruckte plötzlich erst nach vorn und dann zur Seite, und wir sausten in beängstigendem Tempo der Erde entgegen, mit pfeifenden Tragflächen und wie Todesfeen heulender Verdrahtung.

»Haruh!«, hätte ich am liebsten gejohlt, aber ich konnte mich gerade noch zurückhalten. Tristram sollte mich auf keinen Fall für unreif halten.

Als ich schon dachte, dass wir einen unauslöschlichen Abdruck in der Landschaft hinterlassen würden, zog er die Nase des Doppeldeckers wieder hoch, und unser geflügelter

Schatten sauste über die felsige Oberfläche des Kürbiskopfs hinweg. Wir hatten dem Tod eine lange Nase gedreht.

Dann schwebten wir träge über den Park von Haus Krähenwinkel. Als das Gebäude in Sicht kam, fiel mir auf, dass auf dem Vorplatz mehrere Automobile parkten. Sie waren nicht zu übersehen.

Eines davon war ein apfelgrüner Rolls-Royce. Das Verdeck war zurückgeklappt, sodass ein provisorisches Gewächshaus entstanden war. Ein solches Fahrzeug gab es wohl nur einmal auf der Welt.

Es handelte sich um Nancy, Adam Sowerbys alten Rolls.

Daneben stand ein kastenförmiger, mintgrüner Land Rover.

Lena de Luce!

Was zum Teufel hatte *die* denn hier zu suchen?

Wozu trafen Adam und sie sich um diese unchristliche Morgenstunde im Haus Krähenwinkel? Was wollten die beiden von Dr. Kissing – denn ich war mir ziemlich sicher, dass sie ihn besuchten.

Wer sonst konnte sie in das entlegene und wenig einladende Heim für gebrechliche bessere Herrschaften gelockt haben?

Die plötzliche Stille riss mich aus meinen Gedanken. Tristram hatte den Motor der *Blithe Spirit* gedrosselt, und wir waren in einen sanften Gleitflug übergegangen. Buckshaw lag direkt vor uns.

Wir stürzen ab! Davon war ich fest überzeugt, als der Boden auf uns zuraste.

Doch wir glitten nur durch die windstille Luft über dem Mulford-Tor, segelten über die Kastanienbäume der Zufahrt und landeten so sanft auf dem Visto wie eine Eintagsfliege auf dem Blütenblatt einer Rose.

»Und?«, fragte Tristram, als wir zum Stehen gekommen waren. Er drehte sich halb zu mir um. »Wie fandest du's?«

»Sehr aufschlussreich«, sagte ich.

22

»Sag mal, Dogger«, fragte ich, »was für einen Grund könnten Adam Sowerby und Lena de Luce haben, noch vor Sonnenaufgang zum Haus Krähenwinkel zu fahren?«

»Das kann ich dir wirklich nicht sagen, Miss Flavia.«

»Kannst du nicht – oder willst du nicht?«

So verliefen meine Gespräche mit Dogger oft: wie ein Freundschaftsspiel zweier Schachmeister.

»Ich kann es dir nicht sagen, weil ich es nicht weiß.«

»Was weißt du denn dann?«

Ein flüchtiges Lächeln huschte über sein Gesicht. Er genoss unser kleines Geplänkel genauso sehr wie ich.

»Ich weiß, dass die beiden Buckshaw in ihren eigenen Automobilen gegen zwölf nach fünf verlassen haben.«

»Sonst noch was?«

»Dass die ältere Miss de Luce – deine Tante Felicity – sie begleitet hat.«

»Wie bitte?!«

Undenkbar, dass Tante Felicity, die nichts Schöneres kannte, als sich mit einem Toaster, einer Kanne Tee und dem neuesten Kriminalroman in ihrem Schlafzimmer zu verschanzen, zu nachtschlafender Stunde durch die Gegend streunte.

Schlicht undenkbar.

»Und wo wollten sie hin?«

»Zum Haus Krähenwinkel, schätze ich mal. Diese Annahme wird – zumindest teilweise – durch deine eigenen Beobachtungen aus der Vogelperspektive bestätigt.«

Seine ausdruckslose Miene verriet mir, dass das noch nicht alles war.

»Und?«, fragte ich. »Was noch?«

»Colonel de Luce ist auch mitgefahren.«

Auf einmal geriet meine ganze Welt ins Schwanken und Schlingern, als säße ich immer noch in der *Blithe Spirit* und flöge eine Steilkurve.

Wenn es schon undenkbar war, dass Tante Felicity sich von Buckshaw entfernt hatte, dann war die Tatsache, dass Vater …

Nein! Ich weigerte mich einfach, das zu glauben.

»Bist du sicher?«, fragte ich. Vielleicht hatte Dogger ja nur einen Scherz gemacht, auch wenn das ziemlich unwahrscheinlich war.

»Ganz sicher«, gab er zurück.

»Hat er gesagt, wo er hinwill?«

»Nein. Ich habe ihn auch nicht gefragt.«

Steckte hinter dieser Antwort eine Botschaft? Wollte Dogger mich warnen? Mir raten, mich lieber um meine eigenen Angelegenheiten zu kümmern?

Schließlich galt seine Loyalität, rief ich mir in Erinnerung, in erster Linie Vater, und ich durfte diese Ergebenheit niemals und unter keinen Umständen missbrauchen.

»Danke, Dogger«, sagte ich. »Du hast mir sehr geholfen.«

»Keine Ursache, Miss Flavia«, sagte er mit diesem gewissen Blick. »Stets zu Diensten.«

Wieder allein in meinem Labor, gab ich mir alle Mühe, mich mit einem Experiment von der bevorstehenden Beerdigung abzulenken. Ich hatte mir dieses Experiment schon ausge-

dacht, als die Nachricht von Harriets Auffindung im Himalaja eingetroffen war.

Die Natur hat es so eingerichtet, dass die harmlosesten
organischen Substanzen tödlich wirken können, wenn sie
nur in ausreichender Menge verabreicht werden. Tapioka-
stärke und Rhabarber beispielsweise führen zielsicher zum
Tode, wenn man bei ihrer Zubereitung die falschen Bestand-
teile der Pflanzen verwendet, und sogar unser guter alter
Kumpel Wasser, H_2O, kann jemanden vergiften, wenn der
Betreffende in zu kurzer Zeit zu viel davon trinkt.

Ich machte mir ein paar Notizen, war aber nicht mit
dem Herzen bei der Sache. Schließlich legte ich den Bleistift
weg.

Auch wenn ich die bloße Vorstellung schon furchtbar
grässlich fand – es war höchste Zeit, dass ich mich umzog.
Mrs. Mullet hatte für mich eine der eingemotteten Schul-
uniformen herausgesucht und gesäubert, die Harriet, als
sie in meinem Alter war, in Miss Bodycotes Höherer Mädchenschule in Toronto hatte tragen müssen: ein schwarz ge-
gürtetes Grauen, das mit langen schwarzen Strümpfen und
einer weißen Bluse kombiniert wurde und in dem ich aussah wie eines jener boshaften, aber amüsanten Geschöpfe
aus Ronald Searles »St. Trinian's«-Cartoons. Mr. Searle war
wie Vater und Dogger in Singapur in japanischer Kriegsgefangenschaft gewesen, und einige Bewohner von Buckshaw schätzten sein Werk außerordentlich.

Ich wusch mir das Gesicht, putzte mir die Zähne, säuberte
meine abgekauten Fingernägel, stieß einen tiefen Seufzer aus
und widmete mich dann jener Pflicht, die mir die verhass-
teste war: dem Flechten meiner Zöpfe.

Ich hatte schon alles Erdenkliche unternommen, um diese
Aufgabe als Abenteuer zu gestalten. Zum Beispiel hatte ich

so getan, als sei ich ein Pirat, der inmitten eines heulenden Hurrikans an den Hauptmast gefesselt ist und das einzige Tau spleißt, mit dem das letzte verbliebene Segel gesichert werden kann.

Rechts über links... und drüber... und drunter. Rechts über links...

»Haha, ihr Lumpenhunde! Das ist ein Kinderspiel! Schenkt schon mal den Grog ein!«

Aber es hatte keinen Zweck. Einen Heuhaufen aus mausbraunem Haar im Geiste in romantisches Tauwerk zu verwandeln – das war schlicht zu viel verlangt.

Das Schlimmste am Frisieren war der Umstand, dass man es hinter dem Kopf durchführen musste. Es erinnerte mich an das Spiegelspiel bei den Pfadfinderinnen, bei dem man versuchen sollte, seinen Vor- und Nachnamen auf ein Blatt Papier zu schreiben, während man in einen Spiegel blickte:

ɘɔu⅃ ɘb ɒivɒlℲ

... ein Spiel, bei dem ich mir immer wünschte, ich sei als AVA OXO geboren oder wenigstens als jemand mit einem halbwegs symmetrischen Namen.

Die Verlierer und die Ungeschickten wurden jedes Mal herzlich ausgelacht, und ich erinnere mich, dass meine Gedanken sich anlässlich solcher Gelegenheiten besonders oft dem Thema »Gifte« zuwandten.

Ich schlang zwei blaue Seidenbänder um die Zopfenden und band sie zu ordentlichen Schleifen. Gelb war zu fröhlich für eine Beerdigung, Rot zu knallig, und Orange kam gar nicht infrage.

Ich betrachtete mich im Spiegel. Wer war dieses Mädchen

mit dem Gesicht seiner Mutter? Mir war, als hätte ich eine Harriet-Karnevalsmaske aufgesetzt und merkte es erst jetzt.

Und das machte mir, offen gestanden, Angst.

Das Frühstück war auf Buckshaw immer eine trostlose Angelegenheit, und der heutige Morgen bildete keine Ausnahme. Tristram und Adam hatten am unteren Tischende Platz genommen, als wollten sie respektvoll Abstand von der trauernden Familie halten.

Vater saß, ganz in Schwarz, am Kopfende und hatte beide Hände flach auf den Tisch gelegt. Er hatte sein Frühstück nicht angerührt und machte auch nicht den Eindruck, als hätte er das noch vor.

Neben ihm saß Feely wie ein bleiches Gespenst und knabberte geistesabwesend an einem trockenen Toast. Sie musste bei Kräften bleiben, wenn sie bei Harriets Beerdigung Orgel spielen wollte.

Alle, angefangen von den anderen Familienmitgliedern bis hin zum Vikar und seiner Frau, hatten ihr das ausreden wollen, aber vergebens. Feely blieb so hartnäckig und stur, wie eine zerbrechliche Musikerin nur sein kann.

Daffy, die in ein skurriles viktorianisches Morgengewand gehüllt war, nahm sich noch einen Räucherhering. Ihr giftiger Blick warnte mich davor, auch nur eine Bemerkung darüber zu machen.

Wenn sie in dieser Stimmung war, hütete selbst Vater seine Zunge.

Tante Felicity saß in der Mitte der Längsseite, mit genügend Abstand zu beiden Gruppierungen, und summte gedankenlos vor sich hin wie ein ferner Bienenstock.

Adam schenkte mir ein kaum merkliches Nicken und nahm dann seine gedämpfte Unterhaltung mit Tristram wieder auf, der mir seinerseits nicht einmal einen flüchtigen Blick gönnte. Es war, als sei unser morgendlicher Flug nur ein Traum gewesen – und vielleicht war dem ja auch so. Vielleicht hatte er nie stattgefunden.

Hätte sich ein Zeitreisender aus der Zukunft an unserem Frühstückstisch eingefunden, hätte er annehmen müssen, dass Mrs. Mullet die einzige engere Verwandte der Verstorbenen war.

Ehrlich gesagt sah Mrs. M. verheerend aus. Ihr Gesicht war gerötet, ihre Augen schwammen in Tränen, und ihre Haare standen wie Mikadostäbchen in alle Richtungen.

Sie angelte einen Räucherhering und zwei Würstchen von den jeweiligen Servierplatten und legte alles auf meinen Teller. Dabei kniff sie die Lippen noch fester zusammen als bei unserer nächtlichen Begegnung in der Küche – als würden sie zusätzlich von Schraubzwingen gegeneinandergepresst.

Sie sprach kein Wort, und ich spürte in diesem Augenblick, wie tief ihre Verzweiflung war.

Ich wollte ihr die Hand streicheln, aber da war sie schon wieder weg.

Als wir das Frühstück beendeten, hatten nur die beiden Gäste ein paar leise Worte miteinander gewechselt.

Ich stand auf und entschuldigte mich. Ich wollte hinauf in mein Labor gehen und mit Hilfe meines Notizbuchs die Unordnung sortieren, die in meinem Kopf herrschte. Aber kaum hatte ich die Eingangshalle zur Hälfte durchquert, läutete es. Wie so oft tauchte Dogger auf geradezu unheimliche Weise aus dem Nichts auf und öffnete die schwere Tür.

Draußen standen zwei bekittelte Lieferanten, die Arme voller Blumen. Ihr Wagen parkte mit offener Heckklappe in der Zufahrt und quoll vor Sträußen, Kränzen und länglichen Gebinden aus Nelken, Kornblumen, Callas sowie in Wiesenkerbel gebetteten Vergissmeinnicht schier über. Außerdem gab es Gladiolen, Pfingstrosen und richtige Rosen, Ringelblumen, Chrysanthemen und Schwertlilien.

Als hätte jemand die Gärten des Paradieses geplündert und uns die Beute vor die Tür gefahren – mehr Blumen, als die Eingangshalle fassen konnte.

Trotz der frühen Stunde hatte sich auch schon eine neue Schlange Trauernder gebildet. Sie wand sich um den Lieferwagen und bildete einen ausgefransten Halbkreis auf dem Vorplatz.

Als die beiden Männer nun in die Hände spuckten und anfingen, die Blumen nach und nach ins Haus zu tragen, zog Dogger ein Büchlein aus der Westentasche und listete sorgsam die Namen der Absender auf. Er las sie von den Pappkärtchen ab, die an jedem Gebinde hingen.

Es war, als hätte alle Welt Harriet gekannt, als trauerte alle Welt um sie und schickte Blumenspenden.

»Tut mir leid, das mit deiner Mutter«, sagte jemand an meinem Ohr. »So ein verdammtes Pech aber auch. Ich hatte gehofft, dass die Sache doch noch irgendwie gut ausgeht.«

Ich drehte mich um, aber ich hatte schon an der Stimme erkannt, dass es Adam war beziehungsweise, um die eindrucksvolle Litanei von Titeln und Berufsbezeichnungen auf seiner Visitenkarte zu zitieren (die immer noch in einem meiner neueren Notizbücher steckte):

Adam Tradescant Sowerby, M.A.
Mitglied der Königlichen Gartengesellschaft
Pflanzenarchäologe
Alte Pflanzensamen – Nachzüchtungen – Recherchen
Tower Bridge, London E.I TN Royal 1066

Allerdings war Adam in gewissem Sinne ein Hochstapler. Während er unter dem Deckmantel eines Pflanzenarchäologen die Samen von Pflanzen, die als längst ausgestorben galten, wieder zum Keimen brachte, führte er in Wirklichkeit Nachforschungen durch, die damit nicht das Geringste zu tun hatten, beziehungsweise – um es klipp und klar zu sagen – arbeitete er als Privatdetektiv.

Als er von meinen jüngsten Erfolgen gehört hatte, hatte er mich als Partnerin anwerben wollen, doch ich merkte bald, dass der Mann mehr nahm, als er zu geben bereit war. Schlimmer noch, er hatte sich rundweg geweigert, mir zu verraten, von wem er beauftragt worden war.

Da er ein alter Freund meines Vaters war, konnte ich wenig tun, um ihn mir vom Hals zu halten. Trotzdem gab es kein Gesetz, das mir eine Zusammenarbeit mit ihm vorgeschrieben hätte.

»Das war für dich bestimmt ein schlimmer Schock«, redete er weiter, obwohl ich ihm gar nicht zugehört hatte.

Ich nickte nur und wandte mich in Richtung Treppe.

»Genau wie der arme Teufel am Bahnhof.«

Ich blieb wie angewurzelt stehen. Woher wusste Adam von dem Fremden? War er etwa dort gewesen?

Ich dachte, er wäre erst am gestrigen Abend auf Buckshaw eingetroffen! Hatte ihn die Polizei etwa schon befragt?

Ich konnte mir eigentlich nicht vorstellen, dass Inspektor Hewitt einen Privatdetektiv ins Vertrauen zog, schon gar nicht einen, der aus London kam!

Doch der Tod des Fremden war inzwischen natürlich *das* Dorfgespräch. Ob mich einige Trauergäste deswegen so komisch angeschaut hatten? Vielleicht hatte Adam ja auch zwischendurch angehalten und die Neuigkeit an Bert Archers Tankstelle erfahren oder im *Dreizehn Erpel*. Oder hatte ihm jemand hier in Buckshaw die grausigen Einzelheiten geschildert?

Wenn ja, stellte sich die brennende Frage: wer?

Wer hatte noch mit angesehen, was auf dem Bahnhof passiert war? Wenn Inspektor Hewitt aus Rücksicht auf unsere Familie die Befragung der anderen Hausbewohner verschoben hatte – wer war dann noch alles Zeuge des Mordes gewesen?

Wer hatte noch alles etwas zu verheimlichen?

Ich drehte mich widerstrebend um. »Na schön. Erzählen Sie mir, was Sie wissen.«

Es gibt Menschen, von denen gleiten direkte Fragen ab wie Wassertropfen von Entengefieder, und Adam gehörte eindeutig zu dieser Gruppe.

»Terence Alfriston Tardiman, Junggeselle, Campden Gardens Nummer 3 A, Notting Hill Gate, London, W8, sieben-unddreißig Jahre alt.«

Seine unerwartete Offenheit verblüffte mich.

»Woher wissen Sie das?«

»Das ist keine Zauberei. Ich hatte ihn schon fünf Tage lang beschattet. Diesmal.«

»Was meinen Sie mit ›diesmal‹? Haben Sie ihn davor auch schon beschattet?«

Adam nickte. »Mal ja, mal nein und immer mal wieder. Das ging schon jahrelang so.«

Ich hatte nicht die leiseste Ahnung, wovon er redete, aber ich machte ein wissendes Gesicht.

»Was gibt es sonst noch über ihn zu sagen?«, fragte ich. »Außer Namen und Alter?«

»Das wollte ich ja gerade herausfinden. Wie Mr. Churchill so treffend meinte: Tardiman war ein Rätsel, das in ein Geheimnis gehüllt und von einem Mysterium umgeben war. Und jetzt, da er tot ist, gilt das mehr denn je.«

»Mr. Churchill war auch am Bahnhof«, hörte ich mich sagen. »Er hat mit mir gesprochen.«

Verflixt! Es war mir einfach so rausgerutscht.

»Winnie taucht mit Vorliebe plötzlich im Mittelpunkt des Geschehens auf. Wie Alfred Hitchcock mit den Kurzauftritten in seinen eigenen Filmen, nur ein bisschen riskanter. Ach übrigens … was hatte er dir denn mitzuteilen?«

»Er hat mir sein Beileid ausgesprochen.«

Ich würde ihm keinesfalls auf die Nase binden, dass mich Mr. Churchill gefragt hatte: »*Nun, junge Dame? Hast du mittlerweile auch eine Vorliebe für Fasanensandwiches entwickelt?*«

Jetzt, da Inspektor Hewitt und seine Leute und obendrein noch Adam Sowerby (Recherchen) in dem Fall ermittelten, tat ich gut daran, gewisse Informationen für mich zu behalten, sagte mir meine innere Stimme.

Ärgerlich genug, dass ich meine Begegnung mit Mr. Churchill überhaupt erwähnt hatte. In Zukunft würde ich verschwiegener sein müssen.

Ich überlegte eben, wie ich mich dieser brenzligen Unterhaltung wieder entziehen könnte, als sich eine große Hand auf meine Schulter legte.

Sie gehörte Denwyn Richardson, dem Vikar. Hinter ihm stand seine Frau Cynthia.

»Meine liebe Flavia«, sagte er. »Wir haben dich überall gesucht. Natürlich habe ich bereits mit deinem Vater gesprochen, aber … Ich habe ihm gesagt, wie leid es uns tut, dass wir gestern nicht mit euch zurückgefahren sind, aber die arme Mrs. Dainty ist so plötzlich von uns gegangen, und dann herrscht jedes Mal ein fürchterliches Durcheinander, ganz zu schweigen vom Telefon im Pfarrhaus, das ausgerechnet dann … Jedenfalls tut es uns sehr, sehr leid, dass alles so …«

Cynthia schob ihn weg und zog mich in eine so kräftige und bebende Umarmung, dass sie mir beinahe die Knochen brach.

Wir beide hatten schon so manchen Strauß ausgefochten. Erst vor Kurzem hatte ich vom tragischen Tod ihrer Tochter Hannah an Weihnachten vor sieben Jahren erfahren.

Hannah war genauso alt gewesen wie ich, als sie auf dem Bahnhof von Doddingsley unter einen Zug geraten war. Sie war in einem noch nicht bezeichneten Grab auf dem Friedhof von St. Tankred beigesetzt worden, und die Dorfbewohner hatten sich darauf verständigt, in Gegenwart der Richardsons nicht von dem Unglück zu sprechen. Das kleine Mädchen hatte sich damals von der Hand seines Vaters losgerissen, und er machte sich deshalb immer noch schwere Vorwürfe.

Das Beben von Cynthias Umarmung wurde zum eisigen Schauder, als mir aufging, was für eine unbarmherzige Erinnerung Terence Tardimans Tod in den beiden hervorrufen musste: Der ganze grausige Albtraum auf dem Bahnsteig war wieder zum Leben erwacht und ihnen ins Gesicht gesprungen.

Mir kamen die Tränen, und ehe ich sie zurückhalten konnte, liefen sie Cynthia auch schon in den Kragen. Doch sie schob mich nicht etwa von sich, sondern umarmte mich nur umso fester.

Auf einmal tat mir diese arme kleine Frau unendlich leid – dieses unselige kleine Geschöpf, dem ich im Lauf der Jahre so viel Abneigung entgegengebracht hatte. Was hatte sie denn schon für ein Leben, wenn man es recht bedachte? Sie war rund um die Uhr damit beschäftigt, Kranke zu besuchen, die Kirche mit Blumen zu schmücken, Sitzungen dieses und jenes Vereins zu leiten, den Gemeindesaal zu vermieten, ihrem Gatten drei Mahlzeiten pro Tag hinzustellen, Handzettel und Plakate zu entwerfen und auf einem Hektografen zu drucken oder das Kirchenblatt durch den Matrizendrucker zu nudeln, nicht zu vergessen den Terminkalender ihres Mannes zu führen, seine Kleidung auszubessern, seinen Talar zu stärken, die Kirchenbücherei zu organisieren und sich die Sorgen sämtlicher Dorfbewohner anzuhören.

Mit einem Mann verheiratet zu sein, der Priestergewänder trug, war gewiss kein Zuckerschlecken.

Sie schien mich gar nicht mehr loslassen zu wollen. Die Umarmung dauerte an, bis ich auf die Idee kam zu sagen: »Huch! Ich tue Ihnen bestimmt weh.«

Daraufhin lachten wir beide ein bisschen und entließen einander aus dieser Umklammerung auf Leben und Tod.

Adam war unterdessen weitergegangen und begutachtete kritisch die Beerdigungsblumen. Ich hätte ihn für mein Leben gern gefragt, was er dachte, traute mich aber nicht.

Inzwischen hatte Dogger die ersten Besucher ins Haus gelassen, die daraufhin den langen Aufstieg zu Harriets Boudoir angetreten hatten. So würde das bis zum Nachmittag weitergehen, wenn die Vorbereitungen zum Aufbruch getroffen wurden.

Ich konnte nur hoffen und beten, dass die beiden amtlichen Gestalten vom Innenministerium dafür gesorgt hatten, dass es nicht mehr tropfte.

Ich verabschiedete mich von den Richardsons und ging die Treppe zum Ostflügel hoch. Doch als ich oben im Flur stand, spürte ich sofort, dass ich nicht allein war.

Manchmal liegt etwas in der Luft, das weder ein Geräusch noch ein Geruch ist, sondern eher ein *Gefühl*, das unmissverständlich die Anwesenheit einer anderen Person anzeigt.

Ich öffnete schwungvoll die Tür zu meinem Zimmer und

marschierte hinein, aber dort war niemand. Im Labor war es das Gleiche. Nur Esmeralda war da, sonst keiner.

Ich schlich auf Zehenspitzen weiter und machte einen großen Schritt über die knarrenden Dielen vor der Frühstücksnische. Dann drückte ich die Türklinke des Engelszimmers hinunter – und stieß die Tür weit auf.

Undine stand auf dem Laborhocker und hielt die Brieftasche in der Hand. Sie hatte sie aus ihrem Versteck hinter der bauchigen Tapete herausgefischt.

»Du hast mich angelogen«, sagte sie. Ihre Augen waren vor Empörung weit aufgerissen. »Du hast gesagt, du willst Blumen gießen.«

Ich musste der Kleinen meine Anerkennung zollen. Sie hatte nicht nur die versteckte Brieftasche entdeckt, sondern auch eine schlagfertige Bemerkung parat, als ich sie auf frischer Tat ertappte. Genauso hätte ich mich in dieser Lage auch gern verhalten. Vielleicht würde ich ihr das irgendwann sagen – aber nicht jetzt.

Ich stapfte auf sie zu und riss ihr die Brieftasche aus der Hand.

»Du kleines Biest!«, schimpfte ich. »Ist das der Dank dafür, dass ich nett zu dir war?«

Undine zog einen Flunsch. »Du hast dich an mich angeschlichen. Ibu hat gesagt, du bist hinterhältig.«

»Ach ja? Hat sie sonst noch was gesagt?«

»Dass ich dich im Auge behalten soll.«

Mich im Auge behalten! Das brachte das Fass endgültig zum Überlaufen!

»Eine Frage, Undine«, sagte ich. »Was heißt ›Schwirr ab‹ auf Malayisch?«

»*Berambus.*«

»Sehr gut! *Berambus!*«

»Heißt das, du schickst mich weg?«

»Du bist ein kluges Kind.« Ich schob sie zur Tür. »Und jetzt: Horrido! Und komm bloß nicht wieder.«

»Du Unmensch!« Ich hatte schon geahnt, dass Undine das letzte Wort haben würde. »Ibu hatte ganz recht.«

Sie bekam die Antwort, die sie verdiente: Ich schielte schauerlich und streckte ihr die Zunge raus.

»Du siehst ja hübsch aus!« Sie kicherte und verschwand.

Hübsch? Es war das erste Mal, dass mich jemand so nannte – und sei es auch nur als Beleidigung.

Ich inspizierte mein Abbild in einem der staubigen, fleckigen Spiegel, die in dem dämmrigen Flur hingen.

Wenn ich ein Gemälde wäre, dachte ich, *würde ich* ›Mädchen in Schwarz‹ *heißen, und ein Künstler wie der Amerikaner Whistler hätte mich gemalt.*

Ich sah nicht viel mehr als ein weißes Gesicht, das mich vor einem düsteren Hintergrund anstarrte. Die einzigen Farbflecke waren meine Augen.

Der Anblick bewirkte, dass ich mich ungemein alt fühlte, ungemein traurig, ungemein ein Teil des Hauses, ungemein eine de Luce.

Das Gesicht war – was sonst? – Harriets Gesicht. Vater hatte neulich gemeint, ich sähe nicht nur aus wie sie, ich *sei* sie.

Nicht mal ein Gesicht hatte ich, das mir allein gehörte.

In diesem Augenblick, als ich mein Bild anschaute, wie es mich anschaute, machte es in meinem Inneren »*Klick*«, als hätte sich die Welt und ich mit ihr wie das hölzerne Zahnrad im Uhrwerk einer alten Standuhr ein Stückchen weitergedreht.

Besser kann ich es nicht erklären. Eben noch war ich die alte Flavia de Luce – dann – »*Klick*« – war ich immer noch die alte Flavia de Luce, aber mit einem entscheidenden Unterschied. Worin dieser Unterschied bestand, konnte ich beim besten Willen nicht erklären; ich spürte nur ganz deutlich, dass eine Veränderung eingetreten war.

Und ebenfalls in diesem Augenblick wusste ich plötzlich, was ich zu tun hatte.

Ich nahm allen Mut zusammen, denn es würde nicht leicht werden. Genau genommen würde es der schwierigste Augenblick meines Lebens werden. Dann machte ich mich auf den Weg in den Westflügel. Wieder wand sich die lange Reihe der Trauernden durch die Eingangshalle und die Treppe hinauf. Die meisten wandten den Blick ab, als ich mir unter Entschuldigungen einen Weg durch die Schlange bahnte und Vaters Arbeitszimmer ansteuerte.

Schluss mit den Halbwahrheiten, den Ausreden und Ausflüchten. Schluss mit den Appellen an das Mitgefühl, der vorgetäuschten Unwissenheit, den unter den Teppich gekehrten unangenehmen Tatsachen.

So atemberaubend einfach war das. Ja, so war es.

Ich klopfte nicht an. Ich öffnete die Tür und ging hinein.

Vaters Umriss zeichnete sich vom Fenster ab. Er sah sehr alt aus – uralt.

Er hatte mich natürlich gehört, aber er drehte sich nicht um. Er hätte die Silhouette einer Ebenholzschnitzerei sein können, ein Schemen, der hinaus auf die Rasenfläche blickte.

Ich trat neben ihn und hielt ihm wortlos Harriets Testament hin.

Er nahm es wortlos entgegen.

Wir schauten einander an. Ich glaube, es war das erste Mal, dass ich meinem Vater in die Augen sah.

Und dann tat ich, was ich tun musste.

Ich machte kehrt und ging wieder hinaus.

Klar hätte ich Vater gern in allen Einzelheiten geschildert, wie Harriets Testament in meinen Besitz gelangt war. Ich hätte ihm gern alles gestanden: meine Pläne für Harriets Wiederauferstehung und meine Vorstellungen darüber, wie ich sie als große Überraschung quicklebendig ihrem trauernden Gatten, meinem trauernden Vater, präsentiert hätte.

Was für ein Auftritt wäre das gewesen!

Doch leider war mein wohlmeinender Plan, ohne dass ich etwas dafür konnte, von diesen aufdringlichen Mördern aus dem Innenministerium durchkreuzt worden.

Sie waren schuld, dass Harriet jetzt ein für alle Mal tot bleiben würde.

Vater würde sich anhand des Dokuments zusammenreimen, was ich getan hatte. Es bedurfte keiner Worte.

Selbstverständlich stand es mir nicht zu, den letzten Willen meiner Mutter zu lesen, und ich war froh, dass ich es nicht getan hatte. Das war es, was ich begriffen hatte, als ich mich im Spiegel betrachtete. Dass es nicht an mir war, ihr Testament zu lesen.

Ich hatte das Blatt aus der unappetitlichen Brieftasche gezogen und in Vaters Hände gelegt.

Ich hatte das Richtige getan, und damit würde ich verdammt noch mal leben müssen.

23

Es waren nur noch ein paar Stunden bis zu Harriets Beerdigung. Ich musste mich ranhalten.

Also schlenderte ich über den Visto, als wollte ich nur ein
bisschen spazieren gehen.

Ganz hinten auf dem uralten, unkrautüberwucherten Rasen werkelte Tristram Tallis am Motor der im Leerlauf vor
sich hin pröttelnden *Blithe Spirit* herum. In der bläulichen
Qualmwolke, die ihn umgab, war er in seinem blauen Overall fast unsichtbar. Er winkte mir mit dem Schraubenschlüssel.

»Wenn du wegen einer zweiten Spritztour kommst, hast
du leider Pech«, verkündete er, als ich vor ihm stand.

»*»Und er tat den Brunnen des Abgrunds auf*‹«, deklamierte eine wohlbekannte Stimme dramatisch, »*»und es stieg
auf ein Rauch aus dem Brunnen wie der Rauch eines großen
Ofens...*‹«

Auf der anderen Seite des Flugzeugs tauchte unversehens
Adam Sowerby auf.

»*»... und es wurden verfinstert die Sonne und die Luft von
dem Rauch des Brunnens.*‹ Wer der Verfasser der ›Offenbarung‹ auch gewesen sein mag – als er diese Worte schrieb,
hat er eindeutig an störrische Flugzeugvergaser gedacht.«

Adam gab andauernd irgendwelche Zitate von sich. Sie
quollen aus ihm heraus wie Marmelade aus einem zusam-
mengequetschten Brötchen.

»Verschonen Sie das Kind damit«, sagte Tristram, als wäre ich gar nicht da.

Die ganze Szene hatte etwas traumartig Unwirkliches. Wie wir drei auf einem ruinierten Rasen im strudelnden Qualm eines stotternden Flugzeugmotors standen und Adam die ganze Zeit irgendwelchen poetischen Unsinn brabbelte – sogar der Verfasser der »Offenbarung« hätte sich vor Lachen auf dem Boden gewälzt.

Nur Tristram schien ansatzweise wirklich zu sein, auch wenn er mich mit seinem ausgeleierten Overall und dem Schraubenschlüssel in der Hand an einen Hofnarren erinnerte, der einen Stock mit einer daran befestigten Schweinsblase schwenkte.

Wer war er denn nun eigentlich? Abgesehen davon, dass er Buckshaw schon früher einen Besuch abgestattet und Harriet die *Blithe Spirit* abgekauft hatte, dass er behauptete, in der Luftschlacht um England mitgekämpft zu haben, und dass Mrs. Mullet ihn anhimmelte, wusste ich nicht das Geringste über den Mann.

War er derjenige, für den er sich ausgab? Nicht nur einmal hatte ich die Erfahrung gemacht, dass Fremde nicht immer ehrlich waren, was ihre Identität betraf. Einige schienen sie so mühelos abzustreifen wie einen nassen Regenmantel.

Ich brannte darauf, Adam nach seinem frühmorgendlichen Besuch im Haus Krähenwinkel zu fragen, aber vor Tristram wollte ich das nicht riskieren.

Als könnte er Gedanken lesen, zwinkerte Adam mir hinter dem Rücken des Piloten verstohlen zu. Ich reagierte nicht darauf.

Tristram griff ins Cockpit, und der Propeller kam knatternd zum Stehen. »Verdreckte Zündkerze«, verkündete er.

»Der Vergaser ist in Ordnung. So viel zum Thema ›Offenbarung‹, Sowerby.«

Adam zuckte die Achseln. »Leider schreibt Johannes nicht
allzu viel über Zündkerzen, es sei denn, man nimmt an, dass
er mit ›Blitzen und Donner‹ und den ›sieben Fackeln mit
Feuer vor dem Thron‹ die Erfindung des Sternmotors vor-
hergesehen hat – aber das haut nicht ganz hin, oder? Schließlich hat das alte Mädchen hier vier Zylinder und nicht sieben, und außerdem...«

Ich funkelte ihn vernichtend an! Wenn ein erwachsener
Mann, und sei er noch so eine Frohnatur, albern wird, ist das
einfach nur peinlich.

Außerdem war hier etwas faul. Warum sollten zwei Haus-
gäste am Morgen einer Beerdigung auf einer abgelegenen
Wiese an einem Flugzeug herumbasteln und dabei Bibel-
zitate aufsagen?

Hatte es sich bei dem hochgewachsenen Mann, den ich in
dem alten Film am Fenster meines Labors gesehen hatte, um
Tristram Tallis gehandelt? Oder doch um den Mann, der unter den Zug gestoßen worden war?

Vielleicht war es auch keiner von beiden gewesen, aber danach konnte ich schlecht fragen. Denn der eine war tot und
der andere... Nun, der andere – wenn er der war, für den ich
ihn hielt, würde er die Wahrheit wohl kaum einem kleinen
Mädchen anvertrauen, auch wenn das Mädchen schon *fast
zwölf* war.

Blieb noch Adam Sowerby. Alles lief darauf hinaus: Was
hatte er in Bishop's Lacey zu suchen, und wer war sein Auftraggeber? War er als Privatdetektiv hier? Oder als Freund
der Familie?

Solange diese Fragen noch offen waren, konnte ich keinem der beiden Männer über den Weg trauen.

Wie so oft war ich auf mich allein gestellt.

»Wenn Sie mich bitte entschuldigen wollen«, sagte ich, »ich habe noch zu tun.«

Ich schlenderte so lange nach Süden, in Richtung des künstlichen Sees, bis mich die Backsteinmauer des Küchengartens verbarg. Dann änderte ich die Richtung und ging nach Osten, um den See herum, bis mir die Bäume im Gehölz Deckung gaben. Nun noch über die kleine Brücke zur Rinne, und schon kurz darauf erklomm ich den Goodger Hill.

Wären der Hügel und der Kürbiskopf nicht so steil gewesen, hätte ich Gladys mitgenommen. Ich stellte mir vor, wie sie allein zu Hause saß und darüber grübelte, weshalb ich sie zurückgelassen hatte. Doch Gladys fand es zwar herrlich, in vollem Karacho einen Hügel hinunterzusausen, konnte es aber nicht ausstehen, Abhänge hochgeschoben zu werden. Davon bekamen wir beide schlechte Laune.

Seufzend stapfte ich weiter meinem Ziel entgegen.

Haus Krähenwinkel lag zwischen ungepflegten Wiesen und uralten Buchen und war ein feuchtes, allmählich verfallendes Monstrum, dessen Fassade aus unzähligen Giebeln und dessen Innenleben aus muffigen, endlosen Fluren bestand.

Eine Pilzzucht für Menschen, ging es mir durch den Kopf.

Es war nicht mein erster Besuch dort. Schon früher hatte ich mal Dr. Kissings Rat gesucht, und ich muss zugeben, dass ich mich auf ein Wiedersehen mit dem alten Herrn richtig freute.

Ich ging über den knirschenden Kies des jetzt leeren Vorplatzes und drückte die Haustür auf. Dass der Empfangstresen zu dieser Zeit besetzt war, hielt ich für unwahrscheinlich, und ich behielt recht.

Neben derselben silbernen Glocke stand immer noch dasselbe schmuddelige Pappschild mit der Aufschrift: *Bitte klingeln.*

Ich ignorierte die Aufforderung.

Von irgendwoher hörte ich Stimmengewirr und Geschirrgeklapper. Es roch säuerlich nach Großküchenessen, das offenbar hauptsächlich aus Kohl und den davon herrührenden Gasen bestand.

Dr. Kissing würde dort zu finden sein, wo er immer zu finden war – am hintersten Ende des Wintergartens.

Das pustelige Linoleum zischte und knallte abscheulich unter meinen Schuhsohlen, als ich den kahlen, weitläufigen Raum durchquerte.

Hinter der hohen Lehne des wohlbekannten Rollstuhls aus Korbgeflecht kräuselte sich ein silberner Faden aus Zigarettenrauch an die dunkle, hohe Decke.

»Tag, Flavia«, begrüßte mich Dr. Kissing, ohne den Kopf zu wenden. Dann legte er raschelnd die *Times* beiseite.

Ich ging rasch dorthin, wo er mich sehen konnte, und gab ihm zwei höfliche Begrüßungsküsschen auf die Wangen. Seine Haut war so runzlig und trocken, wie ich mir die Schriftrollen vorstellte, die man in einer Höhle am Ufer des Toten Meeres entdeckt hatte.

»Du kommst wegen deiner Mutter«, sagte er.

Ich schwieg.

»Ich habe dich schon erwartet«, setzte er hinzu.

Dr. Kissing redete nicht lange um den heißen Brei herum. Dann würde ich das auch nicht tun.

»Mein Vater war heute Morgen hier«, sagte ich. »Vor Sonnenaufgang.«

Dr. Kissing schaute mich durch den Zigarettenrauch hindurch gelassen an. In dem mausgrauen Morgenmantel und dem Samtkäppchen mit der Troddel hätte er einer jener uralten orientalischen Götzen sein können, wie sie, friedlich in einer Wolke aus Räucherwerk hockend, auf den Einbänden der Kriminalromane abgebildet waren, die ich in der Buchhandlung Foyles gesehen hatte.

Wenn ich das Spiel mitspielen wollte, konnte ich ebenso gut die Karten auf den Tisch legen.

»Und Tante Felicity und Adam Sowerby auch«, ergänzte ich.

»Richtig«, sagte er nach einer Pause, aber in freundlichem Ton. »Die drei waren hier.«

»Ich habe ihre Automobile vor dem Haus gesehen.«

»Tatsächlich?«

»Von der *Blithe Spirit* aus, Harriets Doppeldecker. Der jetzige Besitzer hat mich auf einen Rundflug mitgenommen.«

Dr. Kissing nickte wissend, drückte seine Zigarette aus und nahm sich eine neue.

»Haben Sie uns gehört?«

»Das Geräusch einer Gypsy Moth, die wie eine muntere Nähmaschine am Himmel über diesem gekrönten Eiland rattert, ist eine der wenigen beruhigenden Konstanten in unserer sich ständig wandelnden Welt. Die Uhrzeit war fünf Minuten vor sechs und schätzungsweise eine Viertelstunde vor Sonnenaufgang, glaube ich.«

Gab es denn nichts, was diesem ehrwürdigen Quell des Wissens entging?

»Mein herzliches Beileid zum Tod deiner Mutter«, sagte er mit plötzlicher Feierlichkeit und fügte nach kurzem Nachdenken hinzu: »Du musst heute besonders tapfer sein.«

Er musterte mich mit seinen wässrigen Greisenaugen, und ich spürte, dass der Augenblick gekommen war – die einzige Gelegenheit, das zu tun, was ich mir vorgenommen hatte, zu sagen, was ich ihm zu sagen hatte.

Er hatte mich ermahnt, tapfer zu sein, und ich würde tapfer sein.

Ich holte tief Luft.

»Sie sind der Wildhüter, stimmt's?«

Aufreizenderweise drückte er die eben erst angezündete Zigarette in dem überquellenden Aschenbecher aus und klaubte umständlich eine neue aus dem flachen Etui – aber nicht etwa, weil er verunsichert war, sondern im Gegenteil, weil er Herr der Lage war – ganz und gar Herr der Lage.

»Hol dir den Sessel dort heran.« Er zeigte auf ein üppig gepolstertes Ungeheuer in der Ecke.

Ich schob das Möbel, das auf dem zerfurchten Linoleum scheußlich quietschte, auf eine Stelle zwischen dem Rollstuhl und dem Fenster.

Dann setzte ich mich brav hin und wartete ab.

»Ich will dir eine Geschichte erzählen«, fing er an. »Mal angenommen, es gab vor langer, langer Zeit irgendwo in England ein altes, baufälliges Pfarrhaus, in dem unter größter Geheimhaltung einige der klügsten Köpfe des ganzen Landes zusammenkamen.«

Bei der Vorstellung von langen Regalreihen eingeweckter Köpfe, ein jeder in seinem eigenen Glasbehälter und säuberlich auf dem Wandbord einer halbdunklen Küche aufgereiht, grinste ich in mich hinein.

»Ist das ein Märchen?«, fragte ich. »Oder eine wahre Geschichte?«

»Das Gesetz zum Schutz von Staatsgeheimnissen hat auch nach so vielen Jahren noch einen erstaunlich langen und mächtigen Arm. Darum wollen wir es bei einem Märchen belassen.«

»Meine Schwester Daffy sagt, dass alle Märchen und Mythen einen wahren Kern haben.«

»Deine Schwester vereint die Vorzüge einer Dame mit denen einer Gelehrten«, erwiderte er. »Sie wird es noch weit bringen. – Nun denn … Diese Köpfe, wie ich sie nennen will, und es handelte sich um die Besten der Besten, um es noch einmal zu betonen, erhielten den Auftrag, den Geheimcode eines fernen Kaisers zu entschlüsseln.«

»War es ein böser Kaiser?«

»Oh ja – wie alle Kaiser im Märchen. Alles andere wäre auch witzlos. Der böse Kaiser ist für die Demokratie von entscheidender Bedeutung.«

Ich verstand kein Wort, ließ mir aber nichts anmerken.

»Nehmen wir außerdem an, unsere über das Land verteilten Beobachtungsstationen hätten sämtliche verschlüsselten Funksprüche von sämtlichen Schiffen des Kaisers auf sämtlichen Weltmeeren und auch von sämtlichen seiner Flugmaschinen abgefangen und gesammelt, und es wäre ihnen zwar gelungen, einen oder zwei seiner Codes zu knacken, aber längst nicht alle, und es gab deren viele.«

»Sie sprechen von Japan, nicht wahr?« Bei einem der von Vater verordneten, mit Anwesenheitspflicht verbundenen Radioabende hatten wir im *BBC Home Service* eine Sendung zu diesem Thema gehört. Außerdem war bekanntlich von allen feindlichen Ländern, mit denen wir noch vor wenigen Jahren Krieg geführt hatten, Japan das einzige mit einem Kaiser.

Dr. Kissing ging nicht auf meinen Einwurf ein und fuhr fort: »Das Problem war folgendes: Sobald wir einen Code geknackt hatten, dachte sich der Kaiser einen neuen aus.«

»Woher wusste der Kaiser denn, dass sein Code geknackt war?«

»Bravo, Flavia! Ich freue mich, dass du die Hoffnungen, die ich in dich gesetzt habe, nicht enttäuschst. Tja – *woher* wusste er das?«

»Weil es ihm jemand erzählt hat. Ein Spion!«

Ich war stolz auf mich.

»Ein Spion«, wiederholte Dr. Kissing. »Ein einfaches, schlimmes Wort mit komplizierten, schlimmen Folgen.« Ein bläulicher Rauchschwall unterstrich diese Bemerkung. »Und was wäre«, fuhr er fort, »wenn dieser Spion nun einer der Unseren wäre, einer der Höchstgestellten unter uns? Jemand, dem sogar, bildlich gesprochen, der König sein Ohr leiht?«

»Hochverrat!«, sagte ich, wahrscheinlich ein wenig zu laut.

»Allerdings. Hochverrat. Aber was sollen wir dagegen unternehmen?«

»Ihm das Handwerk legen!«

»Wie?«

Dr. Kissing hatte mich in die Enge getrieben wie die Katze eine Maus. Die Antwort auf seine Frage lag auf der Hand, trotzdem scheute ich mich, sie auszusprechen.

»Und?«

»Na ja... indem man den Betreffenden umbringt, nehme ich an.«

»Ihn umbringt«, wiederholte Dr. Kissing abermals, was ich gesagt hatte, und das in ganz sachlichem Ton. »Einfach so. Allerdings ist auch ›umbringen‹ wie ›Spion‹ ein ganz einfaches, zugleich aber äußerst unangenehmes Wort.«

»Dann muss man den Kerl eben schnappen.«

»Ganz recht. Mal angenommen, der Verräter in unserem Märchen bekleidet einen hohen Posten in einem entfernten Ableger unseres eigenen Außenministeriums. Nehmen wir jetzt noch an, dass er einen tadellosen Ruf genießt. Was dann?«

Ich dachte lange und angestrengt nach, bevor ich antwortete. »Dann muss man ihn nach Hause holen und hier vor Gericht stellen«, sagte ich schließlich.

Bei einem seiner Mittwochsvorträge hatte Vater das Thema »Justiz« unter den verschiedenen Aspekten des britischen Regierungswesens behandelt, deshalb war ich der Meinung, dass ich mich mit diesem Thema ziemlich gut auskannte.

Trotzdem war ich nicht restlos zufrieden mit meinem Lösungsvorschlag, doch ein besserer fiel mir nicht ein. Offen gestanden fing Dr. Kissings »Märchen« an, mich zu langweilen. Nein, nicht zu langweilen... ich fühlte mich unwohl dabei.

»Und wie geht Ihr Märchen nun aus?«

Dr. Kissing ließ sich mit der Antwort ewig Zeit. Er nahm die Brille ab, zog ein makellos weißes Taschentuch aus dem Morgenmantel, putzte mit geradezu besessener Gründlichkeit beide Gläser, setzte die Brille wieder auf und wählte provozierend umständlich eine neue Zigarette aus seinem Etui.

»Das... hängt von dir ab, Flavia«, sagte er dann.

Die Stille, die zwischen uns eintrat, war zunächst durchaus angenehm, wurde aber rasch unerträglich.

Ehe ich mich's versah, war ich aufgestanden und ans Fenster getreten. Unfassbar! Ich benahm mich schon wie Vater!

Dieses angebliche »Märchen« gab mir doch ziemlich zu denken. Von meinen chemischen Experimenten war ich daran gewöhnt, mit Hypothesen zu arbeiten, aber das hier war mir dann doch zu hoch. Es gab einfach zu viele Unbekannte, zu viele Mutmaßungen, zu viele versteckte, rätselhafte Bedeutungen.

Draußen vor dem Fenster standen die alten Buchen in voller Pracht. Die beiden senilen Damen, die bei meinen früheren Besuchen zwischen den Bäumen getanzt hatten, ließen sich nicht blicken.

Es gab keine willkommenen Ablenkungen. Ich musste mich der Wirklichkeit stellen.

»Sie haben meine Frage noch nicht beantwortet, Dr. Kissing. Sie sind der Wildhüter, nicht wahr?«

»Nein«, sagte er nach einer Pause bedauernd, vielleicht auch ein bisschen widerstrebend. »Nein, nein... der bin ich nicht.«

»Wer ist es dann?«

So gern ich den alten Herrn auch hatte, seine Ausweichmanöver strapazierten meine Geduld.

Dr. Kissing legte, beinahe unbewusst, erst den rechten Zeigefinger auf die Lippen und dann den linken.

Als er schließlich wieder sprach, klang er auf einmal alt und müde, und zum ersten Mal im Lauf unserer Bekanntschaft fürchtete ich um sein Leben.

»Das musst du selbst herausfinden, Flavia«, erwiderte er mit so schwacher und leiser Stimme, als sei sie nur das Echo eines fernen Windhauchs.

»Ja, auch *das* musst du selbst herausfinden.«

24

Am Ostufer des künstlichen Sees begegnete ich Dieter. Er trug einen schwarzen Anzug, der aussah, als hätte er ihn sich ausgeborgt, denn er war ihm ein bisschen zu eng.

»Alle suchen dich«, verkündete er.

»Tut mir leid. Ich musste mal einen längeren Spaziergang machen. Wer ist ›alle‹?«

»Dein Vater, deine Tante Felicity, Ophelia und Daphne« – er bestand darauf, meine Schwestern bei ihren vollständigen Vornamen zu nennen –, »und Mrs. Mullet auch.«

Das waren zugegebenermaßen tatsächlich so gut wie alle, aber ich freute mich insgeheim, dass Dogger nicht nach meinem Verbleib gefragt hatte.

»Woher haben Sie gewusst, wo Sie mich suchen müssen?«

»Mr. Tallis und Mr. Sowerby meinten, du wärst in Richtung Gehölz gegangen.«

»Mr. Tallis und Mr. Sowerby sind elende Klatschbasen!«

Dieter lachte. In seiner Gegenwart musste ich mich nicht verstellen. Ich musste nicht befürchten, ermahnt, bestraft oder verpetzt zu werden.

»Was halten Sie von der *Blithe Spirit*? Tristram hat mich heute Morgen zu einem kleinen Rundflug mitgenommen. Sind Sie da nicht neidisch?«

Dieter hatte als Pilot bei der deutschen Luftwaffe gedient und war unweit von Bishop's Lacey abgeschossen worden. Als Kriegsgefangener hatte er auf Mr. Inglebys Hof in der Land-

wirtschaft gearbeitet. Bei Kriegsende hatte er sich dann entschieden, in England zu bleiben, und inzwischen, sechs Jahre
später, war er mit meiner Schwester Feely verlobt. Die Welt
war schon irgendwie komisch, wenn man es recht bedachte.

»Die *Blithe Spirit* ist eine schöne Maschine«, entgegnete
er. »Neidisch bin ich trotzdem nicht. Ich war lange genug
Flieger.«

»Wie hält sich Feely?«, fragte ich. Ich hatte kaum noch an
meine Schwester gedacht.

»Sie isst nicht und schläft nicht. Sie denkt nur noch an die
Musik bei der Beerdigung eurer Mutter.«

»Sie Ärmster.« Es sollte ein Scherz sein.

»Kannst du nicht mal mit ihr reden, Flavia? Damit würdest du mir einen Riesengefallen tun.«

Ich? *Ich* sollte mit Feely reden? Was für eine absurde Idee!

»Auf dich hört sie bestimmt. Sie redet die ganze Zeit nur
von ›meiner genialen kleinen Schwester‹.«

»Ha!«, machte ich. Wenn ich verblüfft war, war ich nicht
eben die Wortgewandteste.

Auf dich hört sie. So ein Unsinn. Feely würde lieber Frö-
sche mit Schlagsahne verspeisen, als irgendetwas ernst zu
nehmen, was von mir kam.

Trotzdem – man soll ja nichts unversucht lassen.

»Mal sehen, was ich tun kann«, sagte ich. »Aber ich hätte
gedacht, Sie würden Feely lieber selbst trösten wollen.«

»Deine Schwester braucht keinen Trost«, entgegnete Dieter, »sondern eine weibliche Schulter. Verstehst du, was ich
meine?«

Eine weibliche Schulter war eine weibliche Schulter. Was
gab es daran groß zu verstehen?

Ich nickte und konnte mir nicht verkneifen hinzuzusetzen:
»Leicht wird das aber nicht.«

»Nein«, stimmte mir Dieter zu. »Ich glaube, der Verlust eurer Mutter trifft sie noch härter als ...«

»... als Daffy und mich?«, fiel ich ihm ins Wort.

Er widersprach nicht. »Sie hat mehr Erinnerungen an eure Mutter als Daphne und du. Sie hat mehr zu betrauern.«

Damit traf er den Nagel auf den Kopf. Eben das gehörte zu den Dingen, die ich meiner Schwester am meisten verübelte – auch wenn bei näherer Betrachtung ausschließlich ich die Eifersüchtige war und nicht sie.

»Arme Feely«, sagte ich und beließ es dabei.

»Wenn wir erst verheiratet sind, geht es ihr bestimmt besser«, sagte Dieter. »Wenn sie aus Buckshaw wegziehen kann. Hier gibt es zu viele Gespenster.«

Gespenster? So hatte ich die Sache noch nie betrachtet. Jedes Gespenst, das etwas auf sich hielt, würde lieber sterben, als durch die Flure von Buckshaw zu spuken.

Was mich zu der Überlegung führte: *Wenn die Toten sterben – erwachen sie dann wieder zum Leben? Geht es bei der Wiederauferstehung etwa darum – um den Tod der Toten?*

Auch wenn es mir nicht gelungen war, Harriet wieder lebendig zu machen und ihrer Familie wiederzuschenken, Vorwürfe konnte man mir deshalb wohl kaum machen. Die Männer vom Innenministerium hatten mein Experiment gestört, und eine zweite Chance würde sich nicht bieten, darüber war ich mir völlig im Klaren. Man würde Harriet zur ewigen Ruhe betten und Schluss.

Wie traurig, dass wir einander nie kennenlernen würden.

Traurig war gar kein Ausdruck – eine elende Schande war das!

Wir blieben an der Ecke der Backsteinmauer stehen, die den Küchengarten umgab.

»Kopf hoch«, sagte ich und merkte im selben Augenblick,

dass ich das Gleiche schon zu Daffy gesagt hatte. »Was machen eigentlich Ihre Berufspläne?«

Dieters innigster Wunsch, abgesehen vielleicht von dem Wunsch, meine Schwester zu heiraten, war der, englische Schüler in englischer Literatur zu unterrichten. Er hatte schon immer für die Brontë-Schwestern geschwärmt und konnte es kaum erwarten, seine Begeisterung in einem richtigen Klassenzimmer jungen Menschen zu vermitteln.

Seine Miene hellte sich schlagartig auf. »Kannst du ein Geheimnis für dich behalten?«, fragte er.

Ich hätte beinahe laut gelacht. Von den Milliarden Menschen, die der Planet Erde jemals beherbergt hatte, gab es wohl keinen – keinen einzigen! –, der seine Lippen fester versiegeln konnte als Flavia de Luce.

Ich legte den rechten Zeigefinger auf den Mund und spreizte zwei Finger der Linken zum hasenohrigen Schwurzeichen.

»Bei meinem Blute«, gelobte ich, ein Schwur, den nur Eingeweihte kannten.

»Dein Vater hat in Greyminster ein gutes Wort für mich eingelegt. Im Herbst kann ich dort mit dem Unterrichten anfangen.«

Ich umarmte ihn stürmisch. Zwar hatte ich mitbekommen, dass Dieter in den Osterferien zu einem geheimnisvollen Examen gefahren war, aber dann hatte ich nichts mehr davon gehört.

»Haruh!«, jubelte ich. »Das ist ja famos! Herzlichen Glückwunsch!«

»Aber behalt es noch für dich. Wir möchten nicht, dass es schon jemand vor der Beerdigung erfährt.«

Das Wörtchen »wir« fiel mir sehr wohl auf.

Ich umarmte ihn noch einmal. »Hallo, Mr. Chips! Keine Sorge. Bei mir ist Ihr Geheimnis gut aufgehoben.«

Er schenkte mir sein umwerfendes Lächeln und bot mir den Arm. »Wollen wir reingehen? Ich sage den anderen Bescheid, dass du wieder da bist.«

Trotz des schönen Wetters herrschte im Haus eine Kälte, die nicht leicht zu beschreiben war. Als wäre plötzlich eine neue Eiszeit über die Welt gekommen, eine Veränderung, die alle überrumpelt hatte und jeden Einzelnen in eine Art fröstelnde Trägheit verfallen ließ.

In der Eingangshalle schauten die letzten Trauergäste einander mit leeren Blicken an, gerade so, als würden sie von einem Moment zum anderen ihre Nachbarn nicht mehr erkennen.

Eine beklommene Stille lag über dem Ganzen, die nur vom Schlurfen der Schuhsohlen auf dem schwarz-weißen Marmor unterbrochen wurde. Und dem unterdrückten Schluchzen und Schniefen einer Frau, die ich noch nie gesehen hatte.

Wahrscheinlich wurde uns allen bewusst, dass der Zeitpunkt von Harriets Beerdigung näher rückte.

Es würde ein grauenhafter Nachmittag werden.

Ich entdeckte Feely im Salon. Sie saß mit weißem Gesicht am Klavier, ihre Augen waren rot wie rohes Fleisch. Ihre Finger glitten über die Tasten, doch das Instrument gab keinen Laut von sich. Es sah aus, als hätte sie nicht mehr die Kraft, ihm Töne zu entlocken. Ich blieb einen Augenblick an der Tür stehen und versuchte, an ihrem Fingersatz zu erkennen, welche stumme Melodie sie spielte.

Zumindest konnte ich der Unterhaltung einen zivilisierten Auftakt geben.

»Es tut mir leid, Feely«, sagte ich. »Ich weiß, wie schwer das alles für dich ist.«

Sie wandte langsam den Kopf, bis der flackernde Blick ihrer verschwollenen Augen an mir hängen blieb.

»Ach ja? Weißt du das?«, fragte sie. Und dann, nach einer unermesslich langen Zeitspanne, setzte sie hinzu: »Das freut mich.«

Sie sah alles andere als erfreut aus.

Normalerweise, auch wenn ich ihr das niemals sagen würde, ist meine Schwester Feely umwerfend schön. Ihr Haar leuchtet wie Gold, ihre blauen Augen strahlen. Auch ihr Teint hatte sich, nachdem er seine vulkanische Tätigkeit eingestellt hatte, in eine »englische Pfirsich-Sahne-Haut« verwandelt, wie es die Filmzeitschriften gerne nannten.

In diesem Augenblick jedoch, in dem sie mit hängenden Schultern vor mir am Klavier hockte, erhaschte ich einen kurzen Blick darauf, wie sie als alte Frau aussehen würde, und das war kein schöner Anblick. Offen gestanden, war es ziemlich erschreckend.

Schlimmer noch: Mich überkam grenzenloses Mitleid.

Ich hätte ihr so gern erzählt, dass ich alles versucht hatte, um Harriet von den Toten zurückzuholen, damit wir allesamt – Feely, Vater, Daffy und ich, nicht zu vergessen Dogger und Mrs. Mullet – glücklich und zufrieden bis an unser seliges Ende leben konnten.

So ähnlich wie Dr. Kissings Geschichte: halb Wahrheit, halb Märchen. Aber welche Hälfte war was?

Das konnte ich selbst nicht mehr beurteilen.

Zog mich dieser Albtraum in die Wirklichkeit oder ins Reich der Fantasie?

»Kann ich irgendwas für dich tun?«, fragte ich und kämpfte gegen den Sog meines erschöpften Bewusstseins an.

Ich spürte jetzt, wie wenig ich selbst geschlafen hatte und wie deutlich sich dieser Umstand auf mich auswirkte.

»Allerdings«, erwiderte Feely. »Du kannst dich heute Nachmittag zusammenreißen und uns keine Schande machen.«

Als wäre ich ein Landstreicher an der Hintertür.

Ich glaube, es war das »uns«, das mich am meisten schmerzte. Noch so ein einfaches, kleines Wort mit einem langen Schatten: drei kleine Buchstaben, die mich von einer Schwester in eine Außenseiterin verwandelten.

»Hat Tante Felicity schon mit dir gesprochen?« Ihr Ton war auf einmal so kalt und steif wie geschlagenes Eiweiß.

»Gesprochen? Worüber?«

Feely drehte sich wieder zum Klavier um, ließ die Hände auf die Tasten fallen und drosch die brutalste, misstönendste, quälendste Akkordfolge in die Tasten, die man sich vorstellen kann.

Ich hielt mir die Ohren zu und ergriff die Flucht.

Ich rannte durch den Flur und die Eingangshalle – zum Teufel mit den gaffenden Trauergästen! –, die Treppe hoch und in den Ostflügel.

Dort riss ich die Tür zu meinem Labor auf, stürmte hindurch, knallte die Tür hinter mir zu und warf mich mit dem Rücken dagegen.

Ein hochgewachsener Mann drehte sich um. In der erhobenen Hand hielt er das Reagenzglas, das er gerade inspiziert hatte.

Es war Sir Peregrine Darwin.

25

Das hier dürfte wohl Blausäure sein«, sagte er. Er hörte sich ganz und gar nicht freundlich an.

Ich nickte. Leugnen hatte wenig Zweck, schon gar nicht gegenüber einem Mann, der von Berufs wegen darauf spezialisiert war, Blausäure zu erkennen.

»Das hier war das Labor meines Großonkels Tarquin de Luce. Vielleicht haben Sie schon mal von ihm gehört?«

Zugegeben, das war riskant, aber etwas Geschickteres fiel mir gerade nicht ein. Vielleicht hatte Sir Peregrine ja zusammen mit Onkel Tarquin in Oxford studiert? Nein, dafür war er nicht alt genug. Aber vom Werk meines Onkels hatte er bestimmt gehört. Vielleicht hatte er ihn sogar als Junge verehrt.

Auch für Chemiker galt: Blut ist dicker als Wasser – hoffentlich.

Leider ging meine Taktik nicht auf. Sir Peregrine schluckte den Köder nicht. Er stellte das Reagenzglas mit einer Sorgfalt wieder in den Ständer, die ich unwillkürlich bewundern musste.

Dieser Mann wusste, was er tat.

»Der Sarg deiner Mutter wurde mit einer fünfundzwanzig Zentimeter langen Blechschere aufgeschnitten«, sagte er vorwurfsvoll.

Ich gab mir Mühe, ein ungläubiges Gesicht zu machen.

»Tja, du hast dein Handwerkszeug liegen lassen. Wir

haben es nach London zur Untersuchung geschickt und eben die Auskunft bekommen, dass deine Fingerabdrücke – und nur deine – überall darauf verteilt sind. Würdest du mir das bitte erklären?«

Donnerwetter! Meine Fingerabdrücke waren archiviert? Ich gebe zu, ich fühlte mich geschmeichelt. Die Polizei in Hinley hatte sie anscheinend nach einer meiner früheren Ermittlungen nach London weitergereicht.

Auch Sir Peregrine konnte ich meine Anerkennung nicht versagen. Er fackelte offenbar nicht lange. Wenn es ihm innerhalb von ein paar Stunden gelungen war, ein Beweisstück nach London zu schicken, es untersuchen und anschließend wieder zurückschicken zu lassen, war er eindeutig auf Draht. Inspektor Hewitt würde grün vor Neid werden. Ich konnte es kaum erwarten, ihm davon zu erzählen.

»Also?«

Er wartete. Seine Miene konnte man nur als grimmig bezeichnen. »Falls Sie sich darüber nicht im Klaren sind, Miss de Luce: Die Störung der Totenruhe ist...«

Ich wurde knallrot. »Ich habe sie nicht gestört! Ich habe sie nicht angerührt!«

»Was hast du dann getan, wenn ich fragen darf?«

»Sie war meine Mutter. Ich habe ihr Gesicht noch nie gesehen. Ich wollte... bevor sie beerdigt wird...«

Ich sah ihn fest an und wollte ihn zum Wegschauen zwingen, aber meine Unterlippe zitterte.

Sir Peregrine schaute nicht weg.

Er kam langsam auf mich zu und schien mit jedem Schritt größer zu werden, bis er über mir schwebte wie ein Raubvogel über seiner Beute.

Ich duckte mich unwillkürlich.

»Peregrine!«

Die Stimme zerschnitt die Luft wie die Klinge eines Messerwerfers.

Ich fuhr herum.

»Tante Felicity!«

»Felicity!«, sagte auch Sir Peregrine.

»Was machst du mit dem Kind?«

Ich hätte jubeln können, obwohl sie soeben die unverzeihlichste aller Sünden begangen hatte.

»Nun, Peregrine? Eine Erklärung, bitte.«

»Ich habe lediglich getan, wozu mich die Regierung Seiner Majestät verpflichtet.«

»Papperlapapp. Du wolltest der Kleinen Angst machen. Du solltest dich was schämen!«

»Felicity ...«

Sir Peregrine stand mit angstvoll aufgerissenen Augen da, als hätten sich die Furien auf ihn gestürzt, jene Rachegöttinnen der Unterwelt mit den schwarzen Gewändern, den blutunterlaufenen Augen und den Schlangenhaaren, deren schöne Aufgabe es ist, Bösewichte zu bestrafen.

»Komm, Flavia.« Tante Felicity renkte mir fast den Arm aus, als sie mich am Ellbogen packte und aus dem Raum schob. »Wir beide müssen uns mal unterhalten.«

Erst auf halber Treppe ließ sie mich wieder los.

»Schnell«, sagte sie, scheuchte mich durch die Küche, hielt die Tür auf und schob mich ins Freie.

»Wo gehen wir hin?«

»Das wirst du gleich sehen«, sagte sie.

Ich kann Leute nicht ausstehen, die so etwas sagen.

Sie ging mit großen Schritten voran, und selbst nachdem wir den Visto zur Hälfte überquert hatten, musste ich mich anstrengen, mit ihr Schritt zu halten. Für eine ältere Dame war Tante Felicity bemerkenswert gut in Form.

Die *Blithe Spirit* stand noch an Ort und Stelle, aber Tristram Tallis war nirgends zu sehen. Adam Sowerby übrigens auch nicht.

»Steig ein«, befahl Tante Felicity.

Ich kletterte auf die Tragfläche und ließ mich auf den vorderen Sitz fallen. Tante Felicity marschierte ohne Zögern zur Nase des Flugzeugs und brachte den Propeller erstaunlich kraftvoll in Schwung.

»Schalte den Motor an!«, rief sie.

Ich warf einen Blick auf das Armaturenbrett und entdeckte nur einen einzigen Schalter. »Magneto« stand darauf, und ich drehte ihn nach rechts.

»Ist an!«, rief ich.

Ich hatte diesen Vorgang schon im Kino gesehen, aber noch nie Gelegenheit gehabt, ihn selbst durchzuführen.

Tante Felicity brachte den Propeller noch einmal zum Rotieren, und wie schon am Morgen sprang die Kiste mit lautem Röhren an.

Was immer Tristram mit der verdreckten Zündkerze angestellt hatte, das Problem war offensichtlich gelöst. Der Motor knatterte geschmeidig und selbstzufrieden und knallte zwischendurch vor Freude, als könnte er es kaum erwarten, abzuheben und sich in die Lüfte zu schwingen.

Tante Felicity ließ sich auf den hinteren Sitz plumpsen, und schon bewegten sich die Pedale und der Steuerknüppel vor mir wie von Geisterhand.

Der Gashebel schoss nach vorn, und wir rollten los.

Der Visto verwandelte sich in verschwommene Schlieren. In einiger Entfernung drehte sich Buckshaw gemächlich, als ruhte es auf einer Drehscheibe und wir stünden still.

Dann blieb der Boden unter uns zurück, und ich flog zum zweiten Mal in meinem Leben.

Die *Blithe Spirit* bockte und buckelte, als der Steuerknüppel vor mir hin und her ruckte.

Tante Felicity wollte meine Aufmerksamkeit erregen.

Ich wandte den Kopf und konnte sie gerade noch aus dem Augenwinkel erkennen. Sie zeigte mit dem knochigen Finger auf ihre Fliegerhaube, die sie irgendwo in den Tiefen des Cockpits aufgestöbert haben musste. Offenbar wollte sie mir zu verstehen geben, dass ich ebenfalls eine Haube aufsetzen sollte.

Ich griff unter meinen Sitz. Tatsächlich, dort lag die Fliegerhaube, die Tristram bei unserer »Spritztour« getragen hatte. Ich setzte sie auf.

Der Steuerknüppel ruckte abermals, und als ich mich umdrehte, wedelte Tante Felicity mit einem geriffelten Gummischlauch. Sie setzte den Schlauch erst an ihr Ohr, dann an ihren Mund und dann wieder an ihr Ohr.

Erst dachte ich, sie wollte zu meiner Unterhaltung eine kleine Pantomime aufführen und das Titelbild einer dieser reißerischen Zeitschriften wie *Spannende Geschichten* nachstellen, auf dem ein Pilot in fünftausend Fuß Höhe mit einer Boa constrictor ringt, die ein ruchloser Schurke im Cockpit versteckt hat. Doch der ungeduldig ruckelnde Steuerknüppel wies mich darauf hin, dass ein zweiter Schlauch vorn im Cockpit verstaut war und dass ich durch das Ding Tante Felicity zuhören und mit ihr sprechen sollte.

Ich nickte und hielt den gelben Schlauch ans Ohr.

Abermals wurde der Steuerknüppel durchgerüttelt wie ein Maisfeld bei einem Orkan. Tante Felicity zeigte auf ihr Ohr, und diesmal begriff ich sofort, was sie von mir wollte. Seitlich an meiner Fliegerhaube war eine Halterung, in die man den Schlauch hineinstecken sollte. Ich schob ihn hinein, drehte ihn fest, und plötzlich vernahm ich Tante Felicitys Stimme.

»Hörst du mich?«, fragte sie. Ich reckte den Daumen, was mir unter den gegebenen Umständen die beste Bestätigung schien.

»Dann hör mir gut zu. Wir haben nur sehr wenig Zeit, und was ich dir zu sagen habe, ist äußerst wichtig. Hast du das verstanden?«

Des Nachdrucks halber reckte ich dreimal hintereinander den Daumen, und sie lenkte die *Blithe Spirit* in einer Steilkurve nach Westen.

Unter unseren Tragflächen lag Buckshaw in der Sonne, eine verträumte Fata Morgana aus grünen Feldern und Wiesen, ein Feenreich *en miniature*. Aus dieser Höhe sah man die schwarze Linie in der Eingangshalle nicht, die das Haus in zwei Lager teilte, und man spürte auch nichts von der Kälte, die sich über Buckshaw gelegt hatte.

Oder war diese Kälte immer schon da gewesen und ich hatte sie bloß nicht wahrgenommen?

»Schau gut hin, Flavia«, forderte mich Tante Felicitys blecherne Stimme auf. »Vielleicht siehst du es so nie wieder.«

Wir hingen in der Luft, sie und ich, ungefähr eine Meile über jenem ganz besonderen Fleckchen England, das uns gehörte. Schon morgen, nach der Beerdigung, würde der Besitzer voraussichtlich ein anderer sein.

Selbst wenn Harriets Testament dafür sorgte, dass Vater aus seinen juristischen Verwicklungen befreit würde – es war kein Geld mehr da. Buckshaw war zu einer erdrückenden Last geworden, die nicht länger zu tragen war.

Wie Atlas, der die Weltkugel, die er auf den Schultern trug, absetzen musste, damit er von seinen Töchtern, den Hesperiden, goldene Äpfel entgegennehmen konnte, würde auch Vater wahrscheinlich nicht mehr die Kraft aufbringen, sich dieser Herausforderung noch einmal zu stellen.

In den antiken Sagen war jeder, der die Welt freiwillig auf die Schultern nahm, dazu verdammt, sie auf ewig zu tragen: ein Fluch, so schien es, vor dem es kein Entrinnen gab.

»Das alles hat deiner Mutter gehört«, sagte Tante Felicity durch das Sprachrohr. Um den Motorenlärm zu übertönen, musste sie brüllen, und ihre Stimme drang stoßweise wie Maschinengewehrfeuer an mein Ohr. »Sie liebte Buckshaw über alles. Für sie gab es nichts Wichtigeres ... als ihr Zuhause und ihre Familie. Sie ging nur fort, weil ihr keine andere Wahl blieb. Es ging um ... Leben und Tod. Nicht um dein oder mein Leben, nein, für *England* ging es um Leben und Tod. Kannst du mir folgen?«

Ich nickte und betrachtete das England unter unseren Tragflächen.

»Die Japaner hatten deinen Vater bereits gefangen genommen ... aber das wusste deine Mutter noch nicht ..., als sie sich freiwillig für diesen Auftrag meldete, den nur sie erfolgreich ausführen konnte. Es brach ihr das Herz ... ihre drei Kinder in der Obhut fremder Menschen zu lassen.«

Tante Felicitys Worte beschworen in mir halb vergessene Erinnerungen herauf, in denen ich von fremden Frauen angezogen und gefüttert wurde, eine glücklose Abfolge von Kindermädchen und Gouvernanten, von denen keine, wie ich später erfuhr, Mary Poppins gewesen war.

»Aber deine Mutter kannte ihre Pflicht«, fuhr Tante Felicity fort. »Sie war eine de Luce ... und Englands Fortbestehen stand auf dem Spiel.«

Hinter und unter uns im Südwesten verschwand der Bahnhof von Buckshaw in dem leichten Nebel, der aufgekommen war, und mir fiel wieder ein, was Mr. Churchill zu meinem Vater gesagt hatte.

»*Sie war England, verflucht noch mal*«, hatte er geknurrt.

»Sie war mehr als das, Premierminister«, hatte Vater erwidert.

Erst jetzt ging mir auf, *wie viel* mehr sie gewesen war.

Harriet hatte sich um den Auftrag beworben, den Dr. Kissing in seinem sogenannten Märchen geschildert hatte: den Auftrag, einen Verräter zur Strecke zu bringen, der sich und ganz England dazu an den Kaiser von Japan verkauft hatte.

»Im Schutze diplomatischer Immunität war sie bis nach Singapur gekommen«, unterbrach Tante Felicity meine Gedanken, »wo, auch wenn sie das nicht wusste … dein Vater der Alliierten Aufklärung Fernost unterstellt war. Noch bevor sie davon erfuhr … hatten ihn die Japaner schon gefangen genommen … ausgerechnet an Weihnachten! … und zusammen mit einer Handvoll seiner Leute ins Lager Changi gesperrt.«

Ihre Stimme drang verzerrt an mein Ohr, wozu auch eine Art Insektengesumm beitrug, das der Schlauch selbst erzeugte. Die Worte waren jedoch deutlich genug. Vater war in Gefangenschaft geraten, und Harriet hatte kurz davor gestanden.

»An diesem entscheidenden Punkt … spielten die Japaner immer noch ein doppeltes Spiel. Einerseits hatten sie deinen Vater eingesperrt … andererseits wollten sie den Anschein erwecken … dass sie die Herren der Welt waren. Sie verschafften deiner Mutter sogar eine Führung durch das Gefangenenlager … und führten ihr die verhafteten britischen Offiziere vor. Harriet sollte diese Neuigkeit … dem Kriegsministerium in London überbringen … und dann würde England sofort kapitulieren. So hatten sie es sich gedacht. Der schiere Wahnsinn!«

Meine Gedanken rotierten noch schneller als der Propeller. Wie konnte es sein, dass ich von diesem Kapitel meiner

Familiengeschichte rein gar nichts geahnt hatte? Ich konnte es nicht fassen. Vielleicht hatte Dr. Kissing ja doch recht gehabt. Vielleicht war es tatsächlich ein Märchen.

»Dann standen sich deine Eltern ... in diesem furchtbaren Lager ... plötzlich und unerwartet gegenüber. Deine Mutter sollte sich die Gefangenen anschauen, die man hatte antreten lassen ... dein Vater sollte durch den Anblick einer britischen Besucherin gedemütigt werden. Keiner von beiden hatte gewusst, dass sich der jeweils andere in Singapur aufhielt ... und keiner von beiden zuckte auch nur mit der Wimper.«

Das muss herzzerreißend gewesen sein, dachte ich. *Wie schrecklich, sich nichts anmerken lassen zu dürfen, so tun zu müssen, als wären sie nie ein Liebespaar gewesen, nie ein Ehepaar, und als hätte es ihre drei Kinder – das kleinste noch ein Säugling –, die sie daheim in England fremden Händen hatten überlassen müssen, nie gegeben.*

Ich drehte mich auf meinem Sitz weit herum, damit ich Tante Felicity richtig ansehen konnte. Ihre Augen waren hinter der Fliegerbrille so groß wie die einer Eule. Sie nickte mir zu, als wollte sie sagen: »Ja, es ist wahr! Jedes Wort.«

In meinen Augen brannten Tränen. Ich wollte nichts mehr hören. Ich riss die Hände hoch und wollte mir die Ohren zuhalten, doch Tante Felicitys Stimme drang unaufhörlich weiter durch den Gummischlauch.

»Hör mir zu, Flavia. Das ist noch nicht alles. Du musst mir zuhören!«

Ihre Stimme hatte plötzlich einen barschen Befehlston angenommen.

»Der Verräter, auf den man deine Mutter angesetzt hatte, war untergetaucht. Die politische Lage war viel zu kritisch geworden, als dass Harriet in Singapur hätte bleiben können. Sie machte sich auf den Heimweg … über Indien und Tibet. Aber … sie wurde verfolgt. Jemand hatte sie verraten.«

Ich war wie betäubt. Schwarze Gedanken schäumten durch meinen Kopf wie die Wogen eines dunklen Meeres.

War Harriet ermordet worden? Die Frage hatte ich mir schon früher gestellt, den Einfall dann aber als gänzlich abwegig verworfen. Oder hegte das Innenministerium etwa den gleichen Verdacht? Hatte Sir Peregrine Darwin deswegen so unerwartet auf unserer Schwelle gestanden? War der Mörder etwa noch auf freiem Fuß?

Am liebsten hätte ich mich zusammengerollt wie eine mit Salz bestreute Nacktschnecke und wäre gestorben.

Tante Felicitys Stimme riss mich aus meinem Todeskampf. »Du hast doch bestimmt schon mal von MI5 und MI6 gehört, oder? Dem Geheimdienst? Der Spionageabwehr?«

Ich zwang mich zu nicken. Weil sie nur meinen Hinterkopf sehen konnte, vermutete sie wahrscheinlich nicht, dass ich weinte.

»Du musst wissen, dass es auch MI-Nummern gibt, die noch höher sind als ›19‹. Es gibt sogar eine Abteilung mit einer so hohen Nummer, dass nicht mal der Premierminister darüber Bescheid weiß.«

Der Schlauch verstummte. Was wollte sie mir eigentlich mitteilen?

Tief unter uns drehte sich die grüne Welt.

Unten am Boden war man wie ein Käfer auf einem Teppich, man hielt jeden Krümel für eine Burg. Von hier oben hatte man eine ganz neue Sicht auf die Dinge. Man sah viel mehr.

Womöglich mehr, als einem lieb war.

Ich hob matt die Hand, damit Tante Felicity sah, dass ich weiter zuhörte und dass ich sie verstanden hatte.

Daraufhin fuhr sie fort: »Seit über dreihundert Jahren …

hat man uns de Luces... einige der größten Geheimnisse des Königreichs anvertraut. Einige von uns waren auf der Seite des Guten... andere nicht.«

Was redete die alte Frau da? War sie verrückt? War ich hier oben in den Lüften einer Person ausgeliefert, die nach Colney Hatch ins Irrenhaus gehört hätte?

Andererseits... flog sie die *Blithe Spirit*.

Mir fiel ein, was Vater auf meine Frage geantwortet hatte, wie Buckshaw von oben aussähe.

»*Frag deine Tante Felicity. Die ist damals geflogen.*«

Ich hatte natürlich angenommen, dass sie mit irgendwem als Passagier mitgeflogen war. Doch Vater hatte seine Antwort wortwörtlich gemeint.

»Hast du gehört, was ich gesagt habe, Flavia?«

Tante Felicity nahm Gas weg, und das Motorengedröhn der *Blithe Spirit* verebbte zu einem Raunen. Nur der Wind heulte uns noch um die Ohren, als ihre Stimme jetzt wieder, noch eindringlicher als vorher, durch den Gummischlauch knatterte.

»Wir müssen landen. Die Zeit ist um. Aber vorher musst du noch eines begreifen: Von heute an wird von dir viel erwartet. Man hat bereits in dich investiert. Deine Ausbildung hat in vielerlei Hinsicht längst begonnen.«

Ganz allmählich dämmerte mir, was sie meinte.

Mein Labor... in dem die Vorräte an Chemikalien und Glasgefäßen wie durch Zauberhand nie zur Neige gingen...

Jemand hatte dafür gesorgt.

»Du darfst nie mit jemandem darüber sprechen... nur mit mir... und das auch nur, wenn wir draußen im Freien und ganz allein sind.«

Jener Tag im letzten Sommer auf der Insel im künstlichen See!

»*Du darfst dich niemals von irgendwelchen Widrigkeiten abschrecken lassen*«, hatte Tante Felicity zu mir gesagt, »*das präge dir bitte ein. Auch wenn es anderen nicht ersichtlich ist, deine Pflicht wird sich eines Tages so klar und deutlich vor dir abzeichnen wie eine weiße Linie, die mitten auf die Straße gemalt ist. Dieser Linie musst du folgen, Flavia.*«

»*Auch wenn sie mich zu einem Mord führt?*«, hatte ich gefragt.

»*Auch dann.*«

Die volle Bedeutung ihrer Worte schlug wie eine riesige Welle über mir zusammen. Meine Großtante hatte mein Leben seit Jahren gesteuert – womöglich schon von Anfang an.

Ich musste alle Kraft aufbieten, um mich am Cockpitrand festzuhalten und so weit umzudrehen, dass ich ihr in die Augen schauen konnte – beziehungsweise in die Fliegerbrille.

Sie erwiderte meinen Blick mit ausdruckslosem Gesicht.

Nur vom kräftigen Wind getragen, kam es mir vor, als ritten wir auf einem Orkan.

Langsam, aber entschlossen hob ich die rechte Hand und reckte den Daumen so nachdrücklich, dass selbst ein Winston Churchill stolz auf mich gewesen wäre, nach oben.

Und Tante Felicity erwiderte die Geste.

Im nächsten Augenblick gab sie Vollgas, und wir sausten abwärts.

Als wir über Bishop's Lacey hinwegglitten, erkannte ich an der Länge der Schatten, dass es schon weit nach Mittag war. Die ersten Automobile parkten bereits zu beiden Seiten von St. Tankred am Straßenrand.

Noch bevor unser Fahrgestell federleicht auf dem Visto aufsetzte, kam Tristram Tallis auch schon mit langen Schritten auf uns zu.

Tante Felicity schaltete die Zündung aus, und wir kletterten beide auf die Tragfläche. Ich hatte die Fliegerhaube schon abgesetzt und wartete darauf, dass sie es mir nachtat.

Einen kurzen Augenblick waren wir draußen im Freien und allein.

»Fasanensandwiches«, setzte ich alles auf eine Karte.

Das Gesicht meiner Tante war so unbewegt wie aus kaltem Marmor gemeißelt. Sie hätte eine steinerne Sphinx sein können, die mittels eines Zaubertricks aus Ägypten hierher versetzt worden war.

Tristram Tallis hatte bereits den halben Visto überquert. Gleich würde er bei uns sein.

»Du bist der Wildhüter, stimmt's?«, fragte ich.

Sie sah mich nur an. Ihr Gesicht war eine Maske. In meinem ganzen Leben war ich noch nicht so dreist gewesen. Hatte ich zu viel gesagt? War ich zu weit gegangen?

Dann öffnete sich der Mund meiner alten Tante gerade so weit, dass ihm ein kleines Wort entschlüpfen konnte.

»Ja«, sagte sie.

26

Wir sprachen nicht mehr, als wir das Haus durch die Hintertür zur Küche betraten. Ein unbefangener Beobachter mochte uns für zwei flüchtige Bekannte halten, die von einem Nachmittagsspaziergang über das Anwesen zurückkehrten.

Allmählich fügte sich ein Puzzleteil an das andere. Ich hatte immer gewusst, dass Tante Felicity einen sehr speziellen Bekanntenkreis hatte und dass sie, so wie ich es verstanden hatte, während des Krieges ein hohes Tier bei der BBC gewesen war. Aber sie hatte sich stets geweigert, über diese Zeit zu sprechen.

Hatte die betreffende Geheimdienstabteilung – die mit der so hohen Nummer, dass sogar der Premierminister nichts von ihrem Vorhandensein ahnte – ihren Sitz etwa im Londoner Funkhaus gehabt? Nicht ausgeschlossen.

Mit dem »Premierminister« hatte Tante Felicity offenkundig den *amtierenden* Premierminister gemeint. Es war allgemein bekannt, dass der ehemalige Amtsinhaber, Winston Churchill, immer noch gewisse Geheimnisse hütete, die er nicht einmal Gott anvertraute.

Und Tristram Tallis war überhaupt nicht erstaunt gewesen, dass wir plötzlich mit seiner *Blithe Spirit* losgeflogen waren. Er musste sich vorher mit meiner Tante abgesprochen haben, denn nach unserer Landung hatte er kein Wort darüber verloren, außer dass er sich freundlich erkundigt hatte, ob »das alte Mädchen«, wie er sich ausdrückte, brav gewesen sei.

Tante Felicity war wortlos in ihrem Zimmer verschwunden, und ich ging langsam durch den schmalen Korridor zur Eingangshalle.

Die Halle war leer. Die letzten Trauernden waren gegangen, es herrschte tiefe Stille. Die dramatische Pause, kurz bevor der Vorhang aufgeht und eine andere, noch unbekannte Welt offenbart.

Die Luft war mit Blumenduft getränkt. Wie hatte Daffy diesen Geruch einmal beschrieben? Widerlich süß. Ja, das traf es: süß und widerlich.

Als hätten sich Nebenhöhlen, Nasenlöcher und Rachenmandeln alle gleichzeitig übergeben wollen.

Vielleicht bekam ich ja eine Erkältung.

Trotz des warmen Wetters war es auch in meinem Labor, so schien es mir jedenfalls, ungewöhnlich kalt. Hatte ich mich auf einem meiner Flüge in der *Blithe Spirit* verkühlt? Ich schlüpfte in den alten braunen Bademantel, der für solche Notfälle innen an der Tür hing, und band ihn so fest zu, als wollte ich zum Nordpol aufbrechen.

Als ich nun mein Experiment vorbereitete, muss ich wie ein mittelalterlicher Mönch ausgesehen haben oder wie ein Alchimist, der mit seinen Glaskolben hantiert.

Ich holte die Brieftasche, in der Harriet ihr Testament aufbewahrt hatte, aus der untersten Schublade von Onkel Tars Schreibtisch, legte sie auf einen Labortisch und zündete den Bunsenbrenner an.

Ich muss gestehen, dass ich selbst nicht recht wusste, was ich zu entdecken hoffte, aber die meisten Gegenstände geben irgendwann ihr Geheimnis preis, wenn man sie optisch und chemisch analysiert – ganz gleich, wie harmlos sie auf den ersten Blick aussehen.

Ich fing mit der Oberfläche der Außenseite an. Die Brieftasche war aus einer Art gelblichem Ölzeug gefertigt, Baumwollstoff oder vielleicht auch Leinen, das mit mehreren Schichten Leinöl und Tonerde imprägniert war.

Abgesehen von ein paar marmorierten Flecken, die ich mir für eine spätere Untersuchung aufheben würde, war an der Brieftasche nichts Auffälliges festzustellen. Ich hielt sie an die Nase und schnupperte daran: ein leicht salziger Geruch nach tranigen Pilzen, als sei die Brieftasche erst kürzlich aus der Unterwelt geborgen worden, was ja gewissermaßen auch der Fall war.

Dann öffnete ich sie vorsichtig und spähte hinein, stellte sie auf den Kopf und klopfte sie aus. Ein paar kleine Partikel fielen heraus.

Papierflusen? Staub? Erde? Schwer zu sagen. Ich fegte die Teilchen sorgfältig auf ein Stück Filterpapier, um sie später unter dem Mikroskop zu betrachten.

Nun folgte der Geschmackstest. Ich streckte die Zunge weit heraus, bis meine Zungenspitze die Brieftasche berührte, und atmete behutsam ein. Ich wartete darauf, dass meine Körperwärme die nach der langen Zeit womöglich noch vorhandenen ätherischen Öle freisetzte, damit ich sie mit Hilfe meiner Geschmacksknospen und meines Geruchssinns bestimmen konnte.

Meine Annahme bestätigte sich. Es handelte sich eindeutig um Leinöl.

Für eine genauere Analyse würde ich später eine Probe abschnippeln und einer Dampfdestillation unterziehen. Auf diese Weise würden sich auch die weniger offensichtlichen Zutaten bestimmen lassen, die bei der Herstellung der Brief-

tasche verwendet worden waren, beziehungsweise irgendwelche Stoffe, denen sie anschließend ausgesetzt gewesen
war.

Körperflüssigkeiten, wie zum Beispiel Schweiß, gehör-
ten zu den wahrscheinlichsten Komponenten, und ich kann
nicht eben behaupten, dass ich mich auf deren Entdeckung
freute. Andererseits war die Brieftasche zehn Jahre lang tief-
gefroren gewesen. Womöglich war sie eine echte Fundgrube
chemischer Indizien.

Doch vorher würde ich noch den einfachsten und zerstö-
rungsfreiesten Test durchführen. Ich würde die Brieftasche
über dem Bunsenbrenner leicht erwärmen und dabei beobachten, wie sich ihr Aussehen veränderte. Flüchtige Öle er-
hitzten und entzündeten sich je nach ihrer chemischen Be-
schaffenheit bei unterschiedlichen Temperaturen, und die
ersten Veränderungen waren oftmals schon mit bloßem
Auge zu erkennen.

Ich drehte die Luftzufuhr des Bunsenbrenners ein bisschen zu, damit die Flamme nicht zu heiß wurde, und hielt
die Brieftasche ein paar Zentimeter – nein, nicht darüber,
sondern daneben. Es brachte ja nichts, wenn der ölgetränkte
Stoff Feuer fing.

Ich bewegte die Brieftasche unablässig hin und her und
führte sie dabei immer näher an die Flamme heran.

Doch auch nach ungefähr einer Minute war keine äußer-
liche Veränderung zu erkennen.

Ich drehte die Luftzufuhr wieder auf, worauf die Flamme
sofort die Farbe änderte: von Orange zu Blau.

Abermals bewegte ich die Brieftasche hin und her ... hin
und her ...

Immer noch nichts.

Ich wollte schon aufgeben, als mir doch etwas auffiel.

Es sah aus, als hätte sich das Ölzeug stellenweise eine Spur dunkler verfärbt.

Mir stockte der Atem. War das… konnte das …?

Ja!

Auf dem Ölzeug zeichnete sich ein Muster ab, erst nur undeutlich – dünne schwarze Rinnsale wie die feinen dunklen Adern auf einer Marmorplatte.

Doch ich konnte zusehen, wie sie wieder verschwanden. Die Hitze bewirkte, dass die dunklen Spuren – worum es sich dabei auch handeln mochte – verliefen und von dem Stoff aufgesogen wurden.

Schnell! Ich musste das Muster nachzeichnen, ehe es so verschwamm, dass nichts mehr zu erkennen war.

Ich drehte den Brenner wieder niedriger, holte einen Bleistift aus der Schublade und zog das Muster auf der erwärmten Oberfläche nach.

Eine Nische im Hinterstübchen meines Hirns erkannte die Form der Linien schon, ehe mein Bewusstsein reagierte.

Sieh hin, Flavia! Sieh hin! Denk nach!

Es waren handgeschriebene Buchstaben.

Buchstaben. Ein Wort – nein, zwei Wörter.

Geheimtinte! Buchstaben, die erst durch Erwärmung sichtbar wurden, zum Vorschein gebracht von der Hitze des Bunsenbrenners, so wie erst die Chemikalien in der Entwicklerlösung die unsichtbaren Bilder auf dem alten Filmstreifen sichtbar gemacht hatten. Wieder auferstandene Worte. Worte, die aller Wahrscheinlichkeit nach Harriet geschrieben hatte, als sie in einer Gletscherspalte festsaß und ihr klar wurde, dass sie nicht mehr lebend herauskommen würde.

Aber warum hatte sie mit Geheimtinte geschrieben? Warum nicht mit Bleistift auf Papier, so wie bei ihrem Testament?

Die Antwort lag auf der Hand. Das Testament hatte für

jeden lesbar sein sollen, der es fand – der *sie* fand –, die beiden Wörter jedoch, die sie auf das Ölzeug geschrieben hatte, sollte nur derjenige lesen können, der danach suchte.

Doch wo in aller Welt bekam eine Frau, die in einer Gletscherspalte festsaß, Geheimtinte her? In einem Landhaus konnte man sich so etwas gut vorstellen, auch wenn dort vielleicht nur ein paar gewöhnliche Haushaltschemikalien zur Hand waren. Aber im Himalaja?

Für unsichtbare Schrift konnte man jede Art von Säure verwenden. Sie durfte nur nicht so stark sein, dass sie das Papier zerfraß.

Aber Geheimtinte? Geeignete Flüssigkeiten fanden sich überall: Zitronensaft, Essig, Milch – notfalls sogar Spucke.

Spucke? Speichel?

Na klar!

Wie bei allen großen Entdeckungen war die Lösung ganz einfach.

Urin! Wie schlau von ihr.

Unser Urin ist ein reichhaltiges Gebräu aus chemischen Zutaten: Harnstoff, Kaliumsulfat, Natriumcarbonat, Natriumphosphat und Natriumchlorid, Milchsäure und Harnsäure, um nur einige zu nennen. Selbst ein Apotheker, der seine Tinkturen im Hinterzimmer zusammenstellt und abfüllt, hätte keine bessere Geheimtinte mischen können.

Obendrein war das Zeug leicht erhältlich und umsonst.

Normalerweise hätte ich die Analyse der Brieftasche damit begonnen, sie unter ultraviolettes Licht zu halten, aber die Birne in meiner Laborlampe war neulich durchgebrannt, und ich war noch nicht dazu gekommen, Ersatz zu beschaffen. Unter ultraviolettem Licht hätte der Urin sofort fluoresziert, und ich hätte mir die Mühe mit dem Bunsenbrenner sparen können.

Angestrengt betrachtete ich die schnörkeligen Linien und versuchte, ihren Windungen einen Sinn zu entlocken. Es ist nun mal so, dass es eine gewisse Zeit dauert, bis das Gehirn ein unbekanntes Muster erkennt. Eben noch ist alles qequirlter Schwachsinn, im nächsten Moment ...

Dann sah ich es.

»LENS PALACE« stand da.

Lens Palace? Was sollte das denn heißen?

Wenn ich mich recht entsann, gab es in Frankreich eine Stadt, die Lens hieß. Unser Nachbar, der pensionierte Konzertpianist Maximilian Brock, hatte mir einmal erzählt, dass er dort von den Bergarbeitern im Publikum mit Kohlebrocken beworfen worden sei, als er sein Konzert versehentlich mit einem patriotischen Stück von Percy Granger begonnen hatte statt mit Debussy, wie es im Programm stand.

Gab es in Lens einen Palast oder ein Schloss? Ich hatte nicht die leiseste Ahnung. Wenn Max zur Beerdigung kam, konnte ich ihn ja mal fragen.

Oder hatte ich mich verlesen? Weil die Buchstaben beim Erhitzen so schnell verschwommen waren, hatte dort vielleicht ursprünglich »Linz« gestanden, was wiederum eine Stadt in Österreich war. Das wusste ich ganz genau, weil Feely einmal erwähnt hatte, dass Mozart dort in rasender Eile eine seiner schönsten Sinfonien komponiert hatte – in nur vier Tagen –, und zwar im Auftrag irgendeines alten Grafen. Gab es in Linz ein Schloss? Vermutlich eher als in Lens, aber da musste ich noch mal Daffy fragen, die mehr oder weniger unser Hauslexikon war.

Doch was für einen Bezug hatte Harriet zu Lens oder zu Linz? Welche Botschaft war in den beiden Wörtern enthalten?

Es war offensichtlich – jedenfalls für mich –, dass Harriet, als sie in die Gletscherspalte gestürzt war und jede Hoffnung auf Rettung aufgegeben hatte, ihre letzten Worte mit Urin auf die Brieftasche mit ihrem Testament gekritzelt hatte.

Die behandelte Oberfläche würde dafür sorgen, dass ihre Schrift deutlich und lesbar blieb, zumindest bis ein künftiger Ermittler – ich bekam eine Gänsehaut bei dem Gedanken, dass *ich* das war – die Brieftasche erwärmen und ihre Botschaft an die Welt entdecken würde.

Aber »Lens Palace«?

Das ergab keinen Sinn.

Oder war gar keine Stadt gemeint, weder »Lens« noch »Linz«, sondern »Lens« im optischen Sinne, also »Linse«? Die Linse einer Kamera oder eines Filmprojektors? Viele Kinos wiederum trugen den Beinamen »Palace«. Sollte LENS PALACE vielleicht auf ein Kino hinweisen? Und wenn ja, auf welches?

Das *Gaumont Palace* in London? – Das schäbige kleine *Palace*-Kino in Hinley verdiente den Namen »Palast« nicht; außerdem hatte schließlich jedes Kino auf der Welt Linsen in seinen Projektoren.

Es kam mir unwahrscheinlich vor, dass Harriet so einen uneindeutigen Hinweis hinterlassen hatte. Selbst wenn er verschlüsselt war, musste sie gewollt haben, dass irgendwer die Verschlüsselung knacken würde – irgendwann.

Es musste eine sehr wichtige Botschaft sein, wenn sie sich so viel Arbeit damit gemacht hatte.

Wenn man nur noch ein paar Worte hinterlassen kann, bevor man stirbt, welche wären das wohl?

Eines stand fest: Irgendwelchen Blödsinn würde man nicht schreiben.

Vielleicht waren die eigentlichen Wörter ja in der Buchstabenfolge von l-e-n-s-p-a-l-a-c-e versteckt.

Ich griff zum Stift. Doch außer »Alle«, »Aas«, »Saal« und »Plane« fiel mir nichts halbwegs Sinnvolles ein. Sicher gab es noch mehr Möglichkeiten, aber keine schien mir vielversprechend. »Aal« zum Beispiel war einfach nur albern.

Ich erwog auch kurz die Möglichkeit eines simplen Verschiebe-Codes wie bei dem Schreibspiel, zu dem uns unsere Gouvernante Miss Gurdy an Regennachmittagen gern verdonnert hatte und bei dem der Buchstabe *A* dem Buchstaben *B* entsprach, der Buchstabe *B* dem Buchstaben *C* und so weiter. Das war noch vor unserem allgemeinen Niedergang gewesen. Doch wenn Harriets Botschaft so wichtig gewesen war, dass sie einen Code benutzte, hätte sie sicherlich einen komplizierteren gewählt.

Die einfachste Lösung war, die Sache mit Tante Felicity zu besprechen, mit der Wildhüterin persönlich. Sie wusste bestimmt Rat.

Und doch hielt mich etwas davon ab. Ich hatte Vater Harriets Testament ausgehändigt, weil das unter den gegebenen Umständen das Richtige gewesen war. Mit der geheimen Botschaft meiner Mutter war das etwas anderes.

Inwiefern?

Schwer zu sagen. Erstens war das Testament etwas Persönliches. Es sollte Harriets Wünsche, wie immer sie lauten mochten, ihrer Familie mitteilen. Eine mit Geheimtinte verfasste Botschaft auf der Außenseite einer Brieftasche dagegen richtete sich an jemand ganz anderen.

So in etwa lauteten zumindest meine Überlegungen.

Und dann war da noch die unbestreitbare Tatsache, dass ich etwas für mich allein haben wollte. Ich hätte die Brieftasche ohne Weiteres Inspektor Hewitt überreichen können, damit er sich in dem Ruhm sonnen konnte, den Code geknackt zu haben. Falls es ihm überhaupt gelang.

Aber hätte ich damit nicht, in gewissem Sinne, das Wenige aus der Hand gegeben, was von meiner Mutter geblieben war?

Ganz ehrlich: Ich wollte Harriets allerletzte Worte mit niemandem teilen: nicht mit Vater, nicht mit Tante Felicity, nicht mit der Polizei – mit überhaupt niemandem. Ich hatte das unerklärliche Gefühl, als seien ihre Worte, als sie unter der Hitze des Bunsenbrenners wie aus dem Nichts aufgetaucht waren, für mich bestimmt. *Ausschließlich* für mich.

Es klingt vielleicht bescheuert, aber so war es.

Ich würde niemandem davon erzählen.

Ich stellte den Bunsenbrenner endgültig aus und schaute zu, wie die Flamme erstarb. Das Labor war auf einmal kälter und irgendwie auch trostloser denn je.

Ich zog den Bademantel eng um mich, schwang mich auf einen hohen Hocker, hakte die Fersen in eine Querstrebe und dachte noch einmal über das nach, was mir Tante Felicity erzählt hatte.

Harriet hatte sich über Indien und Tibet auf den Heimweg gemacht. Jemand hatte sie verraten. Sie war verfolgt worden.

Dann war sie in die Gletscherspalte gestürzt.

Oder hatte jemand sie hineingestoßen?

Dieses Szenario hatte eine beklemmende Ähnlichkeit mit dem Ereignis auf dem Bahnhof von Buckshaw. War das bloßer Zufall?

Oder steckte mehr dahinter?

War Harriet als Mordopfer gestorben?

Es klopfte diskret an der Tür. Ich wusste schon, wer draußen war, ehe ich »Herein!« sagte.

Dogger trat ein.

»Es ist so weit, Miss Flavia«, sagte er.

Ich holte tief Luft.

Jetzt kam er.

Der Augenblick, vor dem ich mich mein Leben lang ge-
fürchtet hatte.

27

Vater gehörte nicht zu den Menschen, die ihr Herz auf der Zunge trugen. Tatsächlich fragte ich mich manchmal, ob er es überhaupt irgendwo an oder in sich trug. Vielleicht bewahrte er es ja in einer Eishöhle auf: in einem gefrorenen Gletscher seiner Seele.

Doch als ich nun auf dem Notsitz von Harriets Rolls-Royce thronte, sah ich seinem Gesicht an, welche Qualen er litt.

Je mehr Schmerz er innerlich verspürte, desto weniger gab er nach außen davon preis.

Warum hatte ich das nicht schon vor Jahren begriffen?

Sein Gesicht war wie ein Fotonegativ seiner Seele: Weiß war Schwarz und Schwarz war Weiß – so wie auf dem alten Filmstreifen. Man hatte ihn darauf gedrillt, sich nichts anmerken zu lassen, und inzwischen war er ein echter Meister dieser Kunst!

Er starrte mit leerem Blick durchs Fenster auf die vorbeiziehenden Hecken, als wäre er ein Angestellter in London, der zur Arbeit in die Innenstadt fuhr, um einen langweiligen Tag an einem polierten Schreibtisch in einem grässlichen Büro abzusitzen. Weil er zwischen Feely und Daffy saß, merkte er nicht, dass ich ihn betrachtete.

Wie grau er war und wie blass!

Irgendwann im Lauf der nächsten Stunde, dachte ich, *wird dieser Mann zuschauen, wie seine Liebste in die Erde gebettet wird.*

Harriet fuhr in diesem Augenblick noch im Leichenwagen, in einer Kiste, über die man abermals den Union Jack gebreitet hatte.

Man würde sie kurz in die Kirche bringen, ein paar Worte würden gesprochen werden, und das würd's dann auch schon gewesen sein.

Mittlerweile hatte ich an genug Beerdigungen teilgenommen, um zu wissen, dass alle tröstenden Worte des Vikars nicht ausreichten, dass die lebhafte Vorstellungsgabe der Trauernden die Trost spendende Wirkung zunichtemachte. All die klugen Sprüche von Johannes, Hiob und Timotheus konnten Harriet nicht mehr lebendig machen, und ich konnte nur hoffen, dass unser Herr Jesus Christus mehr Glück dabei haben würde, meine Mutter auferstehen zu lassen, als ich.

Das klingt bitter, ich weiß, aber so dachte ich nun mal.

Daffy umklammerte ihr Gebetbuch, aus dem ein wildes Durcheinander von Zetteln ragte. Der Vikar hatte sie gebeten, ein paar Worte über unsere Mutter zu sagen. Erst hatte sie sich geweigert, es sich schließlich aber doch überlegt und widerstrebend eingewilligt. Die verschmierte Bleistiftschrift verriet, dass sie immer und immer wieder radiert hatte, damit sich der Text ihrer Ansprache mindestens mit einem von Dickens messen konnte, wenn nicht gar mit einem von Shakespeare.

Sie tat mir leid.

Auf Feelys Schoß lag ein Band Orgelnoten. Sie konnte sich wenigstens damit ablenken, die richtigen Tasten und Pedale zu treffen, und musste nicht wie wir anderen die ganze Zeit den Sarg anschauen. Das ist wahrscheinlich das Schöne daran, wenn man Organist ist: Was auch passiert, es wird georgelt.

Hinter uns fuhren Adam und Tristram zusammen mit Lena und Undine in Lenas Land Rover. Adam hatte Lena angeboten zu fahren, und sie hatte das Angebot angenommen. Sein alter Rolls mit dem zurückgeklappten Verdeck, in dem sich die eingetopften Setzlinge stapelten, eignete sich nicht dafür, während einer Beerdigung vor der Kirche geparkt zu werden, darum war der Wagen in Buckshaw geblieben.

Hinter ihnen kamen Mrs. Mullet und ihr Gatte Alf in Clarence Mundys Taxi. Vor dem Aufbruch hatte Mrs. M. ihr Gesicht hinter einem schwarzen Schleier verborgen, den sie nicht abzunehmen gedachte, bevor nicht »Miss Harriet anständig unter der Erde ist«, wie sie sich ausdrückte. »Bishop's Lacey hat Margaret Mullet noch nie heulen sehen«, hatte sie mir eindringlich zugezischelt, »und das wird auch heute nicht vorkommen.«

Alf, der seine sämtlichen militärischen Auszeichnungen angelegt hatte, hatte ihr die Hand auf den Arm gelegt und gebrummt: »Ganz ruhig, altes Mädchen.« Erst da hatte ich gesehen, dass seine Frau hinter ihrer schwarzen Verhüllung bereits in Tränen aufgelöst war.

Auf dem Friedhof und der Straße davor wimmelte es nur so von Menschen, und Dogger war gezwungen, den Rolls im Schneckentempo dahinkriechen zu lassen. Wir waren Fische im Aquarium, und die Leute begafften uns durch die Glasscheibe.

Plustrige weiße Wolken zogen feierlich über unsere Köpfe und sprenkelten die Landschaft mit Schatten der Trauer.

Es war grauenvoll. Schlicht und einfach grauenvoll, und das Läuten der großen Kirchturmglocke machte es irgendwie noch schlimmer.

Als wir ausstiegen, waren alle Blicke auf uns gerichtet. Ein

Raunen ging durch die Menge, auch wenn ich nicht verstehen konnte, was die Leute sagten.

»Da drüben steht Dame Agatha Dundurn«, flüsterte Daffy und verdrehte die Augen in die Richtung, in die ich schauen sollte.

»Die mit dem hohen Rang von der Royal Air Force?«, fragte ich aus dem Mundwinkel.

»Irgend so was. Sie ist mit dem Fallschirm über Arnheim abgesprungen.«

»Lieber Himmel!«, entfuhr es mir, obwohl man sich das bei ihrem Anblick gut vorstellen konnte. Sie sah aus wie eine Kanonenkugel mit Streifen an den Ärmeln.

Wir zuckten beide zusammen, als uns jemand in die Ellbogen kniff.

»Seid bitte still«, raunte Feely. »Wir sind hier auf einer Beerdigung, nicht auf dem Jahrmarkt.«

Sie bedachte uns mit einem bitterbösen Blick und ging dann, das Notenbuch krampfhaft umklammernd, in Richtung Kirchentür. Niemand hielt sie auf.

Der Vikar erwartete uns unter dem Vordach. Wir standen in verlegenem Schweigen da, als Harriets Sarg von den sechs Trägern vorsichtig aus dem Leichenwagen gehoben wurde. Es waren lauter Männer und alles Fremde, außer Dieter, auf dessen breiter Schulter nun Harriets Kopf ruhte. Darüber würde sich Bishop's Lacey sicher demnächst das Maul zerreißen.

»Vater hat darauf bestanden«, flüsterte Daffy mir zu.

Ich hätte Dieter gern dankbar zugelächelt, doch es gelang mir nicht, seinen Blick zu erhaschen.

Der Vikar ging uns in die Kirche voran. Über dem Messgewand, das in der Aprilsonne so strahlend weiß war, dass es blendete, trug er eine violette Stola und einen schwarzen Talar.

Im Vorraum wartete Mr. Haskins, der sowohl das Amt des Küsters als auch das des Totengräbers versah. Zum Zeichen seiner Würde drückte er das Kinn auf die Brust und winkte uns, dass wir ihm folgen sollten.

In den Sitzbänken drängten sich die Leute bereits dicht an dicht, und die nicht geringe Zahl der Anwesenden, die hinten und in den Seitengängen stand, verstummte schlagartig, als die Orgel nun eine getragene Melodie anstimmte. Ich erkannte auf Anhieb George Thalben-Balls *Elegie*, die Feely seit Tagen geübt hatte – heimlich, wie sie dachte.

Links saß Jocelyn Ridley-Smith mit einem neuen Wärter, den ich noch nicht kannte. Armer Jocelyn: Er hielt mich für Harriet. Was er wohl dachte, an wessen Beerdigung er hier teilnahm? Ich lächelte ihn beruhigend an, und er vollführte eine Art höfische Verbeugung, so gut ihm das im Sitzen gelang.

Dort drüben war Cynthia Richardson. Sie sah sehr mitgenommen aus. Harriet und sie waren eng befreundet gewesen. Es versetzte mir einen Stich, als ich begriff, dass diese Beerdigung für sie womöglich noch schmerzlicher war als für mich.

Am Ende einer Bankreihe stand der Korbrollstuhl von Dr. Kissing. Seinen Blick aufzufangen gelang mir zwar, doch er ließ sich nicht anmerken, dass er mich erkannt hatte. Mir war sofort klar, dass er unsere Bekanntschaft auf keinen Fall öffentlich zu machen wünschte. Er war Vaters alter Klassenlehrer und sonst gar nichts.

Unsere kleine Prozession folgte den Trägern durch den Mittelgang, und Harriets Sarg wurde mit militärischer Präzision vor dem Chorgitter auf zwei Holzböcken abgesetzt. Mr. Haskins winkte uns mit ausholender, zeremonieller Gebärde auf unsere angestammten Sitze im Querschiff.

Dogger, Dieter und die Mullets saßen gleich hinter uns. Ich

fand es beruhigend zu wissen, dass sie da waren. Dieter hatte seinen früheren Entschluss, sich im Hintergrund zu halten, offenbar revidiert – oder jemand hatte ihn dazu gebracht.

Wenn ich mich vorbeugte, konnte ich fast bis zum Eingang der Kirche sehen. Inzwischen hatte sich nahezu das ganze Dorf im Innenraum versammelt und schlug geschäftig im Gebetbuch den Abschnitt »Beerdigung« auf.

Mein Herz machte einen kleinen Satz. Dort am Gang saßen Inspektor Hewitt und seine Frau Antigone. Er lehnte sich zu ihr hinüber und sagte leise etwas; sie nickte mit ernster Miene.

Ich hätte den beiden gern zugewinkt, unterließ es aber, weil es gewissen Leuten missfallen hätte.

Antigone Hewitt hatte mich vor einiger Zeit zum Tee eingeladen, und ich hatte mich unmöglich benommen. Ich wartete immer noch auf eine Gelegenheit, mich bei ihr zu entschuldigen.

Zuletzt waren wir einander vor einer Woche begegnet, als sie uns nach dem Ostergottesdienst nach Hause gefahren hatte. Sie hatte angekündigt, mit mir – und nur mit mir! – in Hinley einen Einkaufsbummel zu unternehmen. Einen »Mädchennachmittag« hatte sie es genannt.

Doch dann war die tragische Nachricht von Harriets Tod eingegangen, und es schien mir fraglich, ob ein so oberflächliches Vergnügen in näherer Zukunft stattfinden würde.

Vom Ende unserer Bankreihe aus schoben sich Lena und Undine im Krebsgang auf ihre Plätze neben mir. Lena trug ein schwarzes maßgeschneidertes Kostüm, Undine ein rotes Samtkleid und eine große schwarze Schleife im Haar. Sie wollte sich an ihrer Mutter vorbei auf den Platz neben mir drängeln, und Lena fuhr sie gereizt an: »Schubs mich nicht!« Dann setzte sich Lena neben mich.

»Mir war nicht klar, dass das hier ein derartiges Staatsbe-gräbnis wird«, sagte sie halblaut zu niemand Bestimmtem, vielleicht aber auch zu mir.

Irgendwo in einem der verschlungenen Labyrinthe mei-nes Hinterkopfs schwebte ein silbernes Konfetti zu Boden. Doch es war nur eine einzelne Flocke in einem Schneesturm aus Bildern.

Undine hielt sich das Gesangbuch so dicht vors Gesicht, als wäre sie kurzsichtig, und streckte mir hinter dieser De-ckung schauerlich schielend die Zunge heraus.

Ich erwiderte tonlos mit einem sehr unanständigen Wort, das sie mir zweifellos von den Lippen ablas, denn sie riss die Augen auf, schnappte übertrieben nach Luft und sperrte den Mund auf, als sei sie zutiefst entsetzt.

Dann flüsterte sie Lena etwas ins Ohr, aber ich achtete nicht darauf.

Die Orgelklänge schwollen zu einer Hymne an, und die feierlichen Klänge bewirkten, dass ich auf einmal das Ge-fühl hatte, mir würden lauter Raupen über den Rücken kriechen.

Sämtliche Blicke ruhten auf dem Sarg meiner Mutter, und wir hielten einhellig alle die Luft an, als unversehens ein Son-nenstrahl durch das Buntglasfenster drang und den Union Jack aufleuchten ließ.

Daffy und ich wechselten einen staunenden Blick. Es war, als würde Harriets Beerdigung von einem himmlischen Regisseur ausgerichtet.

Nun ging der Vikar nach vorn. Er wartete, bis Feely die *Elegie* wieder abschwellen und enden ließ, dann sprach er die Worte, die ich schon erwartet und vor denen mir so gegraut hatte: »Ich bin die Auferstehung und das Leben, spricht der Herr. Wer an mich glaubt, der wird leben, auch wenn er stirbt, und wer da lebt und glaubt an mich, der wird nimmermehr sterben.«

Du träumst nicht! Das passiert wirklich – hier und jetzt!

Trotz allem hatte ich mir eingebildet, es bestünde so lange noch eine – und sei es eine noch so schwache – Hoffnung, dass Harriet noch lebte, bis diese Sätze an ihrem Sarg gesprochen wurden. Doch auch wenn es schwer zu begreifen war, so bekräftigten die Worte des Vikars – dass Harriet leben und nimmermehr sterben würde – im Gegenteil offiziell ihren Tod, einen Tod, der jetzt allzu greifbar geworden war und vor unseren Augen allzu sichtbar zelebriert wurde.

Mich schauderte.

Neben mir hatte Lena unter dem Vorwand, sich eine Träne abtupfen zu müssen, einen silbernen Taschenspiegel herausgeholt und inspizierte verstohlen ihr Gesicht in Nahaufnahme.

Der Vikar war inzwischen bei »Ich weiß, dass mein Erlöser lebt« angekommen und fuhr fort: »… und als der Letzte wird er über dem Staub sich erheben. Und ist meine Haut noch so zerschlagen und mein Fleisch dahingeschwunden, so werde ich doch Gott sehen. Ich selbst werde ihn sehen, und meine Augen werden ihn schauen.«

Mir kam eine großartige Idee.

Warum legte man die Toten eigentlich nicht in Glassärge und bestattete sie in einer Krypta mit durchsichtigem Fußboden? Auf diese Weise würde es den Dahingeschiedenen leichter gemacht, Gott zu schauen, und auch Er hätte es leichter, sie zu sehen, ganz zu schweigen von den Angehörigen, die bei einem kleinen Sonntagsspaziergang jederzeit verfolgen könnten, wie ihre Vorfahren zu Staub wurden.

Es schien mir die ideale Lösung. Wieso war bis jetzt noch niemand darauf gekommen? Ich nahm mir vor, den Vikar bei einer passenderen Gelegenheit darauf anzusprechen.

»Ich habe mir vorgenommen: Ich will mich hüten, dass ich nicht sündige mit meiner Zunge. Ich will meinem Mund einen Zaum anlegen, solange ich den Gottlosen vor mir sehen muss.«

Wir waren schon bei Psalm 39 und hatten doch gerade erst angefangen.

Ich wusste, dass Nummer 39 nicht zu den längsten Psalmen gehörte – bei Weitem nicht –, aber danach würde Nummer 90 kommen: »Herr, du bist unsere Zuflucht für und für« und so weiter. Daran würde sich die Lesung anschließen: der erste Teil aus einem von Paulus' ziemlich weitschweifigen Briefen an die Korinther – jener Brief, in dem es gegen Ende hieß: »Tod, wo ist dein Sieg? Tod, wo ist dein Stachel?«

Ich gestattete meinen Gedanken, ein wenig abzuschweifen.

In der Querschiffhälfte gegenüber erstrahlten die Buntglasfenster in ihrer leuchtenden Pracht. Ich rief mir mit Vergnügen die Liste der Chemikalien ins Gedächtnis, die man vor Hunderten von Jahren zu deren Herstellung verwendet hatte: Mangandioxid für die Violetttöne, Eisen oder Gold für alles Rötliche, Eisensalze für die bräunlichen Hautvarianten und Silberchlorid für die Gelbtöne.

Auf einer der gemalten Szenen hatte ein muskelbepackter Mann den Kopf in den Schoß einer Frau gelegt und schlief. Er hatte ein Löwenfell um die Hüften wie der Kraftmensch im Zirkus. Die Frau trug ein rotes Kleid und stutzte ihm das Haar mit einer Art Schafschere. Hinter einem Vorhang in der Ecke des dargestellten Raumes verrenkten sich eine Anzahl Männer den Hals, um das Ganze zu beobachten.

Als ich noch klein war, hatte ich geglaubt – weil Daffy es mir weisgemacht hatte –, die Frau hieße Brenda und sei Friseurlehrling, und die Männer hinter dem Vorhang seien die

Prüfer, die darüber zu entscheiden hätten, ob sie ihre Friseurinnenprüfung bestand.

Natürlich waren die Dargestellten in Wirklichkeit Samson und Delilah, und bei den Zuschauern handelte es sich um die Philisterfürsten aus Gaza, die Delilah bestochen hatten, damit sie Samson verriet.

Unter der Szene zog sich ein gelbes Schriftband mit wunderschön geschwungenen schwarzen Buchstaben über das Fenster:

Samson – Delilah

Im nächsten Bild riss Samson die beiden Säulen um, an denen man ihn festgekettet hatte. Die verblüfften Schaulustigen schnitten ulkige Grimassen und purzelten kopfüber vom Dach wie die Kegel.

Die Orgelklänge brachten mich wieder aus Gaza in die Gegenwart zurück. Die anderen waren aufgestanden, weil ein Lied gesungen werden sollte. Ich konnte gerade noch in die erste Zeile einstimmen:

> *» Wer die Tapferkeit,*
> *Die für Wahrheit streit't,*
> *Will vor Augen sehn,*
> *Muss mit dem Pilger gehn.*
> *Als ein wahrer Held*
> *Zieht er in das Feld,*
> *Sein Vorsatz ist allein,*
> *Ein Pilger zu sein.«*

Es war der großartige alte Choral aus dem Werk *Die Pilgerreise*, das John Bunyan während seines Gefängnisaufenthaltes geschrieben hatte. Feely hatte aber nicht die verwässerte Version ausgesucht, die sich seit ungefähr fünfzig Jahren eingeschlichen hatte, sondern den ursprünglichen Text, wie ihn in der Buchvorlage Mr. Mutig zu Mr. Großherz sagt. Die Melodie nannte sich »Die Klosterpforte«, hatte sie mir erzählt, und war ein echter Reißer. Ich freute mich jetzt schon auf die letzte Strophe.

» *Wer ihn schrecken wollt',*
Dass er weichen sollt',
Mit grässlichen Geschichten,
Wird selbst sich nur vernichten.
Löwen, Riesen, Drachen,
Ihn nicht schwächer machen,
Er wird sich stets erneu'n,
Ein Pilger zu sein. «

Dame Agatha Dundurn wandte ihr gealtertes Soldatinnengesicht zum Licht empor und sang mit solcher Inbrunst, als hätte sie diesen mitreißenden Schlachtgesang persönlich verfasst und als sei es ihr obendrein soeben gelungen, alles Böse auf der Welt zu besiegen.

Auch Daffy sang aus vollem Halse. Wieso war mir ihre wunderschöne Stimme noch nie aufgefallen?

Mit einem Mal wurde mir klar, dass es die Sinne beträchtlich schärft, wenn man zusammen mit einer großen Gruppe Menschen Kirchenlieder schmettert. Ich prägte mir diese Beobachtung für eine spätere Verwendung ein; es war eine wichtige Information für jemanden, der sich der Kunst der Verbrechensaufdeckung verschrieben hatte. Ob Inspektor Hewitt deswegen so oft in die Kirche ging?

Ich schielte zu ihm hinüber und bekam gerade noch mit,

wie Antigone seinen Arm drückte – unbemerkt, wie sie wahrscheinlich dachte.

Jetzt holten Orgel und Gemeinde noch einmal tief Luft, bevor sie sich in die letzte Strophe stürzten – meine Lieblingsstrophe:

»Der Unholde Schar ... «

Die Unholde liebte ich heiß und innig! Sie waren das Allerbeste an dem Lied, und wenn ich zu bestimmen gehabt hätte, wären in noch viel mehr Kirchenliedern solche spannenden Geschöpfe vorgekommen.

»... krümmet ihm kein Haar,
Kann ihn nicht verlocken,
Er ist unerschrocken.
Denn ihm ist bewusst,
Dass des Himmels Lust,
Ist der höchste Lohn,
Für des Pilgerns Fron.«

Als wir uns wieder setzten, nickte der Vikar Daffy unauffällig zu. Sie nahm ihren Zettelwust und ging schnellen Schrittes zum Lesepult. Dort angekommen, raschelte sie so lange mit ihren Notizen herum, dass ich fast wahnsinnig wurde.

Von irgendwoher förderte sie ihre Brille zutage und setzte sie auf, sodass sie wie eine trauernde Eule aussah.

»Ich habe kaum Erinnerungen an meine Mutter«, begann sie. Ihre Stimme schwankte kaum, hörte sich aber in dem weitläufigen Kirchenschiff ziemlich piepsig an.

»Als sie fortging, war ich knapp drei Jahre alt. Darum erinnere ich mich nur an eine fröhliche Gestalt, die am Rande meiner kleinen Welt umherflatterte. Ich weiß nicht mehr, wie sie aussah und wie ihre Stimme klang, aber ich weiß noch sehr gut, welches Gefühl sie mir vermittelte – nämlich, dass ich geliebt wurde. Und dann ging sie fort.

Danach fühlte ich mich nicht mehr geliebt und gelangte zu der Überzeugung, dass meine Schwestern und ich etwas ganz Schlimmes getan und sie damit vertrieben hatten, auch wenn mir beim besten Willen nicht einfallen wollte, was das gewesen sein könnte. Man hat uns nämlich nie irgendeine Erklärung dafür geliefert, aus welchem Grund sie fortging. Selbst jetzt – jetzt, da sie zu uns zurückgekehrt ist – wissen wir immer noch nicht, weshalb sie uns verlassen hat.

Ich hoffe, Sie nehmen mir meine Offenheit nicht übel, aber der Vikar meinte, ich soll sagen, was ich empfinde, und ehrlich sein.«

War es denkbar, dass Feely und Daffy keinen blassen Schimmer von Harriets Tätigkeit hatten? War es denkbar, dass Tante Felicity, die frühere – und anscheinend noch amtierende – Wildhüterin, ihnen bis heute nicht die Wahrheit gesagt hatte und auch nicht vorhatte, es in Zukunft zu tun?

Ich drehte mich zu Vater um. Er stand einfach da, so sorgfältig rasiert, so reglos und so aufrecht, dass ich hätte heulen können.

Daffy machte eine Pause und sah von einem Mitglied der Gemeinde zum nächsten. Erst war es totenstill, dann hörte man unruhiges Füßescharren.

»Nach dem zu urteilen, was wir gestern und heute erlebt haben«, fuhr sie dann fort, »können wir nur annehmen, dass meine Mutter sich irgendeinen Verdienst um England erworben hat und die Regierung uns deshalb ihren Leichnam überstellt hat. Zumindest dafür möchte ich unserer Dankbarkeit Ausdruck verleihen.«

Es war abermals so schlagartig still geworden, dass man die Heiligen in den Kirchenfenstern atmen hörte.

»Aber das ist nicht genug«, sprach Daffy weiter, jetzt in lauterem, vorwurfsvollem Ton. »Nicht genug für meinen Vater und auch nicht genug für meine Schwestern Ophelia und Flavia. Und es ist nicht *annähernd* genug für mich.«

Hinter mir entschlüpfte Mrs. Mullet ein Aufschluchzen.

»Ich kann nur hoffen, dass man uns eines Tages die Wahrheit sagen wird. Das steht uns als trauernden Hinterbliebenen einfach zu. Wir haben viel verloren: eine Ehefrau und Mutter, unseren Stolz und bald auch noch unser Zuhause. – Und deshalb möchte ich Sie nun auffordern zu beten. Aber beten Sie nicht nur für das Seelenheil unserer Mutter, Harriet de Luce, sondern beten Sie auch für uns, die wir verlassen und beraubt zurückbleiben. – Wir wollen nun eins der Lieblingslieder meiner Mutter singen.«

Am liebsten hätte ich geklatscht und »Bravo!« gerufen, aber ich traute mich nicht.

Eine beklemmende Stille erfüllte die Kirche. Die Anwesenden blickten zur Decke, auf ihre Schuhe, auf die Fenster, auf die marmornen Gedenktafeln an den Wänden und auf ihre Fingernägel. Alle schienen fürchterlich verlegen zu sein.

»*Spiel, Feely!*«, flehte ich stumm. Doch Feely ließ es zu, dass sich die Stille in die Länge zog, bis schließlich ein paar Leute husteten, weil sie die Anspannung nicht mehr aushielten.

Da setzte die Musik endlich ein. Sechs wuchtige Töne drangen aus den Orgelpfeifen!

Dah-dah-dah-DAH-dah-dah.

Die Melodie war unverwechselbar.

Als die Leute sie erkannten, wechselten sie erstaunte und ungläubige Blicke, aber dann mussten sie doch über diese Unverfrorenheit schmunzeln.

Daffy fiel mit ihrer schönen lauten Singstimme ein: »Ta-ra-ra BUMM-di-däh, Ta-ra-ra BUMM-di-däh...«

Eine zweite Stimme gesellte sich dazu – ich glaube, sie gehörte unvorstellbarerweise Cynthia, der Frau des Vikars – und griff den Text auf. Andere schlossen sich ihr an, erst noch ein wenig unsicher, dann mit jedem Takt selbstbewusster: »Ta-ra-ra BUMM-di-däh, Ta-ra-ra BUMM-di-däh...«

Bis schließlich die ganze Kirche schmetterte: »Ta-ra-ra BUMM-di-däh, Ta-ra-ra BUMM-di-däh!«

Der dröhnende Bass von Mr. Haskins, dem Küster, hallte von der Wand hinter dem Taufbecken wider.

Der Vikar sang, Inspektor Hewitt und Antigone sangen, Dame Agatha Dundurn sang – sogar *ich* sang: »Ta-ra-ra BUMM-di-däh, Ta-ra-ra BUMM-di-däh!«

Feely zog zum Schlussakkord das Trompetenregister, dann verstummte die Orgel, als sei dem Instrument sein eigener Überschwang plötzlich peinlich geworden.

Als die Musik zwischen den Balken des alten Kirchendachs verhallt war, sammelte Daffy ihre Zettel ein und ging gemessen wieder auf ihren Platz neben Vater.

Vater hatte die Augen geschlossen. Tränen liefen ihm übers Gesicht. Ich legte meine Hand auf seine, aber er schien es nicht zu merken.

Die Leute schmunzelten immer noch, schüttelten die Köpfe, tuschelten miteinander, und in der ganzen Kirche, nur nicht in der Bank der de Luces, lag ein Leuchten in der Luft.

Ich drehte mich zu Dogger um. Seine Miene war, wie es in den Radiokrimis immer heißt, unergründlich.

Ich ging davon aus, dass Feely und Daffy die Sache gemeinsam ausgeheckt hatten. Hinter verschlossener Tür hatten sie Note für Note geplant. Schade, dass sie mich nicht eingeweiht hatten. Ich hätte ihnen vielleicht davon abgeraten.

Doch jetzt kam der Vikar wieder nach vorn.

»Nun aber ist Christus auferstanden von den Toten«, verkündete er, ohne mit der Wimper zu zucken, »als Erster unter denen, die entschlafen sind.«

Es klang so unschuldig, als hätte sich nicht eben etwas Unglaubliches in seiner Kirche ereignet, ein Wunder womöglich, als hätte nicht auch er eben noch »Ta-ra-ra BUMM-di-däh!« geschmettert und sämtliche anderen Anwesenden mit ihm.

»Denn da durch einen Menschen der Tod gekommen ist«, sprach er weiter, »so kommt auch durch einen Menschen die Auferstehung der Toten. Denn wie sie in Adam alle sterben, so werden sie in Christus alle lebendig gemacht...«, und so weiter und so fort arbeitete er sich durch all die schönen Sprüche über den Glanz der Sonne, des Mondes und der Sterne, bis er natürlich, ob er wollte oder nicht, zu jenen unausweichlichen Sätzen kam:

»Tod, wo ist dein Sieg? Tod, wo ist dein Stachel?«

Einfach so. Man hatte uns aus einem famosen Ohrwurm herausgerissen und abermals in tiefe Trauer gestürzt. Ich kämpfte mit meinen Gefühlen und blickte zu den Kirchenfenstern auf, als könnte von dort Hilfe kommen, als könnte den bunten Chemikalien Trost entströmen.

Die gelbe Schriftrolle war vermutlich mit Schwefel und Kalzium gemalt, die schwarzen Buchstaben waren mit einer mittelalterlichen Farbe aufgebracht, deren Zusammensetzung man damals streng geheim gehalten hatte, die aber vermutlich aus sorgfältig bemessenen Prisen Eisenpulver oder Kupferoxid bestand, dazu einem Bindemittel sowie dem Urin des Glasmalers.

Ich las die Aufschrift noch einmal.

Samson – Delilah

Auf den ersten Blick sah es aus, als hätte sich der Künstler verschrieben, denn man las: Sanson – Delilas. Das *M* glich einem *N*, das *H* einem *S*. Erst wenn sich Augen und Hirn auf die Schnörkel der gotischen Schrift eingestellt hatten, erkannte man, dass es statt »Sanson und Delilas« tatsächlich »Samson und Delilah« hieß.

Wenn man den Bogen erst mal raushatte, war es ganz einfach.

Wie so vieles.

Im Bruchteil einer Sekunde fiel bei mir der Groschen.

Ich sah wieder die Worte »Lens Palace« vor mir, Harriets letzte dringliche Botschaft, geschrieben mit ihrem Urin.

Wenn man es erst mal kapiert hatte, war es sonnenklar!

Das *S* war ein *A*. Das *P* war ein *D*, und bei allem, was heilig war, die *A*s waren *E*s.

Abgesehen von dem zweiten *A*, das natürlich nur ein *U* sein konnte!

Als ich die Brieftasche aufgetaut hatte, waren die Buchstaben fast sofort in das mürbe Ölzeug eingesickert und mit jeder Sekunde schnörkeliger und rätselhafter geworden.

Harriets Botschaft lautete nicht »Lens Palace«, sondern sie hatte den Namen jener Frau aufgeschrieben, die in diesem Augenblick neben mir saß und sich mit dem Rocksaum die Fingernägel polierte.

Lena de Luce.

Es war Lena gewesen, die Harriet von Singapur nach Indien verfolgt hatte und von dort aus zu jener schicksalhaften letzten Begegnung in Tibet. Wer sonst sollte es gewesen sein? Warum hätte Harriet sonst Lenas Namen mit Geheimtinte auf die Brieftasche mit ihrem Testament schreiben sollen?

Das Blut in meinen Adern gefror erst zu Eis – dann begann es zu kochen.

Ich saß neben einer Mörderin!

Dieses Ungeheuer neben mir, das sich putzte wie eine Katze, die soeben den Wellensittich verspeist hat, hatte meine Mutter umgebracht! Ihr eigen Fleisch und Blut!

Reiß dich zusammen, Flavia. Lass dir nichts anmerken.

In ebendiesem Augenblick, schoss es mir durch den Kopf, *bist du auf der ganzen großen Erdkugel, die sich auf ihrem von der Schwerkraft zugewiesenen Platz zwischen all den anderen Planeten dreht, unter ihren zweieinhalb Milliarden Bewohnern der einzige Mensch – außer Lena natürlich –, der die Wahrheit kennt.*

Was hatte mir Tante Felicity durch den Gummischlauch zugebrüllt?

»Seit über dreihundert Jahren… hat man uns de Luces… einige der größten Geheimnisse des Königreichs anvertraut. Einige von uns waren auf der Seite des Guten… andere nicht.«

Es war klar wie Kloßbrühe: Lena gehörte zu jenen »anderen«.

Wieso hatte ich nicht auf meinen Instinkt gehört, als ich die Frau zum ersten Mal gesehen hatte? Wieso hatte ich ihr erlaubt – ihr und ihrer grässlichen Tochter –, unter dem Dach von Buckshaw zu übernachten? Selbst jetzt schüttelte es mich bei dieser Vorstellung.

Aber die eigentliche Frage lautete: Wieso war Lena nach Bishop's Lacey gekommen?

Die schreckliche Antwort traf mich wie der Steinhagel von dem Haus, das Samson zum Einsturz gebracht hatte.

Der Mann am Bahnhof – der Mann unter dem Zug! – der Mann im langen Mantel: »Er hat mit Ibu gesprochen«, so hatte sich Undine beim Kim-Spiel verplappert.

Der Mann hatte mich warnen wollen – oder er hatte zumindest Vater warnen wollen.

»*Der Wildhüter ist in Gefahr. Das Nest des Colchicus wird angegriffen.*«

Aber Lena war auf dem Bahnsteig gewesen! Und der Mann im langen Mantel hatte mit ihr gesprochen.

Bei unserem Zusammentreffen in meinem Labor hatte ich Lena damit konfrontiert, aber Tristram Tallis' Ankunft mit der *Blithe Spirit* hatte uns unterbrochen.

Und als wäre das alles noch nicht genug gewesen, war da noch das Wort »geschubst«.

»Jemand hat ihn geschubst«, hatte eine mir unbekannte Frauenstimme auf dem Bahnsteig behauptet. Ich rief mir den Klang der Stimme noch einmal ins Gedächtnis zurück ... und diesmal konnte ich ihn zuordnen. Es war Lenas Stimme gewesen!

Auf dem Bahnsteig hatte sie von sich selbst ablenken wollen und darum diesen Satz in die Menge gerufen.

Wie teuflisch schlau – und wie eiskalt.

Mit derselben Berechnung hatte sie mich zum Kürbiskopf locken wollen.

»Nach der Beerdigung«, hatte sie gesagt.

Das war nicht mal mehr eine Stunde hin!

Eines stand jedenfalls fest: Wenn Lena herausbekam, dass ich Verdacht geschöpft hatte, war ich erledigt.

Dann würde die nächste Beerdigung in St. Tankred meine eigene sein.

28

An das, was als Nächstes geschah, erinnere ich mich nur noch verschwommen – als hätte sich die Welt in eine Mischung aus Farben oder anderen Flüssigkeiten verwandelt, die in einer Zentrifuge durcheinandergequirlt wurden.

Ganz gleich, wie die Sache ausgehen würde, Inspektor Hewitt konnte ich mich nicht anvertrauen. Dabei hatte ich mich offen gestanden schon darauf gefreut, das Knäuel der Beweise geduldig aufzudröseln und ihm vor die dankbaren Füße zu legen.

Und vor Antigones Füße natürlich. Ich hatte nämlich den Verdacht, dass Antigone Hewitt schwanger war. Sie war von dem gleichen geheimnisvollen Glanz umgeben, den ich letzten Herbst bei der reisenden Puppenspielerin Nialla Gilfoyle beobachtet hatte: ein warmes Leuchten, das nichts mit strahlender Gesundheit zu tun hatte. Ich wusste, dass die Hewitts bereits mehrere Babys durch Fehlgeburten verloren hatten, und ich konnte nur beten, dass dieser Anlauf ein Bombenerfolg sein würde.

Beschütze sie, Sankt Tankred!, bat ich stumm.

Nein, Inspektor Hewitt konnte ich nicht einweihen. Tante Felicity hatte mir unmissverständlich klargemacht, dass ich über das Nest des Colchicus und alles, was damit zusammenhing, ausschließlich mit ihr reden durfte. Es galt die allerhöchste Geheimhaltungsstufe. Die Wildhüterin hatte gesprochen.

Deswegen durfte ich dem Inspektor auch nicht erzählen, was ich mittlerweile über den Fremden vom Bahnhof wusste: *Terence Alfriston Tardiman, Junggeselle, Campden Gardens Nummer 3A, Notting Hill Gate, London, W8, siebenunddreißig Jahre alt*, wie Adam mir mitgeteilt hatte.

Ich musste mich auf die Rolle einer Zeugin beschränken. Einer wichtigen Zeugin, das schon, aber trotzdem nur einer Zeugin.

Ich gestehe ohne Scham, dass das eine bittere Pille war. Ich musste in den Hintergrund treten, musste sozusagen mit der Tapete verschmelzen und zuschauen, wie der Inspektor den ganzen Ruhm einstrich.

Ich konnte nur hoffen, dass er und seine Handlanger ihre Hausaufgaben gemacht hatten und schon bald allein herausfinden würden, wer Terence Tardiman unter den Zug gestoßen hatte. Zumindest hatten sie ja wohl inzwischen festgestellt, wer auf dem Bahnsteig »Jemand hat ihn geschubst« gerufen hatte.

Wenn ihnen dann immer noch kein Licht aufging, musste ich ihnen eben einen anonymen Brief schicken. Um keinen Verdacht auf mich zu lenken, würde ich aus verschiedenen Zeitungsschlagzeilen einzelne Buchstaben ausschneiden, auf ein Stück Einwickelpapier kleben und den Brief in einen öffentlichen Postkasten in der Fleet Street werfen.

Um nach London fahren zu können, musste ich zwar meine Zahnspange noch einmal kaputtmachen, aber das war es mir wert. Vielleicht würde Inspektor Hewitt ja auch erraten, wer der Absender war. Er würde die Fingerabdrücke meines wachen Verstandes erkennen. Trotzdem: Beweisen können oder gar öffentlich zugeben, dass es Flavia de Luce gewesen war, die den Fall gelöst hatte, würde er niemals.

Wir würden uns bei Tee und Gebäck freundlich anlächeln,

der Inspektor und ich, einander fragen, ob wir Milch oder Zucker zum Tee nähmen, und kein Wort über die delikate Wahrheit verlieren, die wir beide kannten.

Die Stimme des Vikars holte mich in die Gegenwart zurück. Er sagte soeben: »Der Mensch, vom Weibe geboren, lebt kurze Zeit und ist voll Unruhe, geht auf wie eine Blume und fällt ab, flieht wie ein Schatten und bleibt nicht. Mitten im Leben sind wir vom Tod umfangen ...«

Angesichts der Umstände war man übereingekommen, auch wenn das ziemlich unüblich war, die Grabrede in den Beerdigungsgottesdienst einzubauen. Harriet sollte in unserer Familiengruft in der Krypta beigesetzt werden. Man würde ihren Sarg dorthin bringen, »sobald sich die Trauergäste zerstreut haben«, wie es der Vikar ausgedrückt hatte.

Wir näherten uns nun dem Ende des Gottesdienstes.

»Du kennst die Geheimnisse unseres Herzens, o Herr.«

Ich konnte nicht anders, ich musste zu Lena hinüberschielen.

Sie wandte jäh den Kopf und hielt meinen Blick gefangen, und zu meiner eigenen Überraschung gelang es mir nicht wegzuschauen, sosehr ich mich auch anstrengte.

Angeblich können bestimmte Giftschlangen kleinere Beutetiere allein mit ihrem Blick lähmen – eine Behauptung, die ich immer angezweifelt hatte, sogar als mich Mrs. Mullet vor Gertie Mumfield gewarnt hatte, die den bösen Blick hatte und deren zudringliches Gaffen man auf gar keinen Fall erwidern durfte.

Wie dem auch sein mochte, jedenfalls schaffte ich es nicht, Lenas Blick auszuweichen. Etwas Ungreifbares wechselte von ihrem Blick auf mich über, aber erstaunlicherweise auch in der Gegenrichtung, von mir zu ihr: ein wortloser telegrafischer Austausch, den zu entschlüsseln ich zu unerfahren war.

Sie wusste, dass ich es wusste. Daran bestand kein Zweifel. Sie sog die Wahrheit aus meinen Augen, und ich konnte sie beim besten Willen nicht daran hindern.

Mit allerletzter Kraft gelang es mir, die Lider niederzuschlagen, auch wenn es so mühsam war, als wollte man ein farbverklebtes Schiebefenster herunterziehen.

Ich drehte den Kopf weg und richtete den gesenkten Blick erst auf den Boden, ehe ich mich traute, ihn wieder zu heben.

Zu meinem Entsetzen war der Vikar bereits an jener Stelle des Gottesdienstes angekommen, an der er uns nacheinander auffordern würde – Vater, Feely, Daffy und mich –, nach vorn zu kommen und eine Handvoll Friedhofserde auf Harriets Sarg zu streuen.

»Du einziger Richter unserer Seelen...«, deklamierte er, »... lass nicht zu, dass wir in der Bitterkeit der letzten Stunde von Zweifeln verwirrt werden.«

Er nickte Vater zu, der sich unbeholfen erhob und wie eine mechanische Puppe, die man seit hundert Jahren nicht mehr aufgezogen hatte, nach vorn wankte.

Daffy und ich folgten.

»Asche zu Asche, Staub zu Staub... in der Hoffnung auf die Auferstehung zum ewigen Leben...«

Wie grausam diese Worte waren! Ich wollte sie nicht hören.

Ich hielt mir die Ohren zu und machte einen Schritt rückwärts. Dabei muss ich an der untersten Altarstufe hängen geblieben sein. Um nicht hinzufallen, hielt ich mich an der Ecke von Harriets Sarg fest.

Als ich das Gleichgewicht wiedererlangt hatte, sah ich Inspektor Hewitt den Mittelgang heraufkommen.

War er denn *so* besorgt um mich?

Anscheinend nicht, denn Detective Sergeant Woolmer, der

sich schwerfällig wie ein voll beladener Lastwagen bewegte, hatte bereits den halben Seitengang durchquert – und Detective Sergeant Grave versperrte den anderen Seitengang.

Was war da los? Hatte man die beiden gebeten, an der Verabschiedung am Sarg teilzunehmen?

Oder hatten sie – wie ich mir vorhin gewünscht hatte – inzwischen den Mörder vom Bahnhof identifiziert?

Hinter mir polterte es laut.

Lena war aus der Bankreihe gestürmt und stand bereits auf der obersten Altarstufe. Einen Augenblick lang erinnerte sie mich an ein in Panik fliehendes Pferd, in dessen Stall der Blitz eingeschlagen hat. Ihr Kopf fuhr herum, und ich sah das Weiße in ihren Augen.

Dann galoppierte sie weiter, als sei ihr nicht klar, dass es hinter dem Altar keinen Ausgang gab. Inspektor Hewitt näherte sich derweil mit entschlossenen, aber keineswegs eiligen Schritten den vordersten Sitzreihen.

Der kleinere, leichtere und jüngere Sergeant Graves hatte inzwischen fast die Vierung erreicht. Er war so nah, dass ich ihn hätte anfassen können. Doch als Inspektor Hewitt warnend die Hand hob, blieb er wie angewurzelt stehen.

Im Gang gegenüber war Sergeant Woolmer noch nicht ganz vorn angekommen.

Lena stützte sich auf den Altar, als wollte sie hinaufklettern, stellte dann aber fest, dass er zu hoch war. Sie wirbelte herum und sah, dass sich Inspektor Hewitt und Sergeant Graves wieder in Bewegung gesetzt hatten und sie in ein unsichtbares Netz verstrickten.

Daraufhin griff sie sich an die Taille und riss sich mit einem Ruck den engen schwarzen Rock herunter, der sie daran hinderte, schnell zu rennen. Ihr Seidenhöschen schimmerte obszön in der Sonne.

Von den drei Beamten war Sergeant Woolmer derjenige, der noch am weitesten weg war. Sie entschloss sich, in seine Richtung zu fliehen.

Abgesehen von den hartnäckigen Geräuschen dreier Paar Polizistenstiefel sowie eines Paars Damenschuhe auf dem Marmorboden, herrschte fast völlige Stille. Es war verblüffend: eine Stummfilmszene aus der Anfangszeit der Tonexperimente.

Kurz bevor sie Sergeant Woolmer in die kräftigen Arme lief, schlug Lena einen Haken und rannte nach links in die Kapelle – in die kleine Kapelle, in der Samson mit dem Kopf im Schoß seiner Geliebten lag und in der er auch das Haus seiner Peiniger niederriss.

Ihr muss sofort klar gewesen sein, dass das ein grober Fehler war.

Sie saß in der Falle.

Sie blieb stehen, drehte sich hierhin und dorthin, und obwohl das Ganze nur den Bruchteil einer Sekunde dauerte, machte ich einen geistigen Schnappschuss von ihr. Noch heute, wenn ich die Augen schließe, sehe ich sie deutlich vor mir. Das lange rote Haar hat sich aus der Frisur gelöst, die Augen sind aufgerissen, sie fährt sich mit der Zungenspitze über die Lippen … aber nur einmal. Ihre Brust hebt und senkt sich sichtbar, als sie einen Blick über die Schulter wirft; ihre keuchenden Atemzüge hallen in der entsetzten Stille wider.

Ich wünschte, ich könnte behaupten, dass ihr Gesicht hassverzerrt war, aber das wäre gelogen. Sie sah eher aus wie eine Frau, der auf halbem Weg zum Auto eingefallen ist, dass sie ihr Portemonnaie auf dem Küchentisch hat liegen lassen.

So standen sie einander einen endlosen Augenblick lang gegenüber, Lena und die Beamten – wie Schauspieler, die in einem anstrengenden »Lebenden Bild« verharren.

Dann entfuhr einem der Anwesenden – war ich es? – ein leiser Aufschrei.

Der Bann war gebrochen.

Lena lief weiter, ein geölter Blitz in schwarzer Kostümjacke. Mit wenigen Schritten hatte sie die Kapelle durchquert, sprang mit einem Satz auf den niedrigen Altar, sammelte ihre Kräfte und warf sich gegen das Buntglasfenster.

Samson und Delilah zerbarsten in einem Scherbenregen. Antike Splitter von Schwefelgelb und Kobaltblau hingen wie in Zeitlupe in der Luft und stürzten dann wie eine Meereswoge über der marmornen Altarplatte zusammen.

Ein gläsernes Meer.

Aber Lena schaffte es nicht ganz.

Das war ihr Verhängnis.

Die mittelalterlichen Glasmacher, deren Hütte westlich von Buckshaw im Ovenhouse Wood gestanden hatte, hatten Sand mit der Asche einer Pflanze namens Kalikraut vermischt, um ein Fenster zu erschaffen, das bis zum Jüngsten Gericht überdauern würde; bis zu jenem Tag, an dem sich die Himmelspforte auftun und der Regenbogenthron mit den sieben Feuerfackeln in einem gläsernen Meer stehen würde.

Um das zu gewährleisten, hatten sie die Glasstücke mit einem metallenen Raster eingefasst, mit dünnen Stegen, die ein bleiernes Spinnennetz bildeten.

In diesem metallenen Netz hing Lena jetzt fest, halb drinnen in der Kapelle, halb draußen im Freien.

Beim Zappeln musste sie sich eine Schlagader verletzt haben – aufgespießt auf tausend bunte Glasnadeln, unfähig, sich zu befreien.

Erst sickerte das Blut nur, dann wurde das Gesicker zu kleinen Rinnsalen und Bächlein, die sich zu einem Fluss aus

Rot vereinten, der schaurig auf den kalten Steinfußboden tropfte.

Es war erstaunlich schnell vorbei.

In der Kirche war die Hölle los. Jemand schrie, und Dr. Darby kam aus seiner Bank hinten im Mittelschiff gestürzt.

Ich bewegte mich wie magisch angezogen an der Kanzel am Lesepult vorbei und in die kleine Kapelle hinein. Inspektor Hewitt wollte mich aufhalten, aber ich machte mich, vielleicht eine Spur zu unsanft, von ihm los und ging weiter, bis ich vor dem scherbenübersäten Altar stand und die ganze Bescherung sehen konnte.

Lena bewegte sich nicht mehr.

Abgesehen von ein paar roten Strähnen an ihrem Hinterkopf, die in dem Luftzug hin und her wehten, der durch das zerbrochene Fenster strich, hing sie aufgespießt und reglos da.

Und dann...

Ich wünschte, ich müsste es nicht niederschreiben, aber es muss sein.

Dann öffnete sich eins ihrer Augen und drehte sich mühsam in seiner Höhle, als wüsste es nicht mehr, wo es überhaupt war – bis sein Blick schließlich auf mir haften blieb.

Das Auge weitete sich.

Das blaue, unergründliche Auge. Starrte mich an.

Bis es endgültig brach...

Das blaue De-Luce-Auge.

Meinem eigenen so ähnlich.

29

Manchmal wüsste ich gern, was Lena durch den Kopf ging, als sie starb.

Ob ihr, als sie mich dort stehen sah, noch der Gedanke kam, Harriet sei von den Toten auferstanden, um sich zu rächen?

Einerseits hoffe ich, dass es so war, andererseits auch wieder nicht. Ich gebe mir viel Mühe, ein besserer Mensch zu werden, aber es klappt nicht immer.

Zum Beispiel stelle ich immer wieder fest, dass es mir außerordentlich schwerfällt, Harriet zu verzeihen, dass sie tot ist. Auch wenn sie nichts dafür konnte und sogar für ihr Land gestorben ist, fühle ich mich beraubt, und zwar auf eine Weise, wie es nie der Fall war, als ihre Leiche noch nicht wieder aufgetaucht war. Daffy hatte recht: Wir hatten etwas Besseres verdient.

Es klingt unlogisch, ich weiß, und doch ist es so. Mir bleibt nichts anderes übrig, als mir selbst die Erlaubnis zu erteilen, sie eine Zeit lang zu hassen. Na ja, vielleicht nicht direkt zu hassen, aber fuchsteufelswild auf sie zu sein, wie Undine sagen würde. Und auf Lena natürlich. Das, was die beiden mir angetan haben, habe ich nicht verdient.

Die Rückfahrt nach Buckshaw verlief in tiefstem Schweigen. Wir hatten uns nicht noch lange auf dem Friedhof aufgehalten, um Beileidswünsche entgegenzunehmen, wie man es oft zu tun pflegt. Wegen Lena und so weiter hatten Cyn-

thia und der Vikar uns unter hastig übergeworfenen Chor-
hemden mit zupackenden Händen und verstohlenem Schul-
terklopfen im Handumdrehen in den Rolls verfrachtet.

Die meisten Gemeindemitglieder balgten sich ohnehin
noch um die besten Plätze, um zu verfolgen, wie Lena aus
dem Bleiglasfenster gezogen wurde. Manche standen auch
draußen auf dem Friedhof, obwohl man rasch eine der Pla-
nen des Totengräbers vor das Fenster und seine Gefangene
gehängt hatte. Daher gelang es uns ohne größere Schwierigkeiten, unbemerkt zu entkommen.

Als Dogger vor dem Friedhof anfuhr, kamen wir ganz
dicht an Inspektor Hewitt vorbei, der mit gezücktem Notizbuch Max Brock befragte. Seit Max sich von der Konzert-
bühne zurückgezogen hatte, ging das Gerücht, dass er für
gewisse zweifelhafte Zeitschriften »wahre Geschichten«
verfasste, und da er in der vordersten Reihe gesessen hatte,
hatte er sich bestimmt viele aufschlussreiche Einzelheiten
eingeprägt.

Mich würdigte der Inspektor keines Blickes.

Man hatte beschlossen, dass Undine mit Adam und Tristram in Lenas Land Rover zurückfahren sollte. Tante Felicity
war dagegen gewesen, aber Vater hatte ein Machtwort gesprochen. Es war das erste Mal an diesem Tag, dass er überhaupt etwas sagte.

»Lass die Kleine in Frieden, Felicity«, hatte er gesagt.

Ich hatte keine Ahnung, wie viel Undine mitbekommen
hatte, denn Dogger hatte sie sofort in die Sakristei gezogen,
so weit weg von der Aufregung, wie es nur ging.

Wir betraten ein stilles Haus. Vater hatte Mrs. Mullet den
Rest des Tages freigegeben. Sie hatte sich nicht dagegen ge-
sträubt.

»Im Kühlschrank ist reichlich Braten«, hatte sie Dogger

zugeraunt. »Und Nachtisch steht in der Speisekammer. Sehen Sie zu, dass sie was essen.«

Dogger hatte taktvoll genickt.

Gleich nach uns hielten Adam und Tristram mit Undine vor der Haustür. Die drei waren in eine angeregte Unterhaltung vertieft. Offenbar ging es um Libellen.

»In Singapur gibt es *viel* mehr Arten als in England«, erklärte Undine den beiden Männern gerade, »weit über hundert – allerdings hab ich jetzt die Wasserjungfern mitgezählt.«

Wusste sie überhaupt, was mit ihrer Mutter passiert war? Bestimmt. Tante Felicity musste es ihr erzählt haben.

Es würde schwer sein für das kleine Mädchen, ohne seine geliebte Ibu aufzuwachsen. Vielleicht würde sie ja irgendwann für den einen oder anderen Tipp meinerseits dankbar sein.

In der Eingangshalle trennte unsere Gruppe sich, und jeder ging seines Weges. Vater war der Erste, der sich verabschiedete. Er stapfte schwerfällig die Treppe hoch. Ich wäre gern hinterhergegangen und hätte ihn getröstet, aber offen gestanden wusste ich nicht, wie.

Vielleicht würde ich irgendwann das Gegenmittel gegen Kummer entdecken. Doch noch musste ich mich mit wortlosem Mitleid begnügen.

Weil ich mich weder für Libellen interessierte noch Hunger hatte, ging ich unverzüglich in mein Labor und fütterte Esmeralda, die mich anscheinend nicht vermisst hatte. Sie stürzte sich auf ihre Körner, als sei ich gar nicht da.

Es schien eine Ewigkeit her zu sein, seit ich zuletzt ganz allein gewesen war.

Zum ersten Mal in meinem Leben fiel mir nichts ein, wozu ich Lust gehabt hätte. Ich hatte keine Lust zu lesen, keine Lust, Musik zu hören, und Chemie kam schon überhaupt nicht infrage.

Aus purer Langweile nahm ich ein Streichholz aus der Schachtel und zündete den Bunsenbrenner an. Die Ellbogen auf den Labortisch gestützt, starrte ich in die Flamme, deren Farbe von Gelb über Orange zu Violett und Blau wechselte, als beobachtete ich vom äußersten Rand des Universums aus die Entstehung neuer Galaxien.

Es gab nur mich, sonst nichts. Nichts anderes existierte.

Licht und Wärme: Darum drehte sich alles.

Das Geheimnis der Sterne.

Obwohl... letztendlich war Licht nichts anderes als Energie und Wärme genauso.

Soll heißen, Energie war der große Zampano, war Ende und Anfang, der Ursprung aller Dinge.

Die Flamme flackerte, als wollte sie mich verspotten. Ich wärmte mir kurz die Hände, dann stellte ich die Sauerstoffzufuhr aus.

Puff! Das Ende der Schöpfung.

Ausgelöscht von einer fast Zwölfjährigen mit Zöpfen.

Einfach so.

Es war kein großer Trost, aber mehr durfte ich wohl nicht erwarten.

Ich hatte weder gehört, wie die Tür aufging, noch, wie Dogger hereinkam. Ich kann nur annehmen, dass er mich nicht erschrecken wollte.

»Huch!«, sagte ich. »Ach, du bist's, Dogger. Ich hab bloß hier rumgesessen und nachgedacht.«

»Ein ausgesprochen empfehlenswerter Zeitvertreib, Miss Flavia. Ich mache das auch oft.«

Früher hätte ich ihn daraufhin vielleicht gefragt, worüber er denn nachzudenken pflegte: ob er jemals daran dachte, wie er Vater das Leben gerettet hatte und zur Strafe am Höllenpass hatte schuften müssen.

Nicht, dass ich mich nicht getraut hätte, ihn danach zu fragen. Eher, dass ich ihn im Wachzustand nicht mit diesen düsteren Dingen behelligen wollte. Er hatte in seinen Träumen wahrhaftig genug damit zu tun.

Bis dahin hatte ich noch nie darüber nachgedacht, welch schreckliche Erinnerungen der bloße Anblick von Eisenbahnschienen bei ihm wachrufen mochte.

Es war ein großes Glück, dass Dogger während der Zeit, in der sich unsere Familie in ihrer größten Notlage befand, nicht einen einzigen seiner nächtlichen Anfälle erlitten hatte. Er war stets ein Fels in der Brandung gewesen. In Zukunft würde ich darauf achten, dass unsere Gespräche interessant waren, und einen großen Bogen um das Thema »Eisenbahn« machen.

»Du, Dogger«, fragte ich, »wie lange dauert es, bis ein Mensch verblutet ist?«

Dogger legte Daumen und Zeigefinger ans Kinn.

»Der menschliche Körper enthält durchschnittlich fünf bis sechs Liter Blut. Frauen haben etwas weniger Blut als Männer.«

Ich nickte. Das leuchtete mir ein.

»Und wie lange dauert es, bis... sagen wir mal, eine Frau... verblutet und tot ist?«

»Ein Mensch kann in etwas über einer Minute vollständig ausbluten. Es hängt natürlich von der Größe und dem Gesundheitszustand des Betreffenden ab und davon, welche Gefäße verletzt wurden. Denkst du an Miss Lena?«

Leugnen war zwecklos.

»Ja.«

»Ich kann dir versichern, dass sie sehr rasch gestorben ist.«

»Hatte sie Schmerzen?«

»Anfangs schon. Aber sie ist sicher schnell bewusstlos geworden und dann gestorben.«

»Danke, Dogger«, sagte ich. »Es war mir wichtig, das zu wissen.«

»Verständlich. Ich hatte es mir schon gedacht.«

»Und wie geht es Vater?«, fragte ich. Mir war plötzlich aufgegangen, dass Vater die gleiche Rücksichtnahme verdiente wie Dogger.

»Er hält sich tapfer«, lautete Doggers Antwort.

»Ist das alles?«

»Ja. Er will dich um neunzehn Uhr sehen.«

»Daffy und Feely auch?«

»Nein. Nur dich.«

Mir wurde ein bisschen mulmig zumute.

Offenbar hatte Vater bis nach der Beerdigung damit warten wollen, mich dafür zu bestrafen, dass ich Harriets Sarg geöffnet hatte. Ich hatte albernerweise angenommen, dass ihn die Übergabe ihres lang verschollenen Testaments irgendwie glücklich machen würde, aber er hatte sich nicht im Mindesten anmerken lassen, dass ihm nun leichter ums Herz war.

Eigentlich hatte er sogar noch angespannter gewirkt, ja, er war heute noch schweigsamer gewesen denn je, und das machte mir Angst.

Wie sollte es jetzt weitergehen? Harriet war tot und begraben, und damit war Vaters letzter Hoffnungsfunke erloschen. Er machte den Eindruck, als hätte er resigniert.

»Was sollen wir jetzt machen, Dogger?«

Die Frage war nur vernünftig. Nach allem, was Dogger schon durchgestanden hatte, kannte er sich doch bestimmt mit hoffnungslosen Lagen aus.

»Wir warten bis morgen«, sagte er.

»Aber... wenn morgen nun noch schlimmer wird als heute?«

»Dann warten wir bis *über*morgen.«

»Und immer so weiter?«

»Und immer so weiter.«

Es war beruhigend, irgendeine Antwort zu bekommen, selbst wenn es eine war, mit der ich nichts anfangen konnte. Wahrscheinlich habe ich ein ziemlich skeptisches Gesicht gemacht.

Es war noch früh. Bis neunzehn Uhr waren es noch etliche Stunden. Es hätten genauso gut neunzehn Jahre sein können.

Was sollte ich bis zum Termin meiner Vorladung mit mir anfangen?

Wie es einem oft geht, wenn man mit seinem Latein am Ende ist, hatte ich eine Eingebung.

Normalerweise hätte ich herumgehockt, an den Nägeln gekaut, die Stunden gezählt und mich immer mehr in meine Angst hineingesteigert. Heute nicht. Nein, heute nicht.

Diesmal würde ich die Sache in den Griff bekommen, bevor sie mich in den Griff bekam. Ich würde nicht bis neunzehn Uhr warten. Wozu? Ich hatte es gründlich satt, mich wie eine Schachfigur herumschieben zu lassen.

Außerdem sprach viel dafür, es hinter sich zu bringen. Das Warten ist bekanntlich die halbe Strafe. Wenn ich also früher bei Vater erschien, konnte ich meine Strafe um die Hälfte verringern. Ich freute mich nicht darauf, Vater meine Sünden zu beichten, aber ich kam sowieso nicht darum herum, ob es mir nun passte oder nicht. Dann lieber gleich.

Ich marschierte die Treppe hinunter, und obwohl das Gefühl, das mein Herz erfüllte, nicht direkt Vorfreude war, so war es doch gar nicht so weit davon entfernt.

Ich klopfte leise an die Tür des Arbeitszimmers. Keine Antwort.

Ich legte das Ohr an die Türfüllung, doch das hohle Brausen eines leeren Zimmers verriet mir, dass Vater nicht drinnen war. Oben konnte er aber auch nicht sein, denn schließlich hatte Dogger gerade erst mit ihm gesprochen.

Ein rascher Ausflug in den Westflügel verriet mir, dass er sich auch nicht im Salon aufhielt. Dort saß nur Feely am Klavier und starrte schweigend in ein Notenheft. In der Bibliothek war er ebenfalls nicht, denn dort saß nur Daffy im Schneidersitz auf dem Fußboden und blätterte in einer lesepultgroßen Bibel.

»Wenn du rausgehst, mach die Tür zu«, sagte sie, ohne aufzublicken.

Als ich zum zweiten Mal an Vaters Arbeitszimmer vorbeiging, vernahm ich ein Geräusch, das mich wie angewurzelt stehen bleiben ließ.

Es war ein Geräusch, das ich in den wöchentlichen Fortsetzungen der Radiokrimis mit dem Privatdetektiv Philipp Odell oft genug gehört hatte und sofort wiedererkannte: das Knacken, mit dem der Hahn eines Revolvers gespannt wurde. Das Geräusch kam aus dem Feuerwaffenmuseum.

Mein Blut gefror zu Eis.

Ob es nun Dummheit oder Tollkühnheit war – heute kann ich es selbst kaum glauben –, jedenfalls riss ich die Tür auf und stürmte hindurch.

Vater stand vor einer offenen Vitrine, und in seiner Hand lag eine hässlich aussehende Waffe, so hässlich, wie man sie sich nur vorstellen kann.

Ich hatte den Revolver oft genug in seiner Vitrine betrachtet und wusste, dass es sich laut der Beschriftung um einen Rast & Gasser, Modell 1898 handelte, der in Wien für das österreichisch-ungarische Heer hergestellt worden war. Seine Trommel enthielt acht Acht-Millimeter-Patronen, aber man sah auf den ersten Blick, dass eine völlig ausreichte.

»*Infam*« hätte Daffy die Waffe genannt.

Meine Gedanken überschlugen sich. Was sollte ich bloß sagen?

»Du wolltest mich sprechen?«, fragte ich. Etwas anderes wollte mir nicht einfallen.

Vater blickte überrascht auf, beinahe schuldbewusst, aber auch wie jemand, der aus einem Traum erwacht.

»Ach, Flavia … ja … aber erst nachher. Es ist doch wohl noch nicht neunzehn Uhr, oder?«

»Nein, Vater«, erwiderte ich. »Aber ich dachte, ich komme lieber schon früher, dann musst du nicht so lange warten.«

Auf diese verdrehte Logik ging er nicht ein. Genau genommen war es blanker Unsinn, doch das schien ihm gar nicht aufzufallen. Er legte die Pistole so behutsam wieder in ihren Kasten, als wäre sie aus Glas, und fuhr sich mit der flachen Hand über die Stirn.

»Diese Dachse«, sagte er. »Ich dachte, ich könnte den kleinen Quälgeistern mal einen Schrecken einjagen. Sie haben den ganzen Westrasen in ein Schlachtfeld verwandelt.«

Er tat mir ein bisschen leid. Sogar *mir* wäre eine überzeugendere Ausrede eingefallen. Was ging bloß in ihm vor?

»Sehr rücksichtsvoll von dir«, bezog er sich dann auf mein zu frühes Kommen, aber bevor er weitersprechen konnte, fiel ich ihm ins Wort.

»Das mit dem Testament tut mir furchtbar leid. Ich hab's nicht böse gemeint. Ich wollte nicht respektlos sein.«

Ich sah keinen Anlass, ihm von meinem gescheiterten Plan

für Harriets Wiederauferstehung zu erzählen. Je weniger Worte darüber verloren wurden, desto besser.

Nein, davon brauchte er niemals zu erfahren.

»Sir Peregrine hielt es für seine Pflicht, mir mitzuteilen, dass sich jemand am Sarg deiner Mutter zu schaffen gemacht hat.«

Dieser Mistkerl! Kannte das Innenministerium denn keine Diskretion? Hatte es denn gar kein Herz?

»Ja, Vater.« Ich machte mich auf etwas gefasst.

Ich wartete auf den tödlichen Schlag. Ganz gleich, welche Strafe Vater sich für mich ausgedacht hatte, dies hier war eindeutig das Ende von Flavia de Luce.

Gleich ist es so weit, dachte ich. *Dann werde ich entweder ins Gefängnis gesteckt oder ins Heim für straffällig gewordene junge Mädchen auf der Hundeinsel.*

Er hob die Hand ans Gesicht und zwickte sich in den Nasenrücken.

Als er wieder das Wort ergriff, klang seine Stimme nicht zornig, sondern unendlich traurig.

»Ich muss dich fortschicken«, sagte er.

30

Fortschicken? Unvorstellbar!

Ich kann nicht einmal ansatzweise schildern, was mir durch den Kopf ging.

Es war schlimmer als ein Schock.

Ich begriff schlagartig, wie einer Kuh zumute sein muss, wenn sie in den Schlachthof kommt und von jemandem, von dem sie annimmt, dass er sie füttern will, eins mit dem Beil zwischen die Augen verpasst bekommt.

Und das nur, weil ich mich am Sarg meiner Mutter zu schaffen gemacht hatte?

Ich starrte Vater ungläubig an. Das durfte nicht wahr sein. Es war ein Traum. Ein Albtraum.

»Ich wäre übrigens sehr überrascht gewesen, wenn du es nicht getan hättest.«

Überrascht, wenn ich es *nicht* getan hätte?

Was redete der Mann da?

In welcher verrückten Alice-im-Wunderland-Welt war ich plötzlich gelandet? Wer war dieser Fremde in den Kleidern meines Vaters? Und wieso redete er so unsinniges Zeug?

Hatte ich womöglich nicht mitbekommen, dass ich gestorben und in eine Hölle versetzt worden war, in der mich diese unfassbare Vogelscheuche, die die Gestalt meines Vaters angenommen hatte, auf ewig bestrafen würde?

Überrascht, wenn ich es *nicht* getan hätte?

»Es war so typisch für dich. Ich gebe zu, ich hatte schon

darauf gewartet, dass du dir irgendetwas in der Art einfallen lässt.«

»Ich, Vater?« Aufgerissene Augen. Weit offener Mund.

Vater schüttelte den Kopf.

»Ich habe dir schon öfter gesagt, wie sehr du deiner Mutter ähnelst, und in diesem Augenblick mehr denn je.«

»Entschuldigung«, sagte ich.

»Entschuldigung? Wofür?«

Die altbekannte Traurigkeit wallte in mir auf, und ich hatte plötzlich Tränen in den Augen.

»Ich weiß auch nicht.«

»So geht es einem manchmal«, sagte Vater freundlich. »Manchmal weiß man es nicht.«

»Stimmt«, sagte ich.

So abwegig es klingen mag, Vater und ich hatten ein Gespräch begonnen. Diese Erfahrung hatte ich erst wenige Male in meinem Leben gemacht, und mir wurde ganz schwindlig, so als balancierte ich auf einem Seil, das im Obstgarten zwischen zwei Bäumen gespannt war.

»Ich wollte sie wieder lebendig machen«, sagte ich. »Als Geschenk für dich ... damit du nicht so traurig bist.«

Es rutschte mir einfach so heraus.

Vater nahm die Brille ab und putzte sie umständlich mit seinem Taschentuch.

»Das ist nicht nötig«, sagte er dann leise. »Deine Mutter ist schon wieder lebendig geworden ... in dir.«

Jetzt waren wir beide kurz vorm Heulen. Nur die Tatsache, dass wir de Luces waren, hielt uns eben noch davon ab. Ich hätte ihn gern gestreichelt, aber ich kannte meine Grenzen.

Liebe auf Armeslänge hätte unser Familienmotto lauten sollen statt des künstlich-geistreichen *Dare Lucem*.

»Und jetzt«, sagte Vater, »müssen wir weitermachen.«

Er sprach es mit solcher Entschlossenheit aus, dass die Worte auch von Winston Churchill persönlich hätten kommen können. Ich stellte mir vor, wie seine Bulldoggenstimme aus dem Radiolautsprecher im Salon drang: *Wir müssen weitermachen.*

Meine Fantasie lieferte dazu den Jubel der Massen am Trafalgar Square. Ich sah die Fahnen förmlich wehen.

»Ich habe deine Ausbildung vernachlässigt«, fuhr Vater fort. »Du hast zwar ein bisschen in das Gebiet der Chemie hineingeschnuppert, aber Chemie ist nun mal nicht alles.«

Hineingeschnuppert? Hatte ich mich verhört?

Chemie ist nicht alles? Natürlich war Chemie alles!

Energie! Das Universum. Und ich: Flavia Sabina de Luce.

Chemie war das Einzige, das wirklich Bestand hatte. Alles andere war nur Pillepalle.

Vater hatte unser zart sprießendes Gespräch mit kaltem Wasser übergossen, ehe es noch die Chance gehabt hatte, richtig Feuer zu fangen.

Hineingeschnuppert – von wegen!

Aber er war noch nicht fertig.

»Deine Schwestern waren dir gegenüber ungerechterweise im Vorteil, vielleicht, weil sie schon älter waren. Aber jetzt ist der Zeitpunkt gekommen, dass wir dich in die richtige Spur bringen.«

Ich spürte, wie alles Gefühl aus mir wich. Das Gesicht wurde zuerst taub.

»Ich habe die Angelegenheit mit deiner Tante Felicity besprochen, und wir sind uns einig.«

»Ja, Vater?«

Ich war der Gefangene vor Gericht, der mit blutleeren Fingern die Schranke vor seinem Platz umklammert und darauf

wartet, dass ihm der Richter ein schwarzes Taschentuch auf
den Kopf legt und das Todesurteil verkündet.

»*Gott sei deiner Seele gnädig.*«

»Die ehemalige Schule deiner Mutter in Kanada, Miss Bodycotes Höhere Mädchenschule, hat sich bereit erklärt, dich
zum Herbst aufzunehmen.«

Es folgte eine schwindelerregende Stille, dann machte
mein Magen, was er immer macht, wenn einen der unifor-
mierte Fahrstuhlführer im Army-and-Navy-Laden tückisch
angrinst und den Hebel mit Schwung zur Markierung »Abwärts« umlegt.

»Aber Vater... die Kosten!«

Na schön, ich geb's zu, das war natürlich nur ein Vorwand.

»Da deine Mutter dir Buckshaw hinterlassen hat, darf ich
wohl mit Fug und Recht behaupten, dass die Kosten keine
Rolle mehr spielen. Natürlich gibt es noch einiges zu regeln,
aber wenn das erst mal erledigt ist...«

Wie bitte?

»Deine Tante Felicity und ich sind selbstverständlich deine
Treuhänder, bis...«

*Entschuldigung? Buckshaw soll mir gehören? Was ist das
für ein grausamer Scherz?*

Ich steckte mir die Zeigefinger in die Ohren. Ich wollte
das nicht hören.

Vater zog die Finger sanft wieder heraus. Seine Hand war
erstaunlich warm. Es war vermutlich das allererste Mal, dass
er mich absichtlich angefasst hatte, und ich hätte mir die
Finger am liebsten gleich wieder in die Ohren gerammt, damit er sie noch einmal herausziehen konnte.

»Buckshaw?«, brachte ich heraus. »Meins? Wissen Feely
und Daffy das schon?«

Das war vielleicht ein liebloser Gedanke, aber es war das Erste, was mir durch den Kopf ging, und ich hatte es schon ausgesprochen, ehe ich mir auf die Zunge beißen konnte.

»Nein«, sagte Vater. »Und ich schlage vor, dass du es ihnen auch nicht erzählst. Jedenfalls jetzt noch nicht.«

»Warum denn nicht?«

Innerlich stolzierte ich bereits durch mein Königreich wie Heinrich der Achte.

»Verbann ich dich, du Stolze, und dich, du Bücherwurm,
   Auf eine ferne Insel! Bereuet eure Frechheit
   Der arg geplagten kleinen Schwester gegenüber...«

Vater ließ sich mit der Antwort lange Zeit, als müsste er seine Worte eins nach dem anderen aus der Vergangenheit klauben.

»Ich will es mal so ausdrücken...«, sagte er schließlich. »... Warum darf man niemals Wasser in Schwefelsäure gießen?«

»Wegen der exothermen Reaktion!«, rief ich aus. »Man darf nur die konzentrierte Säure nach und nach in das Wasser gießen, niemals andersherum. Sonst fliegt einem das Ganze um die Ohren!«

Beim bloßen Gedanken daran sprudelte ich vor Aufregung.

»Richtig«, sagte Vater.

Jetzt begriff ich, worauf er hinauswollte. Was für ein kluger Mann mein Vater doch war!

Dann kehrte die Gegenwart wie ein Blitzschlag zurück, und mir ging die eigentliche Bedeutung seiner Worte auf.

Ich sollte Buckshaw verlassen.

Am liebsten hätte ich mich strampelnd und schreiend auf den Boden geworfen, aber das ging natürlich nicht.

Es war einfach ungerecht.

»Ich habe für dich getan, was ich konnte, Flavia«, fuhr Vater fort. »Entgegen dem dringenden Rat anderer habe ich mir die allergrößte Mühe gegeben, dich in Ruhe zu lassen, was in meinen Augen das wertvollste Geschenk ist, das man einem Kind machen kann.«

Mir dämmerte etwas.

Und ich hatte mich immer für so schlau gehalten! Dabei war Vater, ohne dass ich es ahnte, die ganze Zeit mein Mitverschworener gewesen!

»Natürlich wirst du uns sehr fehlen«, fügte er hinzu. Dann musste er sich unterbrechen, weil wir jetzt beide schlucken mussten wie die Guppys.

Armer, lieber Vater. Und übrigens auch arme, liebe Flavia. Wie ähnlich wir uns doch waren!

Im Grunde genommen.

Am Morgen nach der Beerdigung stakten Tante Felicity und ich in einem uralten Stechkahn, den Dogger auf dem Dachboden der Remise aufgetrieben hatte, über den künstlichen See.

»Nicht so wild mit der Stange«, mahnte Tante Felicity und rückte ihren altmodischen Sonnenschirm zurecht. »Dogger hat mich gewarnt. Er sagt, dass diese Nussschale nur noch vom Lack zusammengehalten wird.«

Ich grinste. Selbst wenn wir durch den Boden des Kahns gebrochen wären, hätten wir nur bis zu den Knien im sonnenwarmen Wasser gestanden.

»So ist es auch im Leben«, fuhr Tante Felicity fort. »Zu viel Schwung und man kracht durch den Boden. Aber wenn man überhaupt nicht rudert, kommt man auch nicht vom Fleck. Zum Verrücktwerden, was?«

Es war wirklich unglaublich: Da glitt ich mit der Wildhüterin höchstpersönlich über einen See aus dem achtzehn-
ten Jahrhundert, aber hätte sich ein Spion hinter einem der
verfallenen Standbilder auf dem Visto versteckt, hätten wir
für ihn nur ausgesehen wie eins der hübschen Gemälde der
französischen Impressionisten: Monet vielleicht oder Degas.

Das Licht glitzerte auf dem See und unter den Trauer-
weiden.

Wir waren wie ein Bild auf einer Kinoleinwand.

Nach dem Frühstück hatte ich Tante Felicity in mein Labor mit hochgenommen und ihr den alten Film vorgeführt.

Sie hatte ihn sich kommentarlos angeschaut, und als das
letzte Einzelbild durch den Projektor gelaufen war, hatte sie
die Spule herausgenommen und in die Tasche gesteckt.

»Fasanensandwiches«, hatte sie ohne Ton gesagt. »Wir
hatten dieses Wort ausgesucht, weil es viele Konsonan-
ten enthält, die man gut von den Lippen ablesen kann. Für
Außenstehende klingt es harmlos, aber für Eingeweihte ist es
eine unmissverständliche Warnung.«

»Wen wollte Harriet denn warnen?«

»Mich«, sagte Tante Felicity. »Ich war es auch, die den
Film aufgenommen hat. Durch den Sucher der Kamera
konnte ich deine Mutter hervorragend sehen und verstand
die Warnung sofort.«

»Aber vor wem wollte sie dich warnen?«

»Vor Lena. Sie war wieder mal überraschend in Buckshaw
aufgetaucht, wie sie es mit Vorliebe tat. Sie war durch den
See gewatet, ohne dass wir es mitbekommen hatten. Vielleicht wollte sie uns überrumpeln. Aber deine Mutter – und
das wird auf ewig ihr Verdienst bleiben – hatte schon damals
Verdacht geschöpft, dass Lena gewisse Neigungen hatte,
wenn ich es mal so abgedroschen ausdrücken darf.«

Ich verstand nicht gleich, was sie meinte, nickte aber trotzdem.

Aber warum hatte Harriet nicht einfach ausgerufen: »Nanu, da ist ja Lena!« oder etwas in der Art? Warum hatte sie es vorgezogen, Tante Felicity stumm zu warnen?

Ich rief mir ins Gedächtnis, was Lena gesagt hatte: »Deine Mutter und ich waren richtig dicke Freundinnen – jedenfalls wenn wir einander außerhalb der Familienzusammenkünfte über den Weg liefen.«

Außerhalb der Familienzusammenkünfte ... Vielleicht waren die beiden ja *innerhalb* der Familie zerstritten gewesen. Das nachzuvollziehen fiel mir nicht schwer.

Familien sind wahrhaftig tiefe Gewässer, und auch ich hatte noch längst nicht alles über die schnappenden Hechte herausgefunden, die unter meiner eigenen Oberfläche lauerten.

Gerade eben jedoch, wie ich so mit Tante Felicity auf dem See herumdümpelte, waren die schwarz-weißen Bilder aus einer anderen Zeit, die an diesem Schauplatz aufgenommen worden waren, so weit weg wie ein halb vergessener Traum.

»Und wer war der Mann im Fenster?«, fragte ich.

Diesen Teil des Rätsels hatte ich noch nicht zu meiner Zufriedenheit lösen können.

»Tristram Tallis«, antwortete Tante Felicity.

»Das hatte ich mir schon gedacht. Aber warum hatte er eine amerikanische Uniform an?«

»Du bist eine gute Beobachterin«, sagte Tante Felicity anerkennend. »Er war doch kaum eine Sekunde im Bild.«

»Eigentlich ist es Dogger aufgefallen«, gab ich zu.

Sie stürzte sich auf meine Worte wie ein Leopard auf seine Beute. »Du hast Dogger den Film gezeigt?«

»Ja. Ich wusste ja nicht, was ... was er zu bedeuten hatte.«

Das wusste ich zwar immer noch nicht, hoffte es aber noch herauszufinden.

»War das falsch?«

Tante Felicity ging nicht auf die Frage ein.

»Es ist sehr wichtig«, sagte sie stattdessen, »dass man immer weiß, wer was weiß. Denk an Kipling.«

»Kipling war ein gottverdammter Konservativer und Chauvinist«, sagte ich und gab mir Mühe, sehr erwachsen zu klingen.

»Pah!« Zu meiner Verblüffung spuckte Tante Felicity über den Bootsrand. »Diesen Blödsinn hast du doch von Lena aufgeschnappt oder zumindest von Undine.«

Ich gab es zu.

»Kipling war weder ein Konservativer noch ein Chauvinist. Er war Spion im Dienste Königin Victorias und ein verdammt fähiger dazu. Das hat er selbst immer behauptet, aber niemand wollte ihm glauben. Alle dachten, er schreibt harmlose Kinderbücher. Eine perfekte Tarnung, das muss man ihm lassen.«

Sie hatte sich kerzengerade aufgerichtet, und einen Augenblick lang hatte ich das fast unheimliche Gefühl, eine Königin säße vor mir.

Ihre Stimme wanderte eine Oktave nach oben, und sie rezitierte in majestätischem Tonfall:

»Sechs treue Diener habe ich,
Tücht'gere fand ich nie –
Sie heißen Was und Wer und Wann,
Wo und Warum und Wie.

Da du zum Nest des Colchicus gehörst, musst du diesen Vierzeiler immer parat haben.«

»Gehörte Lena auch zum Nest des Colchicus?«

»Lena war der Feind!«, fauchte Tante Felicity. »Sie gehörte zu den dunklen de Luces. ›Die Schwarzen‹ hießen sie bei uns, als ich jung war. Man erzählte uns Schauergeschichten über sie, und wir erfanden sogar noch ein paar dazu.«

»Sie hat meine Mutter auf dem Gewissen, stimmt's?«

Das war die Frage, vor deren Antwort mir graute, aber ich musste es wissen.

»Ich habe allen Grund, das anzunehmen«, sagte Tante Felicity, »aber ganz sicher können wir wohl nie sein. Als Harriet starb, nahm sie die Wahrheit mit in den Tod. Es gab nur noch einen anderen Teilnehmer dieses verhängnisvollen Marschs durch Tibet, und der ist leider ...«

»Terence Alfriston Tardiman, Junggeselle, Campden Gardens Nummer 3A, Notting Hill Gate, London, W8, siebenunddreißig Jahre alt«, ratterte ich so schnell herunter, dass sich die Worte überschlugen. »Der Mann unter dem Zug!«

Tante Felicity kniff die Augen zusammen, als blinzelte sie mich durch eine Tabakwolke an, und ich musste an Dr. Kissing denken.

»Sowerby hat geplaudert«, sagte sie dann. »Ich werde ihn zur Rede stellen.«

»Bitte schimpf Adam nicht aus. Er ist mehr oder weniger mein Partner. Seit der Sache mit Luzifers Herz.«

»Das ist mir bewusst, aber ich muss ihn trotzdem ermahnen. Das Nest des Colchicus darf nicht von losen Zungen in Gefahr gebracht werden. So etwas kann Menschenleben kosten – auch deines. Hast du mich verstanden, Flavia?«

»Ja, Tante Felicity. Adam war Tardiman fünf Tage lang gefolgt, und das nicht zum ersten Mal.«

Damit verstieß ich gegen meine übliche Verschwiegenheitsregel, doch ich hoffte, auf diese Weise auch Tante Felicitys Schleusentore zu öffnen. Es klappte nicht. Sie war noch gerissener als ich.

»Gehörte auch Tardiman dem Nest an?«, fragte ich. »War er einer von uns?«

Wie stolz ich war, das sagen zu können!

»Du musst noch lernen, dass du mir bestimmte Fragen besser nicht stellst«, erwiderte Tante Felicity. »Jedenfalls nicht, solange sie lebende Personen betreffen.«

»Tardiman ist doch tot«, wandte ich ein.

»Stimmt«, sagte sie nachdenklich und fügte nach einer Weile hinzu: »Möglicherweise war er ein Doppelagent.«

»Er ist nach Bishop's Lacey gekommen, weil er uns vor einer großen Gefahr warnen wollte. Er hat mir gesagt, das Nest des Colchicus würde angegriffen. Lena muss geahnt haben, dass er herkommen würde. Vielleicht dachte sie, es sei ihre letzte Gelegenheit, ihn zum Schweigen zu bringen. Wenn er tot wäre, wüsste nur noch sie, was Harriet zugestoßen war.«

»Das kann gut sein.«

»Aber warum erst jetzt?«, bohrte ich nach. »Warum hat Lena zehn Jahre gebraucht, ihn zu finden?«

»Weil er die ganze Zeit unter falschem Namen gelebt hat.«

»Tardiman!«, sagte ich. »Dann war das also nicht sein richtiger Name. Wer war er?«

»Wie gesagt, es gibt gewisse Fragen, die ich nicht beantworten werde, weil sie lebende Personen betreffen. Es gibt aber auch gewisse Fragen, die nicht gestellt werden dürfen, weil sie einen Toten betreffen.«

»Tut mir leid.«

Ich begriff, dass ich den Namen des Mannes, der vor meinen Augen unter dem Zug gestorben war, womöglich niemals erfahren würde. Und ich würde womöglich genauso wenig erfahren, weshalb sich Tristram Tallis in amerikanischer Uniform in Buckshaw aufgehalten hatte. Vielleicht hing das ja irgendwie mit den japanischen Marinecodes zusammen und mit dem Umstand, dass Amerika damals noch nicht in den Krieg eingetreten war.

Aber was war aus dem Verräter geworden, den Harriet zur Strecke hatte bringen wollen? Hatte sie ihn aufstöbern können, ehe sie selbst verraten wurde?

Hatte sie ihn womöglich getötet?

War Harriet eine Auftragsmörderin gewesen?

Es lief mir eiskalt den Rücken herunter. Tiefe Gewässer ... allerdings!

Ich nahm mir vor, bei nächster Gelegenheit die Bücherei in Bishop's Lacey aufzusuchen. Vielleicht entdeckte ich ja im Zeitungsarchiv für das Jahr 1939 etwas Lohnendes. Der Bibliothekarin, Miss Pickery, würde ich weismachen, Daffy hätte mir empfohlen, stricken zu lernen, und ihr sei die Abbildung eines nicht allzu komplizierten Pullovers in einer älteren Zeitschrift eingefallen, deren Namen und Erscheinungsdatum sie leider vergessen hätte.

Wenn man sich eine Lüge zurechtbastelt, muss man die Menge an Einzelheiten sorgfältig abwägen: Zu viel oder zu wenig – beides ist verräterisch.

Dann war da noch Mrs. Mullet. Hatte sie Tristram nicht gefragt, ob sie jetzt »Staffelführer« zu ihm sagen müsse? Gab es bei der amerikanischen Luftwaffe überhaupt Staffelführer? Davon hatte ich noch nie gehört. Vielleicht hatte sie sich ja versprochen.

Worauf mir folgender Gedanke kam: Gehörte Mrs. Mullet etwa auch dem Nest an?

Auf der ganzen weiten Welt gab es bestimmt niemanden, der in einem Dorf so dicht beim Flugplatz von Leathcote wohnte und so viel Tratsch mitbekam.

Vor Aufregung ließ ich beinahe die Stange ins Wasser fallen.

War Mrs. Mullet eine Spionin? Eigentlich einleuchtend, oder?

Und ihr Gatte Alf war schließlich ein anerkannter Fachmann für alles Militärische.

Doch das gehörte bestimmt wieder zu den Fragen, die man laut Tante Felicity über die Lebenden nicht stellen durfte und über die Toten womöglich auch nicht.

Über Harriet, zum Beispiel.

Es gab noch so vieles, was ich selbst herausfinden musste.

»Darf ich dir noch eine Frage stellen?«, wandte ich mich an Tante Felicity.

»Darfst du. Aber denk dran, dass ich nicht verpflichtet bin, sie zu beantworten.«

»Was ist mit Vater?«

»Was soll mit ihm sein?«

»Gehört er zum Nest des Colchicus?«

Terence Tardiman war offenbar davon ausgegangen, denn er hatte ja eigentlich Vater warnen wollen. Doch im Grunde glaubte ich die Antwort auf meine Frage bereits zu kennen. In dem alten Film hatte Harriet sich von Vater weggedreht, und ihr tonloses »Fasanensandwiches« war ausschließlich für Tante Felicity bestimmt gewesen. Andererseits war Vater zu dem frühmorgendlichen Besuch bei Dr. Kissing mitgefahren.

Und Dr. Kissing selbst? Was war seine Rolle in dem Ganzen?

Ich glaube, erst durch den Blick, den mir Tante Felicity zuwarf, wurde mir richtig klar, *wie* tief diese Gewässer waren: wie tief, wie trüb und wie unergründlich. Ich musste mir meine Fragen selbst beantworten. Vielleicht war das die Lektion, die sie mir erteilen wollte.

»Ich glaube, es regnet gleich.« Sie streckte die Hand unter dem Sonnenschirm hervor.

Ich hatte gar nicht gemerkt, dass sich der Himmel im Westen zugezogen hatte.

»Diese Schule...«, setzte ich an. Eine Frage, die mich selbst betraf, würde ich doch wohl stellen dürfen! Schließlich hatte Vater die Angelegenheit schon mit Tante Felicity besprochen.

»Du meinst Miss Bodycotes Höhere Mädchenschule.«

»Da ist es bestimmt grässlich. Ich geh da nicht hin.«

»Das solltest du noch einmal überdenken«, sagte Tante Felicity. »Aus zwei Gründen: Erstens wirst du deine Meinung ändern, wenn du erst mal eine Weile dort warst, und zweitens hast du sowieso keine Wahl.«

Ich schob trotzig die Unterlippe vor. Ich würde mich mit der Frau nicht herumstreiten.

»Es gibt da etwas, was du von deiner Mutter noch nicht weißt, Flavia. So wie du hat sie sich anfangs geweigert, nach Kanada zu gehen. Aber sie hatte genauso wenig eine Wahl wie du. Später hat sie immer gesagt, dass es die beste Entscheidung ihres Lebens gewesen sei.«

»Mir doch egal!«

Ja, ich geb's zu: »Mir doch egal« ist nun wirklich das letzte Stück Ballast, das man bei einer aussichtslosen Diskussion über Bord werfen sollte, aber mir war nichts anderes mehr geblieben. Und Tante Felicity würde doch bestimmt Mitleid mit einem armen Mädchen haben, das noch nicht mal zwölf war.

»Sei nicht bockig«, sagte sie. »Bei uns de Luces gibt es die Tradition, bestimmte Vorrechte – und Verpflichtungen – an die jüngste Tochter weiterzureichen, so wie es im alten Griechenland und Italien gelegentlich der Brauch war. Erzähl mir nicht, dir wäre noch nie aufgefallen, dass dich deine Schwestern nicht ausstehen können.«

Ehrliche Worte von einer ehrlichen alten Frau. Hatte sie etwa die ganze Zeit von meinen Qualen gewusst?

»Daffy und Feely wissen über das Nest Bescheid?«, fragte ich ungläubig.

»Das nicht, aber sie haben immer gespürt, dass sie *unausgesprochen* von irgendeinem Geheimnis ausgeschlossen sind, an dem du teilhast. Wenn sie erst erfahren, dass Buckshaw deinem Erbe zugeschlagen wurde, wird das noch schlimmer werden, glaub mir.«

»Hat Vater es ihnen denn immer noch nicht gesagt? Ich dachte, er …«

»Sie bekommen es noch früh genug mitgeteilt, wenn der Notar das Testament deiner Mutter verliest.«

Nach einer kurzen Pause fügte sie hinzu: »Da wirst du vielleicht lieber nicht dabei sein.« Ich hatte den Eindruck, dass ihre Augen spöttisch funkelten.

Hatte sie gemerkt, dass ich zögerte? Das werde ich wohl nie erfahren. Tante Felicity ist eine verteufelt schlaue alte Schachtel.

»Außerdem habe ich gehört«, sprach sie weiter, »dass es in Miss Bodycotes Höherer Mädchenschule ein erstklassiges Chemielabor gibt. Ich habe sogar munkeln hören, dass sie ein Elektronenmikroskop anschaffen wollen. Die Schule ist ungewöhnlich gut ausgestattet.«

Ich spürte, wie ich hin und her geworfen wurde wie ein Fisch in der Strömung.

»Die allerneuesten Erfindungen und Gerätschaften«, fuhr Tante Felicity fort, »Spektralphotometer und so weiter …«

Spektralphotometer! Seit ich in *Neueste Erkenntnisse und Methoden in der Chemie* einen Artikel über ein Wasserstoff-Spektralphotometer gelesen hatte, war ich ganz wild darauf, eins dieser Prachtstücke in die Finger zu bekommen. Wer über das Wissen verfügte, dass jede Chemikalie einen unverwechselbaren Fingerabdruck besitzt, der konnte alle Rätsel des Universums entschlüsseln, angefangen von Blausäure bis hin zu den Sternen.

Obwohl ich noch dagegen ankämpfte, machte sich mein Mundwinkel bereits daran, eigenmächtig nach oben zu wandern.

»Die Chemielehrerin«, ergänzte Tante Felicity betont beiläufig, »eine gewisse Mrs. Bannerman, wurde übrigens vor ein paar Jahren beschuldigt, ihren untreuen Gatten vergiftet zu haben. Vielleicht hast du schon mal von ihr gehört?«

Natürlich hatte ich von Mildred Bannerman gehört – wer nicht? Über ihren Gerichtsprozess war in allen pikanten Einzelheiten in der *News of the World* berichtet worden. Mildred hatte sich ihres Ehemannes entledigt, indem sie das Gift auf das Messer gestreut hatte, mit dem er an Weihnachten den Truthahn zu tranchieren pflegte. Der Trick war allerdings nicht neu. Schon die alten Perser hatten ihn gekannt – ein heutiges Geschworenengericht in Kanada offenbar aber nicht.

Ich konnte es kaum erwarten, sie kennenzulernen.

EPILOG

U nd so muss ich Buckshaw also verlassen.

Wie schade, dass Inspektor Hewitt ab jetzt ohne meine Unterstützung auskommen muss. Ich hoffe bloß, dass sich in Bishop's Lacey nicht noch mehr Mordfälle ereignen, und wenn doch, dass sie ihn nicht so überfordern wie die im vergangenen Jahr.

Es war mir nicht gelungen, zweifelsfrei zu beweisen, dass es Lena war, die Terence Tardiman umgebracht hatte, das ist richtig. Aber war es Inspektor Hewitt nicht gelungen, sei es aus purem Glück oder dank einer Laune des Schicksals, sie in letzter Sekunde mit seinen eigenen Methoden zur Strecke zu bringen, und das sogar ohne meine Hilfe? Ich hatte erwogen, ihm eine Glückwunschkarte zu schicken, es mir dann aber doch anders überlegt. Er hätte es als Beleidigung auffassen können.

Feely und Daffy haben schon bald niemanden mehr, den sie piesacken können, allerdings ist Feely sowieso bald weg, und Daffy kann sich dann wieder in *Bleak House* versenken, bis in alle Ewigkeit, Amen, oder jedenfalls bis zu dem Tag, an dem das Jüngste Gericht sie aus ihrer Lektüre reißen wird.

Heute habe ich ein letztes Mal versucht, darum herumzukommen, zu Miss Bodycote geschickt zu werden, um dort »den letzten Schliff« verpasst zu bekommen, wie Vater es ausdrückt.

»Was soll denn dann aus *dir* werden?«, hatte ich in flehendem Ton gefragt. »Wenn Feely auszieht, hast du nur noch Daffy.«

»Ja, ich habe Daphne«, hatte er geantwortet, »und Undine habe ich auch. Ich habe schon alles in die Wege geleitet, um sie zu uns nach Buckshaw zu holen. Das ist schließlich meine verdammte Pflicht und Schuldigkeit, und es gehört sich auch so.«

Damit hatte er natürlich recht. Und weil Daffy die Kleine bestimmt bald ins Herz schließen würde – da war ich ganz sicher: Die beiden waren sich einfach zu ähnlich –, würde sie Undine mit Büchern und Rosinenbrötchen verwöhnen. Ich sah schon vor mir, wie die beiden einander fröhlich vielsilbige Wörter zuriefen, und zwar *ad nauseam* oder wie diese Redewendung heißt.

Während ich, wie schon erwähnt, in die Kolonien verbannt werde.

Meine Koffer sind gepackt, Dogger wartet an der Tür.

Aber bevor ich gehe, möchte ich noch erwähnen, dass ich all das meiner Großtante Felicity zu verdanken habe, der Wildhüterin.

Eine wertvolle Lehre hat sie mir bereits erteilt: Unterschätze niemals eine alte Frau – und alte Familientraditionen schon gar nicht.

DANKSAGUNG

Wohl jeder Kriminalschriftsteller hegt die geheime Sehnsucht, eines Tages nach Oxford eingeladen zu werden – der Wiege des goldenen Zeitalters des englischen Kriminalromans –, um eine Rede zu halten. Auch ich bin da keine Ausnahme. Die Zeit, die ich zwischen jenen träumenden Türmen in der angenehmen Gesellschaft von heutigen Könnern des Metiers verbringen durfte – Simon Brett, Kate Charles, Ann Cleeves, Natasha Cooper, Ruth Dudley Edwards, Kate Ellis, Chris Ewan, Barry Forshaw, P. D. James, Gillian Linscott, Peter Lovesey, Val McDermid, Michelle Spring, Marcia Talley, Andrew Taylor und L. C. Tyler –, erscheint mir im Rückblick wie ein wahr gewordenes Märchen aus Tausendundeiner Nacht.

Mit seinen Idolen zu Mittag essen zu können ist ein seltenes Vorrecht, und ich danke ihnen allen für ihre Freundschaft.

Mein besonderer Dank gebührt Eileen Roberts sowie allen Mitarbeitern des St. Hilda College, nicht nur, weil sie dafür gesorgt haben, dass ich mich dort wie zu Hause fühlte, sondern vor allem dafür, dass ich dort zu Hause *war*.

David Appleton von den Appleton Studios danke ich für seine unschätzbare fachliche Beratung beim Entwerfen des Wappens der Familie de Luce. Die verschlungenen Pfade der Heraldik sind für den Uneingeweihten mit Fallen und Fußangeln gespickt; deshalb war es ungemein beruhigend, David an meiner Seite zu wissen, der mir bereitwillig etliche finstere Winkel ausleuchtete.

Des Weiteren danke ich Roger K. Bunting, Professor em. für anorganische Chemie der Illinois State University. Sein Werk *The Chemistry of Photograph*, das er mir freundlicherweise zur Verfügung stellte, besitzt die beiden wichtigsten Eigenschaften eines guten Lehrbuchs: Es ist sowohl spannend als auch verständlich.

Ich danke Shelagh Rogers von CBC Radio, deren Worte einen bitterkalten Wintertag mit der dringend benötigten Wärme erfüllten, und Marc Tyley von Manx Radio, der dies netterweise ermöglicht hat.

Bei Shena Dyer bedanke ich mich dafür, dass sie bei einem wunderbaren Isle-of-Man-Abendessen das Samenkorn zu einer entscheidenden Idee gelegt hat.

Chris Ewan danke ich (wieder einmal) für seine unentbehrliche Unterstützung. Ich würde mich ja gern revanchieren, aber er lässt mich nicht.

Robert Bruce Thompson, der *Home Scientist* von YouTube, war nicht nur ein auskunftsfreudiger und hilfreicher Mail-Partner, sondern hat auch wesentlich dazu beigetragen, dass sich immer mehr Menschen zu Hause ein Chemielabor einrichten.

Wie immer gilt mein Dank meinen geduldigen Lektoren diesseits und jenseits des Atlantiks: Bill Massey von Orion Books, Kate Miciak von Delacorte Books und Kristin Cochrane von Doubleday Canada sowie meiner Agentin Denise Bukowski, die mich auf Schritt und Tritt begleitet hat.

Mein Dank gebührt Loren Noveck, Programmleiterin bei Random House, New York, und ihrem großartigen Team, das sich so viel Mühe gibt, damit hinterher alles ganz einfach aussieht. Alle verbliebenen Patzer gehen ausschließlich auf mein eigenes Konto.

Vielen Dank auch John und Janet Harland, meinen treuen Freunden und Mitverschwörern.

Und schließlich danke ich meiner Frau Shirley, die das alles liebevoll ertragen hat.

Alan Bradley
Isle of Man, Mittsommer 2013

DANKSAGUNG DER ÜBERSETZER

Einmal mehr hat uns Dr. Henning Böckemeier vor den Fallstricken der Chemie bewahrt, damit Flavias Leidenschaft für Gifte, Tinkturen und chemische Prozesse auch in der Übersetzung sachlich und fachlich korrekt wiedergegeben wird.

Dafür bedanken sich ganz herzlich die chemisch eher unbeschlagenen Übersetzer

Katharina Orgaß und Gerald Jung